Jette Hansen

Inselkinder

Montlake

Das Buch

Franzi hat ihr Glück auf Spiekeroog gefunden. So könnte es für immer bleiben. Aber das Glück ist so wechselhaft wie die Tide und mit neuen Gästen bringt die Flut Veränderungen auf die kleine Nordseeinsel. Franzi und Tamme können es kaum glauben: Ihre besten Freunde Edda und Markus wollen wegziehen, nur wegen eines Jobs. Britta hingegen sucht Zuflucht bei ihrer Freundin aus Kindertagen, nachdem sie von ihrem Mann betrogen wurde. Und auch Max, Franzis Vater, kann eine Auszeit gebrauchen. Während Franzi und Tamme alles daransetzen, ihren Freunden zu helfen, stellen sie fest, dass Veränderung auch ihre guten Seiten hat und Raum schaffen kann für ein neues Leben.

Die Autorin

Jette Hansen, 1981 in Ostfriesland geboren, lebt heute mit Mann, zwei Kindern und einem Mischlingshund in der Nähe von Bremen. Neben dem täglichen Feilen an Romanmanuskripten arbeitet sie halbtags als Eventmanagerin. Der nächste Roman ist bereits in Arbeit.

Jette Hansen

Inselkinder

Roman

Montlake

Deutsche Erstveröffentlichung bei
Montlake, Amazon Media EU S.à r.l.
38, avenue John F. Kennedy, L-1855 Luxembourg
Juli 2021

Umschlaggestaltung: bürosüd° München, www.buerosued.de
Umschlagmotiv: © NickyLloyd/Getty Images; © dibrova/Shutterstock;
© Matt Gibson/Shutterstock; © Lightboxx/Shutterstock;
Lektorat: Ute Köhler
Lektorat und Korrektorat: Rotkel Textwerkstatt
Gedruckt durch:
Amazon Distribution GmbH, Amazonstraße 1, 04347 Leipzig /
Canon Deutschland Business Services GmbH, Ferdinand-Jühlke-Str. 7,
99095 Erfurt /
CPI books GmbH, Birkstraße 10, 25917 Leck

ISBN: 978-2-49670-848-6

www.montlake.de

Eins

Franzi schaute in den frühmorgendlichen Himmel. Die Regenwolken der vergangenen Nacht waren über Spiekeroog hinweg Richtung Festland gezogen. Der Tag verhieß viel Sonne und wärmere Temperaturen als in der Woche zuvor.

Franzi war heute früh aufgewacht und hatte sich auf den Weg zum Inselbäcker gemacht. Jetzt lief sie durch die noch leeren Straßen der autofreien Insel, vorbei an der Buchhandlung ihrer besten Freundin Edda, deren Sohn Mattes genau wie Franzis Tochter Rieke vor wenigen Monaten zwei Jahre alt geworden war. Die beiden würden Anfang des nächsten Jahres zusammen in den Kindergarten kommen.

Die Tür des Bäckerladens stand weit offen. Franzi trat ein und kaufte Brötchen und ein Brot. Auf dem Weg zurück machte sie einen kleinen Umweg, um Meta eine Brötchentüte vorbeizubringen. Meta Jenssen hatte Franzi vor vielen Jahren auf Spiekeroog aufgenommen und sie bei ihrem Start unterstützt. Hier hatte Franzi auch Tamme, Metas Neffen, kennengelernt. Franzi musste unwillkürlich schmunzeln, als sie an ihren Mann dachte, der vermutlich noch schlief, wenn sie nach Hause kam.

Als sie sah, dass das Licht in Metas Küche brannte, betrat sie das Haus.

»Das ist lieb von dir, Kind«, sagte Meta und nahm Franzi die Tüte ab.

»Ich habe noch viel Zeit, bis die beiden aufstehen.« Franzi schmunzelte. »Du weißt doch, dass Tamme gerne mal länger schläft. Und Rieke auch.«

»Geht es der Kleinen gut?«

»Solange sie mit Mattes spielen kann, vergisst sie sogar ihre Eltern.«

Meta lachte. »Du willst mich wohl schon früh am Morgen veräppeln.«

Franzi grinste. »Na ja, gegen Tamme komme ich im Moment tatsächlich kaum an. Er verwöhnt Rieke ja auch nach Strich und Faden. Da könnte ich manchmal schon eifersüchtig werden.«

»Das legt sich auch wieder mit Tammes Übereifer. Warts ab.«

Franzi beugte sich vor und küsste die alte Dame auf die Wange. »Dann will ich mal wieder.« Als Franzi sich abwenden wollte, hielt Meta sie zurück. »Ja?«

»Kannst du heute oder morgen noch einmal vorbeikommen?«

»Ja, natürlich. Ist etwas passiert?«

Meta schüttelte den Kopf. »Nein, nein. Ich wollte dir nur etwas erzählen.«

Als Franzi in den Flur trat, schaute Tamme aus der Küchentür. »Da bist du ja.«

Sie zog ihren Mantel aus. »Ich habe Meta noch Brötchen vorbeigebracht.« Sie umarmte Tamme. »Und ich dachte, du würdest noch mindestens eine halbe Stunde schlafen.«

Tamme lächelte. »Da hast du wohl falsch gedacht. Weckst du Rieke auf?«

Kurze Zeit später saßen sie zu dritt am Frühstückstisch.

»Hast du auch Sonya gesehen?«, fragte Tamme. Sonya war Franzis Cousine, die seit über zwei Jahren auf Spiekeroog lebte und mit ihrem Freund Joke im Obergeschoss von Metas Haus wohnte. Sonya machte eine Ausbildung zur Buchhändlerin in Eddas Buchladen.

»Nein, sie muss doch erst um neun bei der Arbeit sein.«

»Hat sie eigentlich schon Pläne für nach der Ausbildung? Edda wird sie wohl kaum als volle Kraft einstellen können.«

»Vielleicht kann sie halbtags im Buchladen arbeiten. Aber ehrlich gesagt, habe ich mich noch gar nicht mit Sonya darüber unterhalten. Das hängt wahrscheinlich auch davon ab, was Joke plant.«

»Meinst du, die beiden bleiben hier auf Spiekeroog?«

»Ich denke schon. Joke ist hier verwurzelt und Sonya macht mir auch nicht den Eindruck, als würde sie sich auf der Insel nicht wohlfühlen.«

»Stimmt schon, aber …« Tamme zuckte mit den Schultern. »Ich habe einen frühen Termin heute, kannst du gleich Rieke wegbringen?«

Franzi und Edda standen draußen vor dem geöffneten Küchenfenster und winkten ihren Kindern zu. Gesine Jacobs, die Tagesmutter von Rieke und Mattes, hatte ihre Arme um die beiden gelegt.

»Spielt schön«, sagte Franzi, beugte sich weit vor und hauchte ihrer Tochter einen Kuss auf die Stirn.

Rieke strahlte, hob ihre kleine Hand und winkte Franzi zum Abschied.

Die beiden Frauen wandten sich ab und gingen gemeinsam die Straße entlang ins Dorf.

»Fällt dir das auch immer noch so schwer, Mattes bei Gesine abzugeben?«, fragte Franzi.

»Klar, hin und wieder schon. Aber wir haben ein Riesenglück mit Gesine. Außerdem ist es gut, wenn Kinder mit Gleichaltrigen spielen.«

Franzi seufzte schwer. »Das weiß ich doch alles. Trotzdem …«

»Hast du gleich Termine?«, fragte Edda.

»Nein, ausnahmsweise ist mein Kalender leer.« Franzi zog ihr Handy aus der Tasche und hielt es hoch. »Aber du weißt ja, vierundzwanzig Stunden Rufbereitschaft.«

Franzi verwaltete über dreißig Ferienwohnungen und -häuser auf Spiekeroog, der kleinen ostfriesischen Insel. Ihr Mann Tamme erledigte die Hausmeisterarbeiten, während Franzi sich um die Vermarktung kümmerte.

»Sonya schließt heute den Buchladen auf«, sagte Edda. »Hast du Zeit für einen Spaziergang?«

Franzi schaute in den inzwischen wolkenlosen blauen Himmel. »Klar, warum nicht«, sagte sie, denn sie ahnte, dass ihrer Freundin etwas auf der Seele lag. Seit Wochen waren sie sich nur beim Bringen oder Holen ihrer Kinder begegnet, und Franzi hatte das Gefühl, dass Edda ihr bewusst aus dem Weg gegangen war.

»Zum Strand?«, fragte Edda und zeigte auf den gepflasterten Weg, der quer durch die Braundünen verlief und nach gut einem Kilometer am breiten Sandstrand von Spiekeroog endete.

Franzi blickte auf die Uhr und tippte gleich darauf eine Nachricht ins Handy. »Ich schreibe nur kurz Tamme, dass ich später komme.«

Schweigend gingen sie eine Weile nebeneinanderher. In der Frühsaison waren um diese Zeit wenig Inselgäste auf dem Weg zum Strand unterwegs.

Franzi hakte sich bei ihrer Freundin unter. »Was ist los? Ich merke doch schon seit Wochen, dass dich was bedrückt.«

Edda blieb stehen und löste sich von Franzi. »Markus hat einen Job in Hannover angeboten bekommen. Ach, was sag ich. Eine Traumarbeitsstelle. Wir werden wohl Spiekeroog verlassen.«

Franzi schluckte schwer. Eddas Mann Markus war Architekt und kam, genau wie sie, gebürtig aus Rosenheim in Bayern. Die Liebe hatte ihn auf die kleine Insel verschlagen. In den letzten Jahren war er beruflich sehr eingeschränkt gewesen. Bis auf ein größeres Museumsprojekt, das bereits Jahre zurücklag, hatte Markus sich mit Kleinaufträgen für Einfamilienhäuser über Wasser gehalten.

»Aber … ich meine …« Franzi fand keine Worte. Edda war nicht nur ihre beste Freundin, auch ihre Kinder waren zusammen aufgewachsen. Jella, Eddas Tochter, war inzwischen fünf Jahre alt und freute sich bereits darauf, in die Inselschule gehen zu dürfen.

Franzi atmete tief durch und zog Edda mit sich in Richtung Strand. Als sie oben auf dem Strandübergang standen, legte sie den Arm um Eddas Schultern. »Ist das endgültig entschieden?«

»Nächste Woche geht es los.« Als Edda Franzis entsetzte Miene bemerkte, schüttelte sie den Kopf. »Nein, nur Markus. Er fängt in dem Architekturbüro an. Die Firma stellt ihm eine möblierte Wohnung zur Verfügung. Wenn alles gut verläuft, ziehen die Kinder und ich im Spätherbst hinterher.«

»Und was wird aus deinem Buchladen? Willst du ihn schließen?«

»Nein, natürlich nicht. Der Mietvertrag läuft doch auch noch vier Jahre. Sonya ist bald mit ihrer Ausbildung fertig. Ich dachte, sie könnte dann …« Sie brach mitten im Satz ab.

»Schafft Sonya das denn?«, fragte Franzi.

»Ich denke schon. Klar, der Schritt ist nicht leicht, von der Ausbildung direkt in die Selbstständigkeit. Aber wir hätten noch ein paar Monate für den Übergang und Hannover ist ja auch nicht aus der Welt.«

»Aber du hast ihr noch nichts gesagt, oder?«

»Nein.« Edda zog den Reißverschluss ihrer Jacke hoch. »Lass uns weitergehen. Mir wird kalt.«

Franzi blieb stehen und beobachtete die kleinen Wellen der auflaufenden Nordsee. Selbst nach den vielen Jahren auf Spiekeroog faszinierte sie der Blick auf das Meer immer wieder aufs Neue. Edda stand neben ihr. Sie waren eine halbe Stunde am Strand Richtung Osten gelaufen und anschließend umgekehrt. Edda hatte ihr von Markus' neuer Arbeit und von den Plänen für ein eigenes Haus im Umland von Hannover erzählt.

»Und du?«, fragte Franzi. »Willst du auch die Insel verlassen?«

»Ja, das habe ich dir doch gesagt.«

»Nein, du hast von Markus' Arbeit gesprochen, von eurer Suche nach einem Bauplatz in irgendeinem Dorf weit entfernt von Hannover, aber du hast kein Wort dazu gesagt, dass es auch deine Entscheidung ist. Was wird aus deinem Beruf? Buchläden gibt es doch nicht wie Sand am Meer und schon gar nicht in kleineren Orten.«

Edda schwieg lange, bevor sie antwortete. »Bis jetzt hat Markus immer zurückgesteckt. Er ist hier zu mir auf die Insel gezogen, er hat quasi seine Karriere an den Nagel gehängt. Alles für mich, alles für uns vier.«

»Das habe ich doch hautnah mitbekommen, Edda. Mir ist schon klar, was Markus aufgegeben hat, aber ist dir auch klar, was du mit so einem Umzug aufs Festland opferst?«

»Ich bin nicht die erste Insulanerin, die Spiekeroog verlässt, und schon gar nicht die letzte. Das geht doch seit Jahrhunderten so. Ich kann froh sein, dass ich hier überhaupt eine Arbeit hatte und so lange bleiben konnte.«

»Sicher?«, fragte Franzi.

»Ganz sicher.« Edda wandte sich ab. »Und jetzt lass uns zurückgehen. Markus wartet schon auf mich.«

»Das kann doch nicht wahr sein«, sagte Tamme. Er hatte kurz zuvor Rieke ins Bett gebracht und ihr eine Geschichte vorgelesen.

»Doch, ich habe bestimmt dreimal nachgefragt. Eddas Entschluss steht fest. Da gibt es scheinbar nichts mehr dran zu rütteln.«

Tamme griff nach seinem Bierglas und trank einen kräftigen Schluck. »Ich sag dir, das geht nicht gut. Edda als Hausfrau und ohne Arbeit? Und vor allem auf dem Festland? Verdammt, das müssen wir verhindern. Ich kann sie doch nicht so einfach ziehen lassen. Du weißt genau, dass das nur auf Markus' Mist gewachsen ist. Unser großer Architekt. Er war doch in der Schweiz und hat da dieses merkwürdige Museum gebaut. Reicht das denn nicht?«

Tamme hatte sich regelrecht in Rage geredet. Er war seit Kindestagen mit Edda befreundet, sie waren zusammen zur Schule gegangen, hatten sich als Teenies ineinander verliebt und waren einen Sommer lang ein Paar gewesen. Ihrer innigen Freundschaft hatte das nicht geschadet.

»Verhindern? Du bist schon ein wenig ungerecht. Das Projekt in der Schweiz liegt Jahre zurück. Tamme, wir können jetzt nicht anfangen mit irgendwelchen Geheimplänen, mit denen wir Edda den Umzug madig machen. Wir sind mit ihr befreundet. Das kommt überhaupt nicht infrage.«

Tamme rollte mit den Augen. »Dann mach ich das eben alleine. Was ist denn in Markus gefahren, verflucht. Er weiß doch, dass er Edda hier nicht einfach rausreißen kann.«

Franzi lehnte sich an Tammes Schulter an. »Edda hat sich entschieden. Wir müssen das akzeptieren.«

Tamme stand auf und lief durchs Wohnzimmer. »Unsinn! Das Einzige, was wir müssen, ist etwas dagegen tun. Punkt.«

Franzi seufzte. Sie wusste nur zu gut, wie stur Tamme sein konnte. Hatte er einmal einen Entschluss gefasst, war er nur schwer davon abzubringen. Sie konnte nur hoffen, dass er sich von alleine besinnen würde.

Tamme setzte sich wieder neben Franzi aufs Sofa. »Sonst hast du dich doch auch um alles und jeden gekümmert und jetzt, wo Edda ...« Es verschlug ihm die Sprache.

»Lass den beiden Zeit, sich selbst mit der Situation auseinanderzusetzen. Erst mal fängt Markus nächste Woche in Hannover an. Wer weiß, ob es ihm überhaupt gefällt. Vielleicht löst sich ja alles in Wohlgefallen auf.«

»Da bin ich mir nicht so sicher«, murmelte Tamme.

Zwei

Franzi wünschte dem älteren Herrn, den sie zuvor von der Fähre abgeholt und in die Ferienwohnung begleitet hatte, einen erholsamen Urlaub und verabschiedete sich.

Sie sah auf die Uhr und entschied, dass noch Zeit war, schon heute bei Meta vorbeizuschauen. Nach einem kurzen Fußweg erreichte sie das Haus, klopfte an der nicht verschlossenen Tür und trat ein. Sie fand die alte Dame in der Küche.

»Franzi! Oh, da bist du ja schon. Möchtest du einen Tee? Ich habe gerade Wasser aufgesetzt. Passt es dir jetzt? Oder musst du noch was Wichtiges machen?«

Franzi umarmte Meta. »Alles gut. Ich muss Rieke erst später abholen und dein Neffe bekocht heute seine beiden Frauen.«

Meta zwinkerte Franzi zu. »Das will ich dem jungen Mann aber auch geraten haben.« Sie hielt kurz inne. »Dann mache ich uns mal eine gute Tasse Tee.«

Meta goss das Wasser in die Teekanne und stellte sie auf das Stövchen, während Franzi den Tisch deckte. Jedes Mal, wenn sie Metas urgemütliche Küche betrat, breitete sich ein wohliges Gefühl in ihr aus. Zwischen den antiken und modernen Küchenmöbeln hatte sich Franzi schon bei ihrem ersten Besuch vor vielen Jahren auf der Stelle wohlgefühlt.

»Danke«, sagte Franzi, als Meta ihr Tee einschenkte und die Kluntjes in der Tasse knisterten. Sie ließ vorsichtig einen großen Löffel Sahne in den Tee laufen und beobachtete, wie sich die weißen Wolken in der braunen Flüssigkeit ausbreiteten.

»Pascal hat sich bei mir gemeldet«, sagte Meta. »Er kommt nächste Woche für ein paar Tage auf die Insel.«

Pascal Bonnet, ein französischer Maler, hatte Karla Blohm, Metas beste Freundin aus Hamburg, in den letzten zwanzig Monaten ihres Lebens begleitet und betreut. Nach der Krebsdiagnose vor drei Jahren war Karlas Lebenserwartung auf allenfalls sechs Monate geschätzt worden. Sie hatte seinerzeit geplant, Sterbehilfe in der Schweiz in Anspruch zu nehmen, und erst die große Liebe aus ihren frühen Jahren in Frankreich hatte sie von dem Plan abbringen können.

»Karlas Todestag?«, fragte Franzi.

»Ja, er möchte ihn mit uns gemeinsam begehen. Dein Vater hat auch schon zugesagt.«

Franzis leiblicher Vater Max, den sie erst vor wenigen Jahren kennengelernt hatte, war Karla Blohms langjähriger Freund und Nachbar gewesen.

»Haben die beiden schon eine Unterkunft? Heute ist eine Ferienwohnung frei geworden. Die Gäste haben wegen Krankheit abgesagt. Pascal und Max könnten dort wohnen.«

»Das wäre wunderbar, mein Kind. Ich hatte schon Sorge, wo ich die beiden unterbringe.«

»Ich blocke die Wohnung gleich, wenn ich im Büro bin.« Franzi trank einen Schluck Tee. »Für Pascal wird es sicher schwer.«

Meta nickte nachdenklich. »Für uns alle, Franzi. Karla war mir so ans Herz gewachsen. Manchmal wache ich mitten in der Nacht auf und denke an sie. Ich hätte ihr so gewünscht, dass sie diese schreckliche Krankheit besiegt.«

Franzi beugte sich leicht vor und strich zärtlich über den Arm der alten Dame. »Die letzten Monate hat Karla gut genutzt. Ich glaube, sie war glücklich und mit sich im Reinen.«

»Pascal hat mir erzählt, dass er jetzt endlich einen Verlag für Karlas Roman gefunden hat. Er soll in ein paar Monaten erscheinen.«

Karla hatte über viele Jahre an einem Roman gearbeitet, ihn aber nie veröffentlicht. In ihren letzten eineinhalb Lebensjahren hatte sie das Manuskript zusammen mit Pascal überarbeitet. Ihr größter Wunsch war, dass der Roman verlegt werden würde.

»Das ist eine gute Nachricht«, sagte Franzi.

Die Haustür wurde geöffnet und kurz darauf stand Sonya in der Küchentür. »Moin, moin!«, sagte sie grinsend. »Gemütliche Teerunde?«

»Hallo, Sonya. Alles gut bei dir?«, fragte Franzi.

Sonya hatte in den ersten Monaten auf Spiekeroog bei Franzi und Tamme im Haus gewohnt. Als Rieke zur Welt kam, war sie bei Meta eingezogen. Die Zimmer im ersten Stock hatte Meta bis in die Neunzigerjahre an Inselgäste vermietet, sie aber später leer stehen lassen. Inzwischen hatte Sonyas Freund Joke zwei Zimmer renoviert und eins zu einer kleinen Küche umgebaut.

»Davon abgesehen, dass ich mir Kaffee über die Hose gekippt habe, ist alles perfekt. Ich ziehe mich kurz um und komme gleich noch zu euch.«

»Ach, das Kind«, sagte Meta, als Sonya die Treppe hochlief. »Immer hat sie es eilig, immer das Handy in der Hand. Sie rennt dem Leben hinterher. Ist das bei allen jungen Menschen so?«

»Das weiß ich nicht, Meta. Aber Sonya geht schon ihren Weg. Sie wird doch erst in diesem Jahr zwanzig.«

»Und sie hat Joke. Er ist wirklich ein feiner Junge.«

Sie hörten, wie Sonya die Treppe wieder runterlief. Gleich darauf setzte sie sich mit Schwung an den Küchentisch. Meta reichte ihr eine Tasse und schenkte Tee ein.

»Wo wir hier gerade so schön zusammenhocken. Ich muss euch sozusagen eine offizielle Mitteilung machen.« Sonya holte tief Luft und hob beide Hände, als wollte sie etwas verkünden: »Es geht nach Paris! Was sagt ihr dazu?«

»Fahrt ihr beide in den Urlaub nach Frankreich?«, fragte Meta lächelnd. »Dann kann Pascal euch ein paar Tipps geben.«

Sonya schüttelte den Kopf. »Kein Urlaub! Joke hat eine Stelle angeboten bekommen. In Paris. Stellt euch das vor. Wir beide in dieser fantastischen Stadt.«

Franzi wusste nicht, was sie sagen sollte, hatte doch Edda alle Hoffnungen auf Sonya gesetzt, was die Übernahme des Buchladens betraf. Warum wollten alle auf einmal die Insel verlassen?

Meta sah sie verwundert an. »Du willst aufs Festland ziehen?«

Sonya grinste. »Nicht nur aufs Festland. Nach Paris. Da steppt der Bär, sagt Joke. Er hat in dem Restaurant vor ein paar Jahren ein Praktikum gemacht. Nur für zwei Monate, aber er war begeistert.«

Meta schluckte schwer. »Ach so. Aber ihr kommt doch wieder zurück?«

Sonya zuckte mit den Schultern. »Das steht in den Sternen. C'est la vie!«

»Weiß Edda schon Bescheid?«, fragte Franzi, als sie aus ihrer leichten Schockstarre erwachte.

»Nein, noch nicht. Aber ich erzähle es ihr gleich. Meine Ausbildung ist doch Ende des Monats ohnehin durch. Danach kann ich bei ihr vielleicht noch hin und wieder aushelfen, mehr aber nicht. Für eine Festanstellung fehlt leider das Geld.«

»Ja, das weiß ich«, sagte Franzi nachdenklich. »Ihr seid also fest entschlossen, nach Paris zu gehen?«

»Klar, nächste Woche haben wir beide ein paar Tage Urlaub. Jetzt ratet mal, wo wir hinfahren werden?« Sonya strahlte Meta und Franzi an. »Ja, nach Paris. Joke unterschreibt dann den Vertrag und wir schauen uns die Stadt an. Für die Wohnungssuche ist es noch zu früh, sagt Joke, und er meint, dass ihm sein Chef dabei helfen wird.« Sonya stutzte. »Freut ihr euch denn gar nicht für mich?«

»Doch, natürlich, mein Kind«, sagte Meta. »Es kommt nur so plötzlich.«

Sonya strahlte. »Ja, für uns auch. Ich wollte vorher nichts sagen, weil alles noch nicht so klar war. Aber jetzt …«

»Das klingt doch gut«, sagte Franzi und gab sich Mühe, ihre Enttäuschung nicht zu zeigen. Erst Edda, jetzt Sonya. Wer würde als Nächstes die Insel verlassen?

Sonya trank den letzten Schluck Tee und sprang auf. »Ich muss wieder los. Edda muss ja gleich Mattes abholen.« Sie umarmte Meta und winkte Franzi zu, bevor sie aus der Küche lief.

Als die Haustür zuschlug, seufzte Meta schwer. »Das ist aber jetzt eine Überraschung.«

Franzi verließ gerade mit Rieke an der Hand Gesine Jacobs' Haus, als Edda aus der Seitenstraße auf sie zukam.

»Hallo!«, sagte Edda lächelnd und winkte. »Auch so früh heute?«

Franzi blieb stehen und wartete auf ihre Freundin.

»Was sagst du zu Sonyas Neuigkeiten?«, fragte sie statt einer Begrüßung.

»Welche Neuigkeiten? Sie ist doch nicht etwa schwanger?«

Franzi stöhnte innerlich auf. Warum hatte sie nicht einfach ihren Mund halten können? Jetzt war sie die Überbringerin der schlechten Nachricht.

»Jetzt sag schon«, drängte Edda sie.

»Ich dachte … also ich war fest davon ausgegangen, dass Sonya es dir schon gesagt hat.«

Edda warf ihr einen überraschten Blick zu. »Was denn jetzt?«

»Joke und sie gehen im Herbst nach Paris. Er hat da eine Anstellung und Sonya … Du kennst sie ja, immer gleich Feuer und Flamme. Sie geht mit ihm.«

»Das kann doch nicht sein!«, stieß Edda hervor. »Ist das sicher?«

»Ich fürchte, ja. Zumindest klang es ihr sehr ernst. Sie fahren auch in der nächsten Woche nach Paris und wollen …«

»Deshalb die Urlaubstage«, murmelte Edda mit entsetzter Miene. »Da habe ich wohl mal wieder die Rechnung ohne den Wirt gemacht. Wunderbar!«

»Du wirst jemand anderes finden, der oder die den Buchladen übernimmt.«

»Wenn das so einfach wäre. Du kennst meine Zahlen nicht.« Sie sah auf die Uhr. »Ich muss schnell Mattes abholen und dann weiter.«

»Sag Sonya bitte nicht, dass ich es dir schon erzählt habe.«

Edda, die sich bereits abgewandt hatte, drehte sich noch mal zu Franzi um. »Nein, natürlich nicht.«

Franzi reichte der kleinen Rieke den Kinderlöffel. Sie griff danach und quiekte vor Vergnügen, als sie ins Kartoffelpüree stach und sich den vollen Löffel in den Mund schob.

»Langsam, Rieke«, ermahnte Tamme sie. »Sonst verschluckst du dich gleich wieder.«

Das kleine Mädchen lachte. »Nein, Papa.«

Franzi schnitt ihr das Hähnchenfleisch klein und legte es neben dem Püree ab. Tamme hatte gekochte Karotten geschnitten und auf einen Zusatzteller gelegt. Nur bei Spaghetti mit Tomatensoße akzeptierte Rieke es, wenn nicht alles fein säuberlich getrennt auf dem Teller lag.

»Sonya und Joke wollen in Paris leben?«, fragte Tamme. »Habe ich das richtig verstanden?«

Franzi nickte mit vollem Mund.

»Sind denn jetzt alle verrückt geworden?«, murmelte Tamme. »Wer soll denn irgendwann noch die Gäste versorgen?«

Franzi schmunzelte. »Du warst doch immer schon der Meinung, dass hier zu viele Feriengäste herumlaufen.«

Tamme reagierte nicht auf Franzis kleine Stichelei und aß weiter. »Schmeckt es dir?«

»Wie immer!«, sagte Franzi. Sie beugte sich vor, wischte Rieke den Mund ab und band ihr das heruntergerutschte Lätzchen wieder um.

»Will Meta denn neu vermieten, wenn die beiden in die Großstadt ziehen?«, fragte Tamme.

»Ich fürchte, sie muss erst mal den Schock verdauen. Ich glaube kaum, dass sie fremde Menschen in ihrem Haus haben möchte.«

»Gut so«, murmelte Tamme, schob den leeren Teller zur Seite und lehnte sich auf dem Stuhl zurück. »Ich habe übrigens mit Markus gesprochen.«

Franzi hob die Augenbrauen. Sie befürchtete das Schlimmste. »Und?«

»Er hat überhaupt nicht verstanden, worauf ich hinauswollte. Mächtig stolz ist er, dass er den Job in Hannover bekommt. Der scheint nicht einmal über Edda nachgedacht zu haben. Toller Held.«

»Was ist Held?«, fragte Rieke mit ihrer piepsigen Stimme.

Tamme lachte. »Das ist ein starker Mann …« Er warf einen Blick zu Franzi, die mit den Augen rollte. »… oder natürlich eine starke Frau.«

»Mattes ist stark«, sagte Rieke.

»Ja, Mattes ist auch ein Held«, mischte sich Franzi ein. »Zumindest dein Held, meine Kleine.« Sie wischte ihr über den Mund und nahm ihr Lätzchen ab. »Willst du noch ein bisschen spielen?«

Rieke nickte und kletterte von ihrem Kindersitz herunter. Franzi und Tamme schauten ihr hinterher, als sie von der Küche ins Wohnzimmer lief.

»Haben wir gut gemacht mit unserer hübschen Tochter, oder?«, fragte Tamme grinsend. »Klug ist sie natürlich auch.«

Franzi stieß ihm spielerisch in die Seite. »Gerade noch mal die Kurve gekriegt, Papa!«

Nach dem Mittagessen erledigte Franzi Büroarbeit, während Tamme und Rieke mit dem Fahrrad unterwegs waren.

Franzis Handy machte sich bemerkbar. Nach einem kurzen Blick aufs Display nahm sie das Gespräch an. »Britta, wie geht es dir?«

Franzis Freundin aus Rosenheimer Tagen war kurz nach ihr zu ihrem Freund Jan in den Norden gezogen. Sie hatten bald darauf geheiratet und lebten seitdem zusammen in Hamburg. Britta besuchte Franzi regelmäßig auf Spiekeroog.

Statt einer Antwort vernahm Franzi ein leises Schluchzen. »Britta! Hörst du mich?«

Nach einer Weile kam ein zaghaftes »Ja«.

»Was ist passiert?«

Das Schluchzen wurde lauter und ging über in einen lang anhaltenden Weinkrampf.

»Britta!«, rief Franzi ins Telefon. »Sag mir, was passiert ist!«

Es wurde ruhiger am anderen Ende der Leitung. Schwer atmend presste Britta ein paar Worte heraus. »Eine andere – heute Nacht – erwischt – Jan – Auszeit.«

»Jetzt beruhig dich erst mal. Hörst du, ruhig und langsam atmen.« Franzi wartete, bis sie Britta weder schluchzen noch weinen hörte. »Gehts wieder?«

»Ja«, flüsterte Britta.

»Kannst du mir jetzt erzählen, was passiert ist?«

»Jan hat mich betrogen. Ich habe ihn erwischt.«

»In flagranti?«

»Wie meinst du das?«, fragte Britta, die immer noch kaum zu verstehen war.

»Hast du Jan direkt mit einer anderen im … na ja, im Bett erwischt oder so?«

»Nein. Er hatte sein Handy in der Agentur vergessen und war auf einem Arbeitsessen. Ich habe es mit nach Hause genommen. Es kam eine Nachricht und noch eine. Von einer Alina.«

»Was für eine Nachricht?«, fragte Franzi.

»Eine eindeutige. Ich kann das nicht wiederholen, Franzi. Du musst mir glauben.«

»Natürlich glaube ich dir. Hast du Jan darauf angesprochen?«

»Ja. Gleich gestern. Als er von dem Kunden zurück war.«

»Was hat er gesagt?«

»Er hat alles abgestritten. Alles. Wir haben uns gezofft. Und Jan hat im Gästezimmer geschlafen.«

»Wo ist Jan jetzt?«

»Weg«, antwortete Britta und es klang, als sei sämtliche Kraft aus ihr gewichen. »Er ist weg.«

»Aber woher weißt du das? Ist er nicht von der Arbeit wiedergekommen?«

»Doch. Er hat mir gesagt, dass er eine Auszeit will. Dann hat er seine Sachen gepackt, einen großen Koffer, und ist weg.«

Franzi stöhnte leise. »Wie weg? Was hat er noch gesagt? Er kann doch nicht von jetzt auf gleich ausziehen. Das ist doch verrückt. Wer ist überhaupt diese Frau?«

»Jan kennt sie über einen Kunden. Unseren Kunden. Ein wichtiger Kunde.«

Jan und Britta hatten vor Jahren eine eigene Marketingagentur gegründet, in der inzwischen über zehn Mitarbeiter angestellt waren.

»Woher weißt du das?«

»Von Susanne. Ich selbst habe mit diesem Kunden nur telefonisch Kontakt. Jan betreut ihn.«

»Susanne?«

»Wir sind mit ihr und ihrem Mann befreundet. Sie ist freiberuflich tätig und arbeitet hin und wieder für uns.«

»Und sie kennt diese Frau. Ich meine, mit der …« Franzi schluckte.

»Ja. Susanne hat schon für den Kunden gearbeitet und war auch mit Jan in der Firma. Diese Alina … sie arbeitet da. Blond ist sie.«

»Das bin ich auch, Britta. Deshalb muss Jan doch nicht gleich ein Verhältnis mit ihr haben. Vielleicht ist das alles vollkommen harmlos. Oder die Frau ist hinter Jan her und hat ihm einfach so Nachrichten geschrieben.«

»Solche Nachrichten?«, fragte Britta tonlos.

»Ich weiß doch nicht, was drinstand, Britta. Könnte es nicht anders sein, als du es dir zusammengereimt hast?«

»Und warum ist Jan dann weg? Und warum sagt Susanne, dass ich recht habe? Sie hat die beiden gesehen. Sie haben sich geküsst.«

Drei

Franzi legte das Handy zur Seite und rieb sich das Ohr. Eine halbe Stunde hatte sie auf Britta eingeredet, dass sie ruhig bleiben und versuchen sollte, Jan zu erreichen. Franzi war sich nicht sicher, ob ihr Rat der richtige war, aber bisher hatte sie Jan als einfühlsamen und rücksichtsvollen Menschen kennengelernt. Sie konnte sich nicht vorstellen, dass er Britta einfach so verlassen würde. Noch dazu für eine andere Frau. Sie liebten sich und bisher hatte Franzi nichts davon gehört, dass es Konflikte gab. Es musste eine Kurzschlussreaktion von ihm gewesen sein. Nach ein oder zwei Tagen ohne Britta würde er zur Besinnung kommen und zu ihr zurückkehren.

Spontan griff sie wieder zum Handy, suchte nach seiner Nummer und wählte. Nach dem zweiten Klingeln sprang die Mailbox an und Jans vertraute Stimme forderte sie auf, den Grund des Anrufs zu nennen und ihre Kontaktdaten zu hinterlassen.

»Jan, hier ist Franzi. Ich habe gerade lange mit Britta gesprochen und es halbwegs geschafft, sie zu beruhigen. Bitte ruf mich an. Ich kann mich nicht einfach raushalten und zusehen, wie ihr beide eure Beziehung gegen die Wand fahrt. Bitte, Jan. Ruf mich an!«

Franzi warf wütend das Handy auf den Tisch. Ihr Bauchgefühl sagte ihr, dass der Anruf vergebens war. Jan würde sich nicht melden.

Als ihr Handy summte, griff Franzi mit leicht zitternder Hand danach und hörte die eingegangene Sprachnachricht ab. Sie kam von Tamme. Sie schloss die Augen und atmete tief durch. Als sie sich wieder aufs Handy konzentrierte, war die Nachricht bereits abgelaufen. Sie rief sie ein weiteres Mal auf. Tamme teilte ihr mit, dass er mit Rieke bei einer ihrer Freundinnen vom Spielplatz sei und erst in einer Stunde nach Hause käme.

Franzi sprang auf, griff im Flur nach ihrer Jacke und verließ das Haus. Die Sonne schien ihr direkt ins Gesicht, sie hob den Kopf und blieb eine Weile stehen. Die Wärme breitete sich auf ihrer Haut aus. Sie atmete tief durch und ging auf direktem Weg zum Strand.

Mit nackten Füßen lief Franzi durchs auflaufende Wasser. Die Kälte der gerade mal sechzehn Grad warmen Nordsee zog langsam über die Füße hoch in die Beine. Schließlich wandte sie sich vom Wasser ab und lief über den weißen, noch warmen Strand. Nach einer halben Stunde blieb sie stehen und ließ sich in den Sand fallen.

»Hat Jan sich gemeldet?«, fragte Franzi, als Britta sie am frühen Abend anrief.

»Nein. Nichts. Ich kann ihn nicht erreichen. In der Agentur war er auch nicht. Er ist wie vom Erdboden verschluckt.«

»Das sieht ihm gar nicht ähnlich, Britta«, sagte Franzi. »So habe ich Jan noch nie erlebt. Du etwa?«

»Nein, noch nie. Ich bin kurz davor, bei der Polizei anzurufen und ihn als vermisst zu melden.«

»Ich glaube kaum, dass die was unternehmen werden. Es heißt doch immer, dass man bei erwachsenen Personen zwei oder drei Tage warten soll. Die meisten tauchen dann wohl wieder auf.«

»Vielleicht ist ihm etwas passiert?«, sagte Britta. »Ich kann doch nicht hier sitzen und nichts tun.«

Franzi überlegte fieberhaft, ob sie nach Hamburg fahren sollte. Die nächste Fähre ging erst am Nachmittag des nächsten Tages. Vor Samstag wäre sie nicht zurück. Selbst wenn sie Rieke mitnehmen würde, wäre die Arbeit für Tamme nicht alleine zu schaffen.

»Ich würde dir so gerne helfen, aber ich kann im Moment nicht hier weg. In drei Tagen kommen die neuen Gäste. Aber ich könnte Sonntag fahren.«

»Du musst wirklich nicht kommen, Franzi. Irgendwie schaffe ich das schon.«

Sie unterhielten sich noch eine Weile, bis Britta sagte, sie müsse sich etwas hinlegen und eine Schmerztablette nehmen. »Ich fürchte, meine Migräne schlägt gerade voll zu.«

»Ruh dich aus. Und wenn du mich erreichen willst, ruf einfach an, ich lege mein Handy neben das Bett. Hast du mich verstanden?«

Schweren Herzens beendete Franzi das Gespräch. Tamme kam ins Wohnzimmer und reichte ihr ein Glas Wein. »Ich glaube, das kannst du jetzt gut gebrauchen.« Er lächelte. »Rieke schläft tief und fest. Kein Wunder, so wild, wie sie mit Marlin herumgerannt ist.«

Franzi nippte am Wein. »Danke!«

»Neuigkeiten?«, fragte Tamme. Franzi hatte ihm bereits von Brittas und Jans Problemen erzählt.

»Nein. Britta erreicht ihn nicht und in der Agentur scheint er auch nicht gewesen zu sein.«

»Der kommt schon wieder.«

»Und dann? Da muss doch mehr passiert sein als eine harmlose Affäre?«

»Affären sind nie harmlos«, sagte Tamme trocken.

»Das weiß ich doch, Tamme. Aber solche Dinge passieren nun mal, warum auch immer, und deshalb muss nicht gleich die Beziehung den Bach runtergehen.«

»Kommt drauf an«, sagte Tamme und griff nach seinem Bierglas.

»Sag mal, du bist doch mit Jan immer prima ausgekommen. Kannst du vielleicht mal bei ihm anrufen? Ihr telefoniert doch hin und wieder, oder?«

Tamme lehnte sich im Sessel zurück. »Aber nicht über so was. Was soll ich ihm sagen? Mach keinen Blödsinn, Mann?«

Franzi schmunzelte. »Ich weiß nicht, wie Männer untereinander über Beziehungsprobleme reden. Wenn das hilft, warum nicht.«

»Ich kanns morgen versuchen. Aber wenn er nicht reden will, dann lass ich es gut sein. Okay?«

»Natürlich. Ich will mich da auch nicht einmischen, aber hat man als gute Freunde nicht auch eine Pflicht, etwas zu sagen?«

»Manchmal bringt Reden einfach nichts«, sagte Tamme und nahm einen weiteren Schluck aus dem Glas.

Franzi griff nach der Frühstücksmarmelade. »Wann kommt heute eigentlich die Fähre?«

»Früh und spät«, sagte Tamme, beugte sich nach hinten zum Küchenschrank und warf einen Blick auf den Tidekalender. »Die erste kommt in einer halben Stunde. Ich hole dann die Gäste ab«, sagte er. »Heute Nachmittag kommt noch eine Fähre mit dem nächsten Schub.«

Die Fähren, die Spiekeroog anfuhren, waren tideabhängig und konnten nur in einem engen Zeitfenster vor und nach dem Höchststand der Nordsee fahren. In günstigen Fällen konnten sie frühmorgens und am späten Nachmittag übersetzen.

»Okay. Ich übernehme dann am Nachmittag.«

»Will auch mit«, sagte Rieke und zog am Ärmel ihrer Mutter.

»Aber erst heute Nachmittag. Mattes wartet bei Gesine auf dich. Ihr wolltet doch gleich zusammen spielen.«

Rieke verzog das Gesicht. »Will mit!«

»Lass nur, ich kann Rieke ja gleich zu Gesine bringen. Dann fahren wir mit dem Fahrrad und anschließend bin ich pünktlich am Hafen.«

Franzi warf ihrem Mann einen warnenden Blick zu. Tamme las seiner Tochter in den letzten Monaten jeden Wunsch von den Augen ab.

»Ist doch kein großer Umweg«, murmelte er und strich Rieke lächelnd über den Kopf.

Nachdem Franzi die Reinigung der zwei Wohnungen kontrolliert hatte, fuhr sie bei einigen nahe gelegenen Ferienhäusern vorbei, begrüßte die Gäste und fragte, ob alles in Ordnung sei. Als sie vor Jahren mit der Verwaltung der Wohnungen und Häuser begonnen hatte, hatte sie mindestens einmal bei ihren Gästen vorbeigeschaut. Bei der Fülle der Häuser war das inzwischen nicht mehr möglich, aber Franzi versuchte, so viele Gäste wie möglich persönlich zu begrüßen. Tamme hatte schon im letzten Jahr vorgeschlagen, eine Aushilfe einzustellen, was Franzi jedoch abgelehnt hatte. Bisher reichte ihr Büro in ihrem kleinen Haus, das Tamme von seinen Eltern geerbt hatte, aus. Sollten sie Mitarbeiter einstellen, würden sie gleichzeitig neue Räumlichkeiten anmieten müssen. Diese waren auf Spiekeroog nicht nur rar, sondern auch teuer.

Zurück im Büro, schrieb sie Britta eine Nachricht und fragte, ob Jan sich gemeldet hatte. Normalerweise meldete sich Britta sofort zurück, aber dieses Mal kam selbst nach einer halben Stunde keine Antwort. Franzi bearbeitete einige Anfragen für den Herbst und begann anschließend, das Mittagessen vorzubereiten.

Als Tamme in die Küche kam, umarmte er Franzi von hinten und küsste sie in den Nacken. »Ich liebe dich! Habe ich dir das heute schon gesagt?«

Franzi drehte sich um und küsste ihn zärtlich auf den Mund. »Nein, hast du nicht.« Als sie sich wieder abwenden wollte, hielt er sie zurück.

»Dann muss ich mir wohl einen Zettel schreiben, damit ich es nicht vergesse.«

Franzi lachte. »Nein, musst du nicht. Ich weiß es auch so. Und übrigens …« Sie lächelte. »Ich liebe dich auch, du alter Brummbär.«

Tamme wurde schlagartig ernst. »Sag mal, uns passiert so was nicht, oder?«

»Was meinst du?«

»Britta und Jan.«

Franzi schüttelte den Kopf. »Nein, das wird nie passieren.«

»Na ja, hier laufen im Sommer ja schon eine Menge Menschen rum.«

Franzi sah ihn mit zusammengezogenen Augenbrauen an. »Du hast mit Jan gesprochen?«

»Zumindest habe ich es versucht.«

»Und? Jetzt spann mich nicht auf die Folter.«

Tamme zeigte auf den Herd. »Das Wasser kocht!«

Franzi drehte sich um und stellte die Platte aus. »Jetzt nicht mehr. Was hat Jan gesagt?«

»Nicht viel, aber zumindest ist er ans Telefon gegangen.«

Franzi warf ihm einen flehenden Blick zu. »Tamme!«

»Ja, Jan hat zugegeben, dass er etwas mit einer anderen Frau angefangen hat.«

»Das war ja wohl kaum mehr zu übersehen, oder?«, kommentierte Franzi schnippisch.

»Soll ich jetzt erzählen oder nicht?«

»Entschuldige! Du hast ja recht«, gab Franzi zu. »Was hat Jan noch gesagt?«

»Er meinte, dass es ihm leidtut, dass Britta es so erfahren hat.«

Franzi konnte sich gerade noch mit ihrer bissigen Bemerkung zurückhalten.

»Ich habe ihn dann gefragt, wie und wann er es Britta sagen wollte. Und vor allem, wie es jetzt weitergehen soll.«

»Und?«

»Wann er es ihr sagen wollte, wusste er selbst nicht. Er hat es immer wieder rausgeschoben. Das Übliche halt. Und wie es jetzt weitergehen soll? Er will eine Auszeit, aber das wissen wir ja schon. Ich habe ihn natürlich gefragt, was danach kommt. Blöde Frage, ich weiß. Jan will die Auszeit offensichtlich, um nachdenken zu können. Ich habe aber trotzdem gefragt.«

»Warum?«, fragte Franzi, die die Antwort schon ahnte.

»Weil ich glaube, dass dieses Gefasel von Auszeit nur dummes Gerede ist. Jan hat sich doch längst entschieden.«

»Gegen Britta?«, fragte Franzi entsetzt.

»Ich denke schon. So, wie er geredet hat.«

»Aber warum? Was ist passiert?«, fragte Franzi. »Das ist doch nicht der Jan, den wir kennen.«

Tamme zuckte mit den Schultern. »Vielleicht kennen wir ihn nicht wirklich?«

»Quatsch! Und Britta lebt seit Jahren mit ihm zusammen. Sie haben gemeinsam eine Agentur, sind quasi den ganzen Tag zusammen. Das ist doch vollkommen verrückt.«

»Das ist ja auch nur mein Eindruck. Jan hat mir auf das Warum keine richtige Antwort gegeben. Da hätte ihm doch so was einfallen können wie ›Ich liebe sie nicht mehr, wir haben uns auseinandergelebt, wir streiten uns nur noch‹ und so weiter und so fort. Aber nichts dergleichen.« Tamme holte tief Luft und fuhr fort: »Er könne nicht anders, hat er gesagt. Auf mein Warum hat er nicht mehr geantwortet. Ich sag dir, er hat sich längst entschieden und war nur zu feige, einen klaren Schnitt zu machen. Vielleicht hat er auch Angst vor einer Scheidung. Da geht es sicher um eine ziemliche Summe. Die Agentur läuft prima, wenn ich das richtig sehe.«

Tamme setzte sich auf einen der Stühle und seufzte theatralisch.

»Aus und vorbei?«, murmelte Franzi, die sich so erschöpft wie nach einem Marathonlauf fühlte.

»Ich sag doch, die Leute drehen im Moment alle durch.«

Vier

Kurz vor siebzehn Uhr machte sich Franzi auf zum Hafen. Sie zog einen inselüblichen Bollerwagen hinter sich her, auf dem sie das Gepäck der Gäste transportieren würde. Spiekeroog war komplett autofrei. Nur wenige Elektrokarren fuhren auf der Insel, um Koffer, Lebensmittel, Baumaterial und alles, was die Insulaner und ihre Gäste benötigten, zu transportieren. Tamme hatte schon mehrfach vorgeschlagen, dass sie ebenfalls eine kleine Elektrokarre kaufen sollten, aber Franzi war dagegen. Sie hatten sich dann geeinigt und Tamme hatte ein Transportfahrrad mit Elektroantrieb bestellt, das in den nächsten Tagen geliefert werden sollte.

Als sie die lange Zuwegung zum Hafen entlangging, sah Franzi von Weitem die Fähre anlegen. Schnellen Schrittes eilte sie den letzten Kilometer zum Kai, wo die ersten Gäste vor den bereits vom Schiff abgeladenen Containern auf ihre Koffer warteten.

Zielstrebig lief sie auf eine Familie mit zwei kleinen Kindern zu und fragte, ob sie die Gäste für das Haus Strandblick wären. Die Mutter, die eines der Kinder auf dem Arm trug, nickte lächelnd. Franzi half dabei, die Familienkoffer zu finden und anschließend in den Bollerwagen zu hieven.

Als die kleine Gruppe sich auf den Weg ins Dorf machen wollte, rief jemand Franzis Namen. Sie wandte sich um und sah Britta auf sich zulaufen.

Franzi und Britta standen vor dem Haus Strandblick, in das vor wenigen Augenblicken die Familie hineingegangen war. Am Hafen hatte Franzi ihre Freundin lange umarmt. Auf dem Weg zum Ferienhaus hatten sie geschwiegen.

»Ich musste einfach weg aus Hamburg«, sagte Britta jetzt.

Sie sah müde aus. Unter den Augen deuteten sich dunkle Ringe an, sie ging etwas nach vorne gebeugt, als trage sie eine schwere Last, und ihre Hände zitterten leicht.

»Wir gehen erst mal zu mir nach Hause«, schlug Franzi vor. »Du bekommst eine gute Tasse Tee und dann sehen wir weiter.«

Britta lächelte verzagt. »Hast du auch was Stärkeres?«

Zehn Minuten später stellte Franzi den Bollerwagen ab, griff nach Brittas Koffer und schloss die Tür auf. Rieke kam ihr entgegengelaufen und blieb abrupt stehen, als sie Britta sah.

»Wer bist du?«, fragte das kleine Mädchen.

Britta bückte sich zu Rieke hinunter. »Ich bin Tante Britta aus Hamburg. Erinnerst du dich nicht mehr an mich?«

Rieke schüttelte den Kopf und rannte zurück ins Haus.

Britta richtete sich auf. »Bin ich schon so lange nicht mehr da gewesen?«

»Fünf oder sechs Monate. Für Rieke ist das eine lange Zeit.«

»Ja«, sagte Britta tonlos und ließ sich von Franzi mit in die Küche ziehen.

»Jetzt setzt du dich hier hin und ich koche uns Tee. Hast du Hunger? Ich könnte schnell …«

»Nein, Franzi. Tee ist gut.«

Tamme klopfte an den Türrahmen der geöffneten Tür. »Wollte doch sagen, dass ich die Stimme kenne.« Tamme ging auf Britta zu und umarmte sie. »Gut, dass du hier bist.«

»Danke, Tamme. Ich will euch nicht zur Last fallen, aber …«

»Überhaupt kein Problem«, unterbrach Tamme sie. Er wandte sich ab und sah in den Flur. »Ich muss kurz nach unserem Wirbelwind schauen. Bin gleich zurück.«

Franzi stellte die gefüllte Teekanne auf den Tisch und setzte sich zu Britta. »Tamme hat recht, natürlich bleibst du erst mal hier. Wir haben eine Luftmatratze, die können wir im Wohnzimmer hinlegen. Das klappt schon.« Sie legte die Hand auf Brittas. »Jetzt erzähl. Hast du mit Jan gesprochen?«

Britta nickte schweigend.

»Und?«

»Ich bin heute Morgen zur Arbeit gefahren«, sagte Britta leise. »Was sollte ich auch anderes tun.« Sie verstummte und senkte den Blick.

Franzi wartete eine Weile, bevor sie fragte: »Und da hast du Jan getroffen?«

»Ja, er war schon da.« Eine Träne lief Britta über die Wange, sie atmete schwer. Schließlich wischte sie sich mit der Hand die Augen trocken und sah auf. »Es hat eine Ewigkeit gedauert, bis ich ihn endlich alleine sprechen konnte. Ständig war was …«

Franzi schenkte Tee ein, sie saßen schweigend am Tisch. Franzi hoffte, dass Tamme nicht hereinplatzen würde, hörte dann aber, wie er Rieke anzog und gleich darauf rief, dass sie kurz zum Supermarkt fahren würden.

»Jan hat gesagt, dass es aus wäre, dass er nicht mehr kann und wir …« Britta schluckte schwer. »… irgendeine Lösung finden müssen.« Sie sah Franzi flehend an. »Bin ich jetzt plötzlich ein Problem, für das man eine Lösung finden muss?«

Franzi schwieg betroffen. Sie hatte gehofft, dass Britta und Jan ihrer Beziehung noch eine Chance geben und sich dabei psychologischen Rat holen würden. Was sie jetzt von Britta gehört hatte, klang allerdings nicht danach.

»So darfst du nicht denken«, versuchte Franzi, ihrer Freundin gut zuzureden.

»Was soll ich denn denken?«, flüsterte Britta. »Dass Jan plötzlich verrückt geworden ist? Dass er schizophren ist? Oder was weiß ich.«

Franzi fand keine passende Antwort. Es war aussichtslos, Britta in dieser Situation beruhigen zu wollen. Alle Zeichen standen auf Sturm.

»Du kennst Jan doch in- und auswendig. Wie hat er sich denn gegeben, als du mit ihm gesprochen hast?«

»Was meinst du?«, fragte Britta, die Mühe zu haben schien, ihre Tränen zurückzuhalten.

»Klang es ehrlich, was er gesagt hat? Stand er unter Druck, so als würde er zu etwas gezwungen werden? Klang es wie einstudiert, was er gesagt hat?«

Britta schloss die Augen und schien die Szene vom Vormittag noch einmal zu erleben. »Ich weiß es nicht. Ich war so aufgelöst und fassungslos, dass ich auf nichts geachtet habe.« Britta stöhnte leise. »Worauf willst du denn hinaus? Wer soll Jan zu etwas zwingen?«

»Nur so ein Bauchgefühl. Ich kann mir nicht vorstellen, dass Jan dich einfach so verlässt. Er ist doch nicht der Typ dafür, überhastete Entscheidungen zu treffen.« Sie zögerte, bevor sie die nächste Frage stellte. »Kennst du diese Frau denn?«

Britta nickte. »Natürlich nicht richtig. Sie arbeitet im Marketingteam eines großen Möbelhauses, für das wir die neue Verkaufsstrategie visuell begleiten.« Britta stöhnte. »Jung, blond, schlank, sieht aus wie ein Model.« Sie sah wütend auf. »Aber strohdoof.«

Was für ein Klischee, fuhr es Franzi durch den Kopf. Wieso sollte Jan auf so eine Frau reinfallen? Das war überhaupt nicht der Typ Frau, zu dem es ihn hinzog.

»Wer hatte die beiden noch gesehen?«, fragte Franzi.

»Susanne«, murmelte Britta.

»Und diese Susanne kennst du ganz gut?«

»Wir sind befreundet. Weil sie mich angerufen hat, habe ich doch überhaupt erst in Jans Handy geschaut.«

»Soll ich mal mit Susanne sprechen?«

Britta zuckte mit den Schultern. »Wenn du meinst.«

Franzi griff nach ihrem Handy und reichte es Britta. »Hast du die Nummer gespeichert?«

Britta nickte und atmete tief durch, als sich Susanne meldete. Sie erklärte ihr schließlich, dass sie auf Spiekeroog sei und dass ihre Freundin gerne mit ihr sprechen würde. Daraufhin reichte sie Franzi das Handy.

»Hallo, Susanne, hier ist Franzi.«

Sie war aufgestanden und zeigte auf die Tür. Als Britta nickte, verließ Franzi die Küche.

»Britta hat mir schon mal von dir erzählt. Du kommst auch aus Rosenheim, oder?«

Inzwischen war Franzi im Wohnzimmer angelangt, hatte die Tür leise geschlossen und sich ans Fenster gestellt. »Ja, wir sind alte Schulfreundinnen und kennen uns schon ewig. Britta hat es in Hamburg nicht mehr ausgehalten. Du weißt ja, was passiert ist.«

»Ich mache mir schon Vorwürfe, dass ich ihr überhaupt etwas erzählt habe«, sagte Susanne. »Ich hätte einfach meinen Mund halten sollen …«

»So, wie es aussieht, wäre es über kurz oder lang sowieso zu dem Eklat gekommen. Du hast sicher keine Schuld.« Franzi hielt kurz inne. »Weshalb ich dich sprechen wollte: Kennst du diese Frau näher?«

»Nein, nicht wirklich. Mein Mann arbeitet häufiger mit Jan zusammen. Er ist Freelancer und eigentlich hat er mir gesagt, wer diese Frau ist. Mehr als Britta weiß ich auch nicht. Warum fragst du?«

»Ich kann mir einfach nicht vorstellen, dass Jan von heute auf morgen aus der Beziehung ausbricht. Und dann noch mit so einer … Frau.«

»Männer halt«, sagte Susanne. »Ich habe schon von Sachen gehört, das glaubst du nicht.«

»Das mag ja sein, aber wir sprechen von Jan! Du kennst ihn doch auch, hättest du ihm das zugetraut?«

»Wenn man es mit eigenen Augen sieht – also das mit Jan und dieser Frau –, dann denkt mal wohl nicht über so was nach. Aber wenn du jetzt so fragst: Nein, gedacht hätte ich das auch nicht von ihm.«

»Ich weiß jetzt nicht, ob das eine zu große Bitte ist, aber könntest du dich vielleicht umhören?«

»Was genau meinst du?«, fragte Susanne. »Ich kenne die Frau doch gar nicht.«

»Aber dein Mann, und vielleicht kennt der wieder jemanden, der … Na, du weißt schon. Wenn wir Britta irgendwie helfen wollen, dann brauchen wir mehr Informationen.«

»Ich weiß nicht …« Susanne seufzte. »Okay, ich versuche es einfach mal. Versprechen kann ich aber nichts.«

»Das ist klar.«

»Sag mal, wie geht es Britta denn eigentlich? Oder kann sie mithören?«

»Nein, ich bin rausgegangen«, antwortete Franzi. »Im Moment hält sie sich ganz gut, glaube ich. Aber wie es weitergeht, kann ich dir auch nicht sagen.«

»Sag ihr, dass ich ganz fest an sie denke und ihr viel Kraft wünsche. Und dass ich mich morgen bei ihr melde.«

Franzi verabschiedete sich von Susanne und ging zurück in die Küche.

Britta sah sie müde an. »Und?«

»Sie weiß nichts Genaues, aber sie hört sich um.«

Britta nickte.

Die Haustür wurde geöffnet und gleich darauf ertönte Riekes Stimme. »Mama!«

Franzi und Britta standen auf und gingen Rieke und Tamme entgegen.

Nach dem Abendessen las Britta Rieke eine Geschichte vor und brachte sie anschließend ins Bett.

Später saßen Franzi, Tamme und Britta zusammen und unterhielten sich über unverfängliche Themen. Gegen zehn verabschiedete sich Tamme und ließ die beiden Frauen alleine in der Küche zurück. Im Wohnzimmer hatte er zuvor die Schlafmatratze aufgeblasen und bezogen.

Britta sah Tamme hinterher. »Du hast ziemliches Glück gehabt.«

»Ich weiß«, sagte Franzi. »Aber Tamme auch mit mir.«

Britta lächelte matt. »Das will ich meinen.«

Franzi deutete auf Brittas Handy, das schon den ganzen Abend neben ihr auf dem Tisch lag. »Du hoffst, dass Jan dir schreibt oder dich anruft, oder?«

Britta nickte schweigend.

»Hast du in den letzten Monaten nichts bemerkt?«, fragte Franzi.

»Darüber habe ich während der ganzen Zugfahrt nachgedacht.« Britta atmete flach und schnell. »Wir haben in den letzten Monaten rund um die Uhr gearbeitet. Eine Grafikerin und eine Texterin sind quasi gleichzeitig schwanger geworden. Erst sind sie häufig krank gewesen und im Moment sind beide in Elternzeit. Ersatz für sie zu finden, ist ziemlich schwer. Wer will schon auf ein Jahr begrenzt in der Agentur arbeiten? Da bekommst du nur Anfänger und die können nicht von jetzt auf gleich die erfahrenen Kollegen ersetzen.«

»Ja, das verstehe ich.«

»Jan und ich sind meistens zehn bis zwölf Stunden am Tag in der Agentur gewesen. Und das geht jetzt schon seit Januar so. Wir haben privat kaum Zeit miteinander verbracht. Ja, es gab in den Jahren immer solche Phasen. Das ist halt so, wenn man selbstständig ist. Aber so …« Britta stutzte. Sie schien bemerkt zu haben, dass sie Franzis Frage nicht beantwortet hatte. »Ja, ich weiß, das klingt jetzt alles nach einem blöden Klischee. Zuerst die Arbeit, dann das Privatleben. Und das Private fällt dann immer öfter hintenüber.« Sie fuhr sich mit der Hand durch die Haare. »Nein, ich habe nichts bemerkt, und ja, wahrscheinlich hätte ich auch nichts bemerkt, wenn es etwas zu bemerken gegeben hätte.«

»Ich wollte dir keine Vorwürfe machen, Britta. Affären haben nun mal an sich, dass sie geheim gehalten werden. Und je weniger man damit rechnet, desto seltener wird einem wohl was auffallen.«

Britta reagierte nicht. Nach einer Weile trank sie den Rest aus dem Weinglas und stand auf. »Ich bin vollkommen fertig.«

Franzi begleitete sie ins Wohnzimmer. »Soll ich dich zum Frühstück wecken?«

Britta nickte und umarmte Franzi. »Danke!«

Fünf

Franzi wälzte sich von einer Seite auf die andere. Kurz nach vier Uhr war sie aufgewacht und konnte seitdem nicht mehr einschlafen. Immer wieder war sie ihr Gespräch mit Britta durchgegangen, fand aber keine Erklärung für Jans Verhalten. Für sie waren Britta und Jan immer ein Traumpaar gewesen, niemals hätte sie gedacht, dass die beiden sich trennen würden. War wirklich in der Arbeit der beiden die Ursache für ihre Probleme zu suchen? Franzi hatte immer das Gefühl gehabt, dass ihre Freunde ausgesprochen gerne in der Agentur waren, zumal es immer wieder Phasen gab, in denen sie weit weniger arbeiteten oder auch für drei oder vier Wochen Urlaub machten.

Tamme drehte sich zu ihr um und warf ihr einen müden Blick zu. »Kannst du nicht schlafen?«

»Nicht wirklich.«

»Britta?«

Franzi rückte näher an Tamme heran und küsste ihn. »Ja. Schlaf jetzt weiter.«

»Hat Britta noch was gesagt?«, fragte Tamme und richtete sich auf. Als Franzi kurz vor Mitternacht ins Bett gegangen war, hatte er schon geschlafen.

Franzi setzte sich neben ihn. »Nein. Sie weiß nichts und ist vollkommen verzweifelt.«

»Ich verstehe nur zu gut, wie weh dir das tut, aber ich glaube nicht, dass wir Britta helfen können. Jan hat mich quasi behandelt wie einen Fremden. Das wird er bei dir auch so machen.«

»Das habe ich schon vermutet«, sagte Franzi. »Er scheint einen Schalter umgelegt zu haben.«

»Sag mal, wollten die beiden nicht auch ein Kind oder Kinder? Hast du mir nicht mal davon erzählt?«

Franzi seufzte leise. »Ja, das war der Plan. Britta und Jan haben sich sogar untersuchen lassen. Ich habe dir damals nichts davon erzählt, weil sie nicht wollte, dass ich es weitererzähle.«

»Die Probleme liegen bei ihr?«

»Ja, aber ausgeschlossen ist es nicht, dass Britta schwanger werden kann. Weniger Stress für beide, hat der Arzt damals vorgeschlagen. Aber nun ist das Gegenteil eingetreten.«

»Und Jan wollte auch ein Kind?«

»Wenn ich das richtig verstanden habe, ging es sogar von ihm aus. Britta hätte noch warten können. Aber diese Affäre hat doch nichts damit zu tun. Deshalb läuft Jan doch nicht zu solch einer aufgedonnerten Blondine und …«

»Kennst du die Frau?«, unterbrach Tamme sie.

»Nein.« Franzi stöhnte leise. »Das war unfair von mir. Britta meinte, sie wäre blond und blöd.«

»Du solltest dich da nicht so reinziehen lassen, Franzi. Ich habe letztens noch gelesen, dass jede zweite Ehe in die Brüche geht. Vielleicht ist es sogar gut, dass sie kein Kind bekommen haben.«

Franzi sank zurück auf die Matratze, Tamme tat es ihr gleich.

»Kannst du mich halten?«, flüsterte Franzi.

Tamme zog sie an sich und legte die Decke über ihre Schultern. »Zwei Stunden haben wir noch.«

Franzi nickte und kuschelte sich eng an ihn.

Nach dem Frühstück brachten Franzi und Britta Rieke zu ihrer Tagesmutter. Auf dem Rückweg bog Britta zum Strand ab, um einen längeren Spaziergang zu machen. Franzi arbeitete bis zum Mittag im Büro und traf sich anschließend im Café mit einer Insulanerin, die Arbeit suchte. Nach einem längeren Gespräch bot Franzi ihr einen Job im Reinigungsteam an und versprach, ihr in den nächsten Tagen den Arbeitsvertrag zuzuschicken.

Auf dem Weg nach Hause schaute sie in der Buchhandlung vorbei und trank einen schnellen Kaffee mit Edda. Die erzählte ihr, dass Markus schon am nächsten Tag nach Hannover fahren und dort bis zum übernächsten Wochenende bleiben würde.

»Markus hat mir erzählt, dass Tamme ihn angesprochen hat«, sagte Edda, als sie zusammen auf der Straße vor dem Buchladen standen.

»Ich weiß. Ist Tamme noch nicht bei dir gewesen?«

Edda schüttelte den Kopf.

»Er drückt sich mal wieder. Wahrscheinlich wartet er, bis Markus auf dem Festland ist.«

»Lass mich raten: Er will mich überreden hierzubleiben.«

Franzi seufzte leise. »Ja, vermutlich schon. Ich habe ihm gesagt, dass deine Entscheidung endgültig ist, aber du kennst ja Tamme.« Franzi warf Edda einen prüfenden Blick zu. »Sie ist doch endgültig, oder?«

Edda zögerte einen Moment zu lange, bevor sie sagte: »Klar, ich habe mich entschieden.«

Franzi hob den Topfdeckel an. »Das riecht ja gut. Was gibt es denn heute?«

Tamme schlug ihr spielerisch auf die Finger. »Lass dich überraschen.«

»Alter Geheimniskrämer. Gemüsesuppe?«

Tamme rollte mit den Augen. »Hast du nicht noch etwas im Büro zu tun?«

Franzi lachte. »Nein, ich habe gerade Pause.«

»Etwas von Markus gehört?«, fragte Tamme und schnitt dabei die Petersilie klein.

»Er fährt morgen für die nächsten zwei Wochen nach Hannover.«

»Sieh an. So schnell?«

»Du hast doch seine Nummer. Ruf ihn einfach an«, schlug Franzi vor, nahm sich ein Petersilienblatt und verschwand aus der Küche.

Als sie sich kurz darauf auf den Weg machte, um Rieke abzuholen, kam ihr Britta entgegen. Sie gingen gemeinsam weiter, nahmen Rieke auf dem Rückweg in ihre Mitte und hoben sie alle paar Meter an beiden Armen in die Luft. Das kleine Mädchen quiekte vor Vergnügen und forderte immer neue Luftsprünge.

Nach dem Essen half Britta Franzi beim Abdecken, während Tamme mit Rieke im Garten Ball spielte.

»Hast du noch eine Idee, wo ich hier im Moment ein Zimmer bekommen kann?«, fragte Britta.

»Du kannst doch weiter hierbleiben«, sagte Franzi.

Britta trocknete den Topf ab und stellte ihn in den Schrank. »Sei ehrlich, Franzi. Ich kann euch hier nicht ewig auf der Pelle hocken. Für eine Nacht ist das in Ordnung, aber nicht für länger. Und ich will im Moment nicht nach Hamburg zurück.«

»Für ein paar Tage hätte ich eine Ferienwohnung. Am Montag kommen aber mein Vater und jemand aus Frankreich, die ich da einquartieren wollte.«

»Klingt doch gut. Können wir dort später noch vorbeigehen?«

Franzi schloss die Tür der Ferienwohnung auf. Das Apartment hatte zwei Schlafzimmer, einen Wohn- und Essbereich und ein Badezimmer.

Britta sah sich um. »Wow! Schöne Wohnung.« Sie warf einen Blick aus dem Fenster. Auf der Wiese grasten Pferde, im Hintergrund war der Deich zu sehen, der die Insel zur Wattseite hin schützte. »Drei Tage kann ich hierbleiben?«

»Ja, das ist kein Problem. So kurzfristig hätte ich die Wohnung sowieso nicht mehr vermietet bekommen.«

Britta holte ihren Koffer von draußen herein und schob ihn in eins der Schlafzimmer. Franzi hatte währenddessen Kaffee aufgesetzt, den sie von zu Hause mitgebracht hatte.

Sie setzten sich an den Tisch im kleinen Erker der Wohnung, der an zwei Seiten große Fenster besaß. Franzi schenkte ihrer Freundin eine Tasse Kaffee ein.

»Jan hat sich also nicht gemeldet?«

»Nein.«

»Hast du ihn angerufen oder ihm geschrieben?«

»Nein.«

»Einer von euch wird den ersten Schritt machen müssen.«

»Ich nicht. Selbst wenn, es hätte keinen Sinn. Jan hat doch klar gesagt, dass es vorbei ist.«

»Ihr seid verheiratet. Da sagt man nicht einfach ›Tschüss, das wars‹. Und ihr habt eine gemeinsame Agentur. Das alles könnt ihr nicht einfach so über Bord werfen.«

Britta lehnte sich nach vorne. »Ich werfe nichts über Bord. Das war Jan, und er wird sich schon was dabei gedacht haben.«

Franzi spürte, dass sie im Moment bei Britta auf Granit biss. Sie hatte sich offensichtlich auf ihrem langen Spaziergang dazu entschlossen, sich mit Jans Entscheidung abzufinden. Franzi fragte sich, wie lange sie das durchhalten würde, ohne zusammenzubrechen. Jan war ihr Traummann, Hamburg war zu ihrer neuen Heimat geworden und mit der Agentur war einer ihrer Träume in Erfüllung gegangen.

Die Pferde auf der Weide standen inzwischen nur noch wenige Meter vom Fenster entfernt und schauten ihnen beim Kaffeetrinken zu.

»Stehen die immer auf der Weide?«, fragte Britta.

»Oft. Sie gehören zu einer Reitschule ganz hier in der Nähe.«

»Denen scheint es gut zu gehen«, sagte Britta gedankenversunken.

Franzi rückte näher an ihre Freundin heran und legte den Arm um ihre Schulter. Britta sah sie erschöpft an. »Ich weiß nicht, was ich machen soll, Franzi. Ich war in meinem Leben immer auf alles vorbereitet. Egal, welche Tiefschläge da gekommen sind. Irgendwie ging es immer weiter.« Sie machte eine Pause und sah den Pferden beim Grasen zu. »Dieses Mal ist es anders. Ich fühle mich, als hätte mich eine Kugel getroffen. Gerade stand ich noch mitten im Leben und jetzt liege ich auf der Intensivstation. Verstehst du das?«

»Ja, Britta.« Franzi spürte, wie ihre Augen feucht wurden. Vergeblich versuchte sie, die Tränen zurückzuhalten. Vorsichtig löste sich Britta von ihr und suchte in ihrem Rucksack nach einem Taschentuch.

»Bitte.« Britta reichte es ihr und lächelte matt. »Eigentlich sollte ich weinen und nicht du.«

Franzi wischte sich die Augen trocken. Sie erwiderte Brittas Lächeln. »Geteiltes Leid ist halbes Leid.«

Sechs

Den Abend verbrachte Britta bei Franzi und Tamme, ging aber früh zurück in die Ferienwohnung.

Tamme sah ihr besorgt durchs Fenster hinterher. »Ich möchte nicht in ihrer Haut stecken.«

Franzi stand auf. »Ich schau mal kurz nach Rieke.«

Sie lief die Treppe hoch und warf einen Blick ins Kinderzimmer. Rieke schlief. Franzi zog die heruntergerutschte Decke über Riekes Schultern und strich ihr zärtlich über die Haare. »Schlaf schön, meine Kleine.«

»Alles gut?«, fragte Tamme, als Franzi zurück ins Wohnzimmer kam.

»Ja, sie schläft tief und fest.«

Tamme schloss kurz die Augen. »Das ist gut.«

»Hast du auch manchmal Angst, unserem Schatz könnte was passieren?«

Tamme nickte. »Ja, nicht nur manchmal. Wenn ich nachts auf die Toilette muss, schaue ich immer noch bei ihr rein. Meistens stehe ich eine ganze Weile dort und beobachte sie.«

»Das hast du mir nie erzählt«, sagte Franzi.

»Nein, es ist ja auch ein bisschen peinlich, oder? Ich will ja auch nicht sein wie diese … wie heißt das noch?«

»Helikoptereltern?«

»Ja, genau! Ich und ein Hubschrauber, das wärs noch.«

Franzi küsste Tamme. »Ich finde es kein bisschen peinlich, wenn sich ein Vater Sorgen um sein Kind macht. Peinlich wäre es, wenn du es nicht tun würdest.«

Tamme erwiderte ihren Kuss. »Das hast du schön gesagt.« Er hielt inne. »Was meinst du … also, wir wollten doch noch ein zweites Kind. Glaubst du, dass wir das noch … wie soll ich das jetzt sagen … dass wir das hinkriegen?«

Franzi lächelte. »Wie sagst du selbst immer: abwarten und Tee trinken. Wenn wir uns Druck machen, klappt es sicher noch weniger.« Franzi zögerte. »Du weißt schon, dass das Haus hier dann zu klein ist?«

Tamme seufzte. »Klar. Was denkst du, worüber ich mir schon eine ganze Weile Gedanken mache. Metas Haus wäre optimal, aber sie müsste dann ausziehen. Unser Haus wäre frei für sie, aber ich möchte Meta wirklich nicht danach fragen. Ich weiß doch, wie sehr sie an ihrem Haus und den ganzen Erinnerungen hängt. Nein, das kann ich nicht.«

»Dann müssen wir fürs Büro andere Räumlichkeiten finden, um zumindest ein kleines Zimmer zusätzlich zu haben.«

»Wo willst du auf Spiekeroog Büroräume finden? Das ist quasi aussichtslos oder so teuer, dass wir es nicht bezahlen können.«

Franzi zuckte mit den Schultern. »Irgendwas wird sich finden. Das haben wir doch immer geschafft. Einen Schritt nach dem anderen. Bis jetzt bin ich noch nicht einmal schwanger. Wenn es so weit ist, haben wir noch neun Monate Zeit.«

Tamme nickte. »Vielleicht kommt mir ja noch eine Idee.« Er schwieg kurz und fragte dann: »Müssen wir uns eigentlich Sorgen um Britta machen?«

»Vielleicht ein bisschen. Erst mal ist es gut, dass sie hier bei uns auf Spiekeroog ist. Geben wir ihr ein paar Tage. Irgendwann wird sie über ihre Zukunft nachdenken. Das wird nicht einfach für sie.«

Tamme nickte und zog Franzi eng an sich.

In den folgenden zwei Tagen machte sich Britta rar. Hin und wieder telefonierte Franzi mit ihr und erfuhr, dass sie fast den ganzen Tag über die Insel wanderte. Am Nachmittag des dritten Tages schaute Franzi bei einem Rundgang durch die Ferienhäuser bei ihr vorbei. Nachdem sie mehrfach geklopft hatte, öffnete eine zerknautschte Britta die Tür.

»Entschuldige«, murmelte sie. »Ich bin auf dem Sofa eingeschlafen.« Britta trat zur Seite und wartete, bis Franzi an ihr vorbeigegangen war.

»Wie geht es dir?«, fragte Franzi, als sie am Küchentisch saßen und Britta ihr eine Tasse Kaffee einschenkte.

»Gut!« Britta nahm ihre Tasse in beide Hände, als wollte sie sich damit wärmen.

»Du hast noch nichts von Jan gehört?«

Britta schüttelte den Kopf.

Franzi wagte nicht zu fragen, ob ihre Freundin versucht habe, Jan zu erreichen. »Es gibt übrigens eine kleine Änderung. Pascal Bonnet hatte sich schon ein Zimmer gebucht. Wenn es dir nichts ausmacht, dass mein Vater hier auch wohnt, kannst du noch länger bleiben.«

»Kein Problem.«

Britta hatte Franzis Vater bei Riekes Taufe kennengelernt. »Wahrscheinlich bleibt er auch nur ein oder zwei Nächte«, fügte Franzi hinzu.

»Kein Problem«, wiederholte Britta.

Franzi sah ihre Freundin an. Sie wirkte zwar niedergeschlagen, aber bei Weitem nicht mehr so deprimiert wie am ersten Tag auf Spiekeroog. Die dunklen Augenringe waren verschwunden und sie lächelte, ohne dass es verkrampft wirkte.

Britta stellte ihre Tasse ab. »Das Leben geht weiter. Ich habe heute mit einem Anwalt telefoniert und mich beraten lassen. Wenn Jan die Scheidung will, kann er sie bekommen. Aber ich möchte meinen Anteil an der Agentur ausbezahlt bekommen. Da stecken viele Jahre Arbeit drin.«

Franzi wunderte sich darüber, dass Britta sich über Geld Gedanken machte. Hatte sie Jan tatsächlich schon abgeschrieben? Konnte sie so einfach die vielen intensiven Jahre abschütteln und aus dem Stand neu anfangen?

»Okay«, sagte Franzi.

Britta warf ihr einen lässigen Blick zu. »Was ist? Glaubst du mir nicht? Warum sollte ich Jan jahrelang nachweinen.« Sie seufzte. »Und vielleicht wird ihm durch den Brief eines Anwalts bewusst, was er angerichtet hat. Ich weiß, man kann Gefühle nicht an- oder abschalten, aber trotzdem … Noch habe ich mich ja nur beraten lassen und auch keine Entscheidung getroffen.«

Franzi trank einen Schluck Kaffee und nickte nachdenklich.

Auf dem Heimweg gingen Franzi Brittas Worte durch den Kopf: Anwalt, Scheidung, nachweinen. Sie kannte sich nicht aus mit der Trauer nach dem Ende einer Beziehung, hatte aber einmal gelesen, dass die meisten Menschen fünf oder sechs Phasen durchliefen. Wie sollte Britta die in den wenigen Tagen durchgemacht und überstanden haben? Oder täuschte der Eindruck?

Am Abend recherchierte Franzi im Internet und fand etliche Seiten, die sich mit dem Ende einer Beziehung beschäftigten. Fast überall war von einem längeren Prozess die Rede, von der anfänglichen Leugnung der drohenden Trennung, von einem Gefühlscocktail mit Hochs und Tiefs, dem anschließenden Versuch, alles wieder ins Lot zu bringen, und der folgenden Trauer um den Verlust des Partners. Danach kam die Phase, in der Wut und Zorn dominierten. Erst am Ende standen das

Akzeptieren der Trennung und eine Orientierung auf ein neues Leben.

»Was liest du da?«, fragte Tamme, als er aus Riekes Kinderzimmer ins Wohnzimmer kam.

Franzi klappte den Laptop zu. »Über die verschiedenen Phasen nach einer Trennung.«

Tamme setzte sich neben sie aufs Sofa. »Gibt es so etwas? Ist das nicht bei jedem Menschen anders?«

»Schon, aber die Wochen und Monate nach dem Ende einer langen Beziehung scheinen häufig ähnlich abzulaufen. Britta hat mir übrigens heute erzählt, dass sie mit einem Anwalt telefoniert hat.«

Tamme warf ihr einen ungläubigen Blick zu. »Wegen der Scheidung? Jetzt schon? Sie hat doch nicht einmal richtig mit Jan gesprochen. Oder habe ich was verpasst?«

Franzi schüttelte den Kopf. »Nein, die beiden haben kein einziges Wort miteinander gewechselt.«

»Verdrehte Welt«, murmelte Tamme und stand auf. »Wein oder Tee?«

»Ein Glas Mineralwasser«, sagte Franzi. Während Tamme in die Küche ging, lehnte sie sich auf dem Sofa zurück und schloss die Augen. Britta war seit einer Ewigkeit ihre beste Freundin, nicht einmal die vielen Hundert Kilometer zwischen Rosenheim und der Nordseeküste hatten sie auseinanderbringen können. Konnte sie jetzt mehr machen, als Britta nur die Hand zu halten? Musste sie sogar etwas unternehmen, um das drohende Unheil abzuwenden? Oder wäre es besser, wenn sie sich zurückhielte?

»Schon wieder am Grübeln?«

Franzi öffnete die Augen. Tamme reichte ihr das gefüllte Glas und setzte sich zu ihr aufs Sofa.

»Danke«, sagte Franzi. »Was meinst du? Ich würde Britta so gerne helfen, aber ich weiß weder, wie, noch bin ich mir sicher, ob es mir überhaupt zusteht, mich da einzumischen. Ich meine, so richtig. Natürlich stehe ich Britta bei, rede mit ihr und unterstütze sie, wo es nur geht. Aber ich habe das Gefühl, dass das nicht reicht.«

Tamme zuckte mit den Schultern. »Schwierige Frage. Hat Britta dich gebeten, etwas zu tun?«

Franzi schüttelte den Kopf.

»Würde sie dich bitten?«, fragte Tamme weiter.

»Das weiß ich nicht. Was könnte ich auch schon machen? Nach Hamburg fahren und Jan auf den Topf setzen?«

»Zum Beispiel. Ich könnte mir schon vorstellen, dass der mal eine richtige Ansage braucht.«

»Ich weiß nicht, Tamme. Kann ich mich da einmischen? Das ist Brittas Leben, ich kann doch nicht auf Geheimmission nach Hamburg fahren.«

Tamme wiegte den Kopf hin und her. »Ich erinnere mich an eine Franzi, die sich um alles und jeden gekümmert hat. Auch, wenn sie nicht darum gebeten wurde. Du hast Pascal in Frankreich gefunden und hierher gelotst. Karla wollte vorher in die Schweiz fahren und … na, du weißt schon. Hat sie dir nicht danach gesagt, wie dankbar sie dir für deine Einmischung war?«

»Das hätte damals aber auch verdammt schiefgehen können. Ich war reichlich forsch unterwegs.« Sie stöhnte leise. »Ich habe Bauchschmerzen, wenn ich daran denke, nach Hamburg zu fahren, um mit Jan zu sprechen.«

»Würde Britta das im umgekehrten Fall nicht genauso tun?«, warf Tamme ein.

»Mag sein«, sagte Franzi leise und trank einen Schluck Mineralwasser.

»Es geht los!«, rief Franzi in den Flur hinein. »Hörst du, Rieke: Wir fahren jetzt zu Gesine.«

Rieke kam aus dem Kinderzimmer gerannt und lief auf Franzi zu. »Nicht mit Fahrrad fahren«, sagte ihre Tochter mit einer Miene, als ginge es um Leben und Tod.

»Warum nicht?«

»Das wackelt immer.«

»Aber bei Papa fährst du doch gerne mit.«

»Papa wackelt nicht.«

Franzi hob Rieke hoch. »Was hältst du davon: Du setzt dich in den Fahrradsitz und ich schiebe. Dann wackelt es nicht.«

Rieke schien einen Augenblick zu überlegen, nickte schließlich und ließ sich ohne Murren anziehen.

Auf dem Weg zu Gesine Jacobs begegneten sie Edda, die mit Mattes an der Hand auf sie zukam.

»Na, ihr beiden«, sagte Edda.

»Alles gut bei euch?«, fragte Franzi und ließ sich von Edda umarmen.

Sie brachten gemeinsam die Kinder zu Gesine, verabschiedeten sich am Küchenfenster von ihnen und gingen Richtung Dorfmitte.

»Wie ist es so alleine?«, fragte Franzi.

»Wir telefonieren jeden Abend. Markus ist begeistert von der neuen Arbeit und erzählt fast die ganze Zeit davon«, sagte Edda und verzog das Gesicht.

Franzi war sich nicht sicher, ob das ausdrücken sollte, dass sie auf eine andere Entwicklung gehofft hatte.

»Okay«, sagte Franzi. »Aber das war wohl zu erwarten, oder?«

»Klar, Markus wusste ja, was auf ihn zukommt.«

»Hast du Sonya jetzt eigentlich gesagt, dass du ihr die Übernahme des Buchladens anbieten wolltest?«

»Ja, als ich ihr erzählt habe, dass wir Spiekeroog verlassen, hat sie nachgefragt, wie es mit der Buchhandlung weitergeht.«

Edda lächelte. »Sie war mächtig stolz, dass ich ihr das zutraue. Aber gut, daraus wird jetzt nichts mehr.«

»Bist du denn schon auf der Suche nach einer anderen Nachfolgerin?«, fragte Franzi.

»Ich habe in drei Fachzeitschriften Anzeigen geschaltet«, sagte Edda. »Ich bin mir nicht sicher, ob darauf wirklich eine Reaktion kommen wird.«

»Ganz sicher! Meta sagt immer, jeder Topf findet irgendwann seinen Deckel.«

Edda lachte. »Drück mir die Daumen. Sag, geht es Meta gut? Ich habe sie schon eine Weile nicht mehr gesehen.«

»Für ihr Alter ist sie unglaublich fit. Sie wird sicher einmal hundert.« Franzi hielt inne. »Übrigens: Erinnerst du dich noch an den Roman, den ich dir vor vielen Jahren zu lesen gegeben habe?«

»Von Karla Blohm. Sicher erinnere ich mich.«

»Pascal Bonnet hat endlich einen Verlag gefunden. Er kommt übrigens nach Spiekeroog. Karlas Todestag jährt sich und er will ihn unbedingt hier mit uns zusammen verbringen. Max kommt auch.«

»Ist das schon ein Jahr her?«, fragte Edda. »Ich weiß es noch wie heute, als du mir davon erzählt hast. Vielleicht kommt Herr Bonnet ja mal bei mir im Buchladen vorbei.«

Franzi stieg auf ihr Fahrrad. »Ich sags ihm. Grüß Sonya von mir.«

»Mache ich. Sag mal, was hältst du von einem Glas Wein, heute oder morgen Abend? Geht leider nur bei mir, aber du hast ja Tamme.«

»Gute Idee! Ich ruf dich an.« Franzi winkte Edda noch einmal zu und machte sich auf den Weg zur ersten Ferienwohnung.

Kurz vor Mittag bog Franzi zu Metas Haus ab. Sie fand die alte Dame im Garten und begrüßte sie herzlich. Meta unterbrach ihre Arbeit im Gemüsebeet und setzte sich zu Franzi auf die Holzbank. Der Wind hatte nach einem eher tristen Vormittag die Wolken verdrängt und der Sonne den Weg gebahnt. Franzi reckte ihr Gesicht mit geschlossenen Augen der Wärme entgegen.

»Schön hier bei dir«, sagte sie.

»Meinst du denn, dass sich das Kind noch mal überlegt, ob es so weit wegzieht?«

Franzi sah Meta an. »Wenn du Sonya meinst, dann fürchte ich, dass die Entscheidung endgültig ist. Aber wer weiß, vielleicht kommen ja beide irgendwann zurück, Joke macht ein Restaurant auf und Sonya übernimmt den Service.«

»Ob ich dann noch lebe«, sagte Meta leise. »Ich war in den letzten Jahren so oft auf Beerdigungen. Bald haben mich alle meine Freunde verlassen.«

Franzi legte den Arm um Metas Schultern. »Jetzt rede nicht so einen Unsinn. Du wirst hundert, glaub mir.«

»Das glaube ich nicht«, sagte Meta. »Und in ein Altersheim will ich schon mal gar nicht.«

»Glaubst du wirklich, Tamme würde das zulassen?«, fragte Franzi.

»Er hat jetzt seine eigene Familie, da kann er sich nicht auch noch um eine alte Schachtel wie mich kümmern.«

»Meta! Glaub mir, bevor du aufs Festland ins Altersheim kommst, übernimmt Tamme eigenhändig die Pflege. Wenn es wirklich mal dazu kommen sollte, finden wir eine Lösung. Und jetzt hör auf mit dem Gerede.«

Meta seufzte. »Das bleibt nicht aus, dass man sich in meinem Alter Gedanken macht. Und Tamme ist nun mal nur mein Neffe.«

»Meta!«, sagte Franzi mit gespielt ärgerlichem Unterton. »Tamme würde alles für dich tun! Und das weißt du auch.«

Meta tätschelte Franzis Hand. »Ja, da hast du wohl recht. Aber vielleicht will ich gar nicht, dass er sich Gedanken um mich machen muss. Ihr habt doch genug um die Ohren.«

Franzi vermutete, dass Metas negative Stimmung mit Karlas Todestag zu tun hatte. Musste sie sich Sorgen um die alte Dame machen? Bisher hatte Meta allen Widrigkeiten zum Trotz ihre positive Lebenseinstellung behalten.

»Nein, Meta. Für Tamme und für mich ist Familie das Wichtigste im Leben. Und jetzt ist mal Schluss damit. Bist du heute Nachmittag zu Hause? Wir wollten dich zu dritt besuchen. Du kannst natürlich auch zu uns zum Nachmittagstee kommen. Ich wollte sowieso mit Rieke zusammen einen Kuchen backen.«

Meta lächelte. »Gerne. Vielleicht kommt Sonya auch mit. Dann wären wir alle beisammen.«

»Bleibt es bei heute Abend?«, fragte Edda, als Franzi sie beim Abholen der Kinder traf.

»Ich muss noch Tamme fragen, aber ich denke, dass er mir freigibt«, sagte Franzi. Sie hob Rieke in den Fahrradsitz und schnallte sie an. »Ich ruf dich nachher an.«

Zu Hause angekommen, begrüßte Rieke ihren Vater so stürmisch, als hätte sie ihn Tage oder Wochen nicht gesehen.

»Jetzt ist aber gut«, sagte Tamme nach dem fünften Kuss auf die Wange. »Hände waschen und hinsetzen!«

Franzi stellte ihrer kleinen Tochter einen Tritt ans Waschbecken und half ihr.

Nach dem Essen lief Rieke in ihr Kinderzimmer, um sich eine Musik-CD anzuhören. Franzi half Tamme beim Abdecken und kochte anschließend Kaffee.

»Ich habe das auch schon gemerkt«, sagte Tamme, als Franzi ihm von ihrem Besuch bei Meta erzählt hatte. »Meta hat Karlas

Tod immer noch nicht verwunden. Und jetzt der ganze Besuch und Trubel. Ich weiß nicht, ob das gut für sie ist.«

»In ihrem Alter denkt man wohl öfters an den Tod, als wir es tun«, sagte Franzi. »Ich glaube, dass Sonya jetzt auch noch auszieht, bereitet Meta zusätzliches Kopfzerbrechen.«

»Warum muss auch immer alles auf einmal kommen?«, murmelte Tamme. Er sah Franzi fragend an. »Meinst du denn, dass Meta bald nicht mehr alleine bleiben kann?«

Franzi zuckte mit den Schultern. »Das weiß ich nicht. Es könnte sein, dass sie irgendwann Probleme bekommt. Geistig ist sie auf jeden Fall immer noch voll auf der Höhe. Alles andere müssen wir beobachten.«

»Unser Haus ist zu klein, um sie bei uns aufzunehmen«, sagte Tamme. »Es gibt letztendlich nur eine Möglichkeit: Wir müssen Metas Haus umbauen, damit wir alle dort wohnen können. Das Grundstück ist groß genug, sicher können wir da noch etwas anbauen. Vielleicht sollten wir darauf vorbereitet sein. Meinst du, ich sollte mich mal erkundigen?«

»Und wenn Meta davon etwas mitbekommt?«, sagte Franzi. »Du weißt doch, wie schnell hier alles rumgeht. Das muss nicht mal böse gemeint sein. Lass uns das vorher mit Meta besprechen. Aber erst, wenn Karlas Todestag vorbei ist und die Gäste wieder abgereist sind. Ja?«

Tamme nickte. »Du hast recht. Wir sollten nichts hinter Metas Rücken machen.«

»Papa!«, rief Rieke aus ihrem Zimmer. »Papa, komm!«

Franzi schmunzelte. »Du scheinst im Moment eindeutig beliebter zu sein als ich. Selbst schuld, wenn du ihr auch immer alles durchgehen lässt.«

Tamme stand auf. »Was soll ich machen? Wenn sie mich mit ihren großen Augen anschaut, bin ich Wachs in ihren Händen.«

»Nun geh schon«, sagte Franzi und fügte lachend hinzu: »Du und Wachs!«

Sieben

Auf dem Weg zu Edda klingelte Franzis Handy. Sie warf einen Blick aufs Display und nahm das Gespräch an.

»Moin, Max!«, begrüßte sie ihren Vater.

»Moin, Franzi! Störe ich?«

»Alles gut. Ich bin gerade auf dem Weg zu meiner Freundin Edda.«

»Die mit dem Buchladen?«

»Gutes Gedächtnis, alter Mann«, antwortete Franzi lachend.

»Sag mal, ich wollte mich schon morgen auf den Weg machen. Ist das in Ordnung für euch?«

»Ein paar Urlaubstage nötig?«, fragte Franzi.

»Ja, so könnte man es ausdrücken. Wenn ich schon komme, dachte ich mir, ich bleibe gleich ein paar Tage. Etwas Inselklima kann mir im Moment nur guttun.«

»Ich habe eine Ferienwohnung für dich. Allerdings musst du sie mit meiner Freundin Britta teilen. Du erinnerst dich vielleicht an sie. Sie war bei Riekes Taufe dabei.«

»Ja, natürlich. Wenn Britta keine Probleme damit hat, mit einem alten Brummbären unter einem Dach zu hausen, ist doch alles gut.«

»Ich glaube, sie ist ohnehin fast immer unterwegs auf der Insel. Wahrscheinlich seht ihr euch kaum.«

»Okay, wo muss ich genau hin?«

»Ich hol dich von der Fähre ab. Nimmst du die erste oder zweite?«

»Ich muss sehen, wie ich durchkomme. Ich schreib dir dann, wenn ich auf dem Schiff bin.«

»Super!« Franzi ging langsamer, als Eddas Haus in Sicht kam. »Max, ich bin gleich bei Edda. Grüß Caroline von mir.«

»Bis morgen, Franzi!«

Eddas Haustür öffnete sich und ihre Freundin kam heraus. Franzi winkte ihr zu und ließ das Handy wieder in ihre Tasche gleiten.

»Immer online?«, fragte Edda und umarmte Franzi.

»Das war Max. Er kommt schon morgen.«

»Komm doch erst mal rein.« Edda trat zur Seite und legte den Finger auf die Lippen. »Die beiden Rowdys sind gerade eingeschlafen. Wir müssen leise sein.«

Franzi zog ihre Jacke aus und folgte Edda in die Küche. Sie schlossen die Tür, Edda zündete die Kerze auf dem Tisch an und holte eine Flasche Wein aus dem Kühlschrank. Die Gläser und eine Schale mit Gebäck standen bereits auf dem Tisch.

»Schön, dass du kommen konntest«, sagte Edda und schenkte den Wein ein. »Sonya und Joke haben ihren Paristrip wohl um ein paar Tage verschoben. Sie fahren erst Ende der nächsten Woche.«

»Du hast noch Hoffnungen?«

Edda antwortete nicht und hob stattdessen ihr Glas. »Worauf trinken wir? Die Zukunft?«

Franzi stieß mit ihr an. »Warum nicht.« Sie trank einen kleinen Schluck und setzte das Glas wieder ab.

Edda erzählte von den letzten Wochen in Jellas Kindergarten. Franzi hatte Rieke dort schon vor einem Jahr angemeldet und würde Anfang nächsten Jahres einen Platz bekommen.

»Wissen die Kinder schon, dass ihr aufs Festland zieht?«, fragte Franzi.

»Wir haben es mal als Möglichkeit erwähnt. Mattes ist noch zu klein, um es zu begreifen, aber Jella war nicht gerade begeistert. Aber welches Kind ist das schon, das mit den Eltern umziehen soll. Ich glaube, sie wird damit fertigwerden. Kinder vergessen schnell. Und wir werden ja regelmäßig nach Spiekeroog kommen, alleine wegen meiner Eltern. Die Urlaube wollen wir auch hier verbringen.«

»Ihr behaltet das Haus hier?«, fragte Franzi.

»Das ist zumindest unser Plan. Markus meint, wir sollten es an Feriengäste vermieten. Du kennst dich doch damit aus: Was müssten wir investieren, damit wir ausreichend Miete bekommen?«

Franzi ging in Gedanken die Räume des Hauses durch. »Wie viele Quadratmeter habt ihr hier?«

»Hundertfünfunddreißig.«

»Die einfachste Variante ist, das Haus als Ganzes zu vermieten. Ein paar wenige Umbauten wären nötig und dann muss es natürlich möbliert werden.«

»Aber?«

»Kleinere Wohnungen sind gefragter. Wenn ihr aus dem Haus zwei Einheiten macht, findet ihr problemlos fast das ganze Jahr über Gäste, sagen wir neun Monate, beim ganzen Haus mit einem entsprechend hohen Preis wird das schwieriger. Aber die Investitionen – und danach hast du ja gefragt – wären natürlich erheblich größer, wenn ihr es in zwei Ferienwohnungen umbauen lasst. Zwei Küchen, zwei Bäder, aber auf Dauer gesehen wäre es die richtige Entscheidung.«

»Oje, das klingt wirklich teuer.« Edda trank einen kräftigen Schluck und schenkte sich Wein nach. »Wir würden das Haus ja irgendwie dauerhaft in zwei Wohnungen trennen müssen. Das wären Umbauten, die nicht so leicht rückgängig zu machen sind. Ich hatte gehofft, dass wir das Haus so lassen können, wie es ist. Das wäre für die Kinder sicher am besten.«

Franzi warf ihr einen erstaunten Blick zu. »Willst du denn deine Möbel nicht mit ins neue Haus nehmen?«

Edda sah sich in der Küche um, als sehe sie die Einrichtung zum ersten Mal. »Darüber habe ich noch gar nicht nachgedacht.«

»Pass auf. Ich mache dir mal eine Aufstellung, wie viel man mit zwei Wohnungen, die so um die siebzig Quadratmeter haben, nach meinen Erfahrungen im Jahr einnehmen kann. Und das Gleiche für das gesamte Haus. Was meinst du dazu?«

Edda nickte. Sie griff wieder nach dem Weinglas und trank es leer. »Irgendwo muss ich ja anfangen. Mit dem Vermieter des Ladens habe ich auch schon gesprochen.«

»Und?«

Edda schüttelte mit verzagter Miene den Kopf. »Kein Entgegenkommen. Vertrag ist Vertrag. Ich könne ja einen Nachmieter suchen.« Edda rollte mit den Augen. »Als wäre das bei den hohen Mieten auf Spiekeroog so einfach.«

»Und was planst du jetzt?«

Edda zögerte, schenkte sich nach und beugte sich dann leicht zu Franzi vor. »Ich dachte mir, man könnte auch eine Kooperation machen. Ich würde Eigentümerin der Buchhandlung bleiben und jemand anderes steigt als Partner mit ein. Ich würde dann auf meinen Anteil am Gewinn verzichten, solange ich nicht mehr in der Buchhandlung arbeite.«

»Und was sagt Markus dazu?«

»Ich habe ihm noch nichts erzählt. Ist doch auch mein Buchladen.«

»Geht das denn rechtlich?«, fragte Franzi.

»Ich glaube schon. Das ist dann eine GbR – Gesellschaft bürgerlichen Rechts. Da können sich zwei Personen zusammenschließen, einen Vertrag machen und los gehts.«

Franzi sah sie skeptisch an. »Aber dann bist du noch finanziell mit im Boot, oder? Ich meine, wenn dann dein Partner oder deine Partnerin den Laden nicht im Griff hat und rote Zahlen schreibt, musst du später die Schulden mittragen.«

»Das darf halt nicht passieren. Ich müsste mich eben hin und wieder hier sehen lassen und die Bücher prüfen.«

Franzi griff nach der Weinflasche und wollte sich nachschenken, als sie sah, dass die Flasche leer war.

Edda stand auf. »Ich habe noch eine zweite Flasche kalt gestellt.« Bevor Franzi etwas sagen konnte, war ihre Freundin am Kühlschrank und hatte die Flasche in der Hand.

Edda schenkte ihr und sich selbst Wein ein und stellte die Flasche auf den Tisch. »Wo waren wir stehen geblieben?«

»Bücher prüfen«, sagte Franzi.

»Stimmt! Wir wollen ohnehin regelmäßig herkommen. Dann kann ich doch …« Edda stutzte und sah Franzi direkt an. »Du siehst aus, als ob dir meine Idee nicht so gut gefällt?«

Franzi legte den Kopf in den Nacken und atmete tief durch. »Mir muss das nicht gefallen, Edda. Aber das klingt alles ziemlich danach, als ob … wie soll ich das jetzt ausdrücken? Bist du sicher, dass du überhaupt aufs Festland ziehen willst?«

Edda stand auf und lief zum Küchenfenster. Sie öffnete es und atmete tief die frische Nachtluft ein. Schließlich drehte sie sich zu Franzi um. Ihre Augen waren feucht. »Nein, das geht mir alles viel zu schnell, Franzi.«

Franzi stand auf, ging auf Edda zu und umarmte sie.

»Du bist ja gestern ganz schön spät nach Hause gekommen«, sagte Tamme am nächsten Morgen, als sie zusammen mit Rieke am Frühstückstisch saßen. »Ist alles gut?«

Franzi strich sich über die Stirn. »Wir haben lange geredet. Mein Kopf brummt immer noch etwas.«

Tamme grinste. »Das passiert doch sonst nur mir. Wenn auch aus anderen Gründen.«

»Wohl wahr!«, sagte Franzi schmunzelnd und griff nach der Serviette, um Rieke den Marmeladenmund abzuwischen.

»Und was sagte Edda so?«

»Wir haben über dies und das gesprochen. Kindergarten, Eddas Umzug, was halt so anliegt.«

»Und?«, wollte Tamme wissen.

»Nichts und. Natürlich fällt es Edda nicht leicht, Spiekeroog …« Franzi stockte und warf einen Blick auf Rieke. »… na, du weißt schon. Das ist ein großer Schritt und natürlich ist sie sich nicht hundertprozentig sicher.«

Tamme verzog das Gesicht. »Wie viel Prozent sind es denn?«

»Frag sie selbst.«

»Werde ich machen. Ganz bestimmt. Wir werden sehen, was passiert.«

Franzi horchte auf. Das klang gar nicht nach ihrem Tamme. Er schien sich immer noch Gedanken zu machen, wie er Markus' und Eddas Umzugspläne durchkreuzen konnte. Oder hatte er schon einen Plan?

»Was meinst du damit?«, fragte Franzi.

»Nichts. Du weißt ja, wie ich zu der Sache stehe. Das ist alles nur auf Markus' Mist gewachsen.«

Franzi beschloss, nicht weiter nachzufragen. Seit Tamme wusste, dass Markus und Edda umziehen würden, reagierte er gereizt, wenn das Thema aufkam. »Es sind ja noch ein paar Monate, bevor sie wirklich wegziehen.«

»Weg?«, fragte Rieke. »Rieke will nicht weg.«

»Musst du auch nicht«, sagte Franzi und tippte ihr mit dem Finger auf die Nase. »Und mit vollem Mund spricht man nicht. Das weißt du doch.«

»Warum?«

»Weil das unhöflich ist. Möchtest du noch mehr Kakao?«

Als Rieke nickte, stand Franzi auf, holte warmen Kakao vom Herd und schenkte ihrer Tochter ein.

»Opa Max kommt schon heute«, sagte Franzi.

Rieke strahlte. Sie liebte ihren Opa über alles. Bei jedem Besuch brachte er seiner Enkelin kleine und große Geschenke mit und spielte mit ihr unermüdlich alles, was Rieke vorschlug. »Toll, Opa!«, rief das kleine Mädchen.

Nach einem anstrengenden Vormittag wechselte Franzi vom Büro in die Küche und bereitete das Mittagessen vor. Tamme hatte am Vormittag mehrere Bollerwagen der einzelnen Ferienwohnungen repariert und war gerade auf dem Weg zu Gesine Jacobs, um Rieke abzuholen.

Während Franzi das Gehackte für die Bolognese anbriet, wanderten ihre Gedanken zurück in die Zeit, als sie fluchtartig Rosenheim verlassen hatte. Ihr krankhaft eifersüchtiger Freund hatte sie so in die Enge getrieben, dass sie ein Jobangebot, das sie versehentlich von der Arbeitsagentur erhalten hatte, annahm und von heute auf morgen untertauchte. Der Neustart in einer für sie vollkommen fremden Welt fiel ihr schwer. Sie vermisste die Landschaft des Alpenvorlandes, die Sprache, die Menschen, die Stadt und vor allem Britta, ihre beste Freundin. Ostfriesland war für sie auf den ersten Blick Wiesen und Felder bis zum Horizont, windschiefe Bäume und Menschen, deren Sprache sie nicht verstand und deren manchmal trockenen Art, sich auszudrücken, sie wenig abgewinnen konnte. Ging es Edda jetzt genauso? Nein, Hannover war immer noch Norddeutschland, die Sprache und Gewohnheiten waren ihr geläufig. Aber Edda verließ nicht nur die lieb gewonnene Heimat, sondern sie fühlte sich entwurzelt. Das Leben auf einer kleinen Insel war so unverwechselbar, so anders als überall auf dem Festland, dass Edda sich vorkommen würde wie eine vollkommen Fremde. Diese Angst hatte Franzi bei ihrem langen Gespräch am vergangenen Abend herausgehört, auch wenn Edda immer wieder nach Argumenten gesucht hatte, dem Umzug positive Seiten abzugewinnen. Franzi hatte hilflos vor ihr gesessen und händeringend nach Wegen gesucht, um ihrer Freundin zu helfen. Sollte sie ihr raten, sich gegen Markus zu stellen? Nein, Edda musste für sich selbst entscheiden, was sie tun wollte. Und wenn sie wirklich auf der Insel bleiben wollte, würde Franzi alles tun, um sie zu unterstützen.

Rieke stürmte in die Küche und zeigte Franzi ein gemaltes Bild. »Guck mal, Mama. Hat Mattes mir geschenkt.«

Auf der Kinderzeichnung waren ein Junge und ein Mädchen zu sehen, die Hand in Hand vor einem Haus standen.

Acht

Franzi ging mit Rieke an der Hand auf den Kai zu. Der Bollerwagen für das Gepäck stand schon an der Stelle, wo die Container mit den Koffern nach Ankunft der Fähre abgeladen werden würden.

»Wo schläft Opa?«, fragte Rieke.

»In einer Ferienwohnung zusammen mit Tante Britta.«

»Tante Britta traurig?«

Franzi wunderte sich über ihre kleine Tochter, die mehr mitbekam, als sie ihr zugetraut hatte. »Tante Britta hat ganz viel gearbeitet und muss sich jetzt ausruhen.«

»Warum?«

»Das erzähle ich dir später mal.« Sie zeigte aufs Wasser. »Schau mal, wie weit die Fähre schon ist. Es dauert nicht mehr lange, dann legt sie an.«

Sie beobachteten das Anlegemanöver. Rieke entdeckte Max an der Reling und winkte ausgelassen. »Opa! Opa!«, rief sie, so laut sie konnte.

Max winkte zurück und strahlte übers ganze Gesicht. Zehn Minuten später hielt er Rieke auf dem Arm und konnte sich kaum ihrer Küsse erwehren. Lachend zeigte er auf die Container.

»Wir müssen jetzt meinen Koffer holen, Kleines. Sonst fährt er wieder mit aufs Festland und ich habe nichts anzuziehen.«

»Papa hat eine Hose für Opa«, sagte Rieke und ließ es sich nicht nehmen, Max einen weiteren Schmatzer auf die Wange zu drücken.

»Wie war die Fahrt?«, fragte Franzi, als sie sich endlich auf den Weg ins Dorf gemacht hatten. Rieke saß im Bollerwagen auf dem Koffer ihres Opas und winkte anderen Kindern zu.

»Ich bin gut durchgekommen. Ausnahmsweise kein Stau. Zwar habe ich keinen Parkplatz direkt beim Fährhaus in Neuharlingersiel bekommen, aber ich hatte ja Zeit genug. Also, alles prima. Und bei dir?«

»Das Geschäft läuft gut, manchmal ist es etwas viel, aber ich will mich nicht beschweren. Meta geht es gut, auch wenn sie im Moment oft über ihr hohes Alter nachdenkt, und Sonya ist ja bald mit der Ausbildung fertig.«

»Anja hat mich gestern angerufen.« Max schaute nach hinten zu Rieke und lächelte ihr zu. »Du weißt davon?«

Anja war die Schwester ihres Vaters und Sonyas Mutter.

»Paris?«

Max nickte. »Anja ist nicht begeistert. Aber das kannst du dir bestimmt denken. Ich habe sie etwas beruhigen können und versprochen, mit Sonya zu reden.«

»Die beiden sind fest entschlossen und hellauf begeistert vom Parisplan«, sagte Franzi. »Du wirst sie nicht umstimmen können.«

»Das habe ich mir schon gedacht. Aber ich muss nun mal meine Pflicht als großer Bruder und Onkel erfüllen.« Max beugte sich leicht zu Franzi rüber und fügte leise hinzu: »Ehrlich gesagt, finde ich es richtig gut, dass die beiden den Schritt in die große weite Welt wagen. Zurückkommen können sie doch immer. So, wie ich Joke kennengelernt habe, wird ihn irgendwann das Heimweh packen und er will zurück zur Nordsee auf seine geliebte Insel.«

Franzi liebte die ruhige und überlegte Art ihres Vaters. Er würde Anja hinsichtlich Sonyas Plänen sicher besänftigen können.

»Du hast Glück, dass sie überhaupt hier ist. Eigentlich wollten Sonya und Joke für einen Kurztrip nach Paris. Sie haben es aber kurzfristig verschoben.«

Sie bogen in die Straße ab, in der das Ferienhaus lag. Max hob seinen Koffer aus dem Bollerwagen und nahm anschließend Rieke auf den Arm. »Spielen, Opa?«, fragte ihre Tochter mit ihrer zuckersüßen Stimme.

»Jetzt lass Opa doch erst mal auspacken«, sagte Franzi schnell. »Später kommt er bestimmt zu uns.«

Max lachte. »Natürlich komme ich zu euch und dann spielen wir. Oder soll ich dir was vorlesen? Das kann ich auch gut.«

Franzi schloss die Tür auf und rief nach Britta. Niemand antwortete. »Sie ist wohl wieder unterwegs«, sagte Franzi und ließ Max und Rieke in die Wohnung. »Ich rufe kurz bei ihr an.«

Franzi wählte Brittas Nummer, aber niemand meldete sich. Sie sprach ihrer Freundin etwas auf die Mailbox und schrieb ihr zusätzlich eine Whatsapp-Nachricht.

»Wird schon schiefgehen«, sagte Max. »Wir kennen uns ja bereits.«

Rieke bestand darauf, ihrem Opa beim Auspacken des Koffers zu helfen. Franzi schaffte es nur mit Mühe, ihre Tochter von Max zu trennen und mit ihr zurück nach Hause zu gehen.

Eine Stunde später stand Max mit Kuchen in der Hand vor der Tür und wurde von seiner Enkelin ein zweites Mal stürmisch begrüßt. Franzi setzte Kaffee auf und schlug Sahne, während Max Rieke eine Geschichte in ihrem Zimmer vorlas.

»Hast du Britta noch gesehen?«, fragte Franzi, als sie zu viert um den Küchentisch saßen.

»Ja, sie kam, zehn Minuten nachdem ihr gegangen seid. Ihr geht es nicht so gut, oder?«

Mit einem Seitenblick auf Rieke sagte Franzi: »Das erzähle ich dir später.«

Rieke, die neben ihrem Opa saß, verschlang das Kuchenstück, das Franzi ihr auf den Teller gelegt hatte. Anschließend sah sie Max fragend an und rutschte dabei aufgeregt auf dem Kinderstuhl hin und her.

»Willst du nicht schon mal vorgehen?«, fragte Tamme.

Er hob Rieke aus dem Stuhl, nachdem sie mit heruntergezogenen Mundwinkeln genickt hatte.

»Sie hat gestern die ganze Zeit von dir gesprochen«, sagte Tamme, als Rieke aus der Küche gelaufen war.

Max lachte. »Schön zu hören, dass ich beim weiblichen Geschlecht noch so beliebt bin. Ich gehe auch gleich zu ihr. Sie wollte mir unbedingt noch ihr neues Puppenhaus zeigen.«

»Du meinst das, was hier so unverhofft mit der Post angekommen ist?«, fragte Franzi und warf ihrem Vater einen strengen Blick zu.

Max sah sie gespielt schuldbewusst an. »Es war im Angebot und da habe ich halt zugeschlagen.«

»Wir müssen bald anbauen, wenn dir weiter so viele günstige Angebote – natürlich rein zufällig – über den Weg laufen.«

Max stöhnte theatralisch. »Ich werde versuchen, mich in Zukunft etwas mehr zurückzuhalten.«

Franzi rollte mit den Augen. »Warum nur glaube ich dir das nicht?«

Am späten Nachmittag verabschiedete sich Max von Rieke und Tamme. Anschließend begleitete Franzi ihren Vater zur Ferienwohnung.

»Wie geht es Caroline?«

Max blieb stehen. »Das weiß ich nicht. Wir haben uns schon drei Wochen nicht mehr gesehen.«

»Ist sie verreist?«, fragte Franzi und blieb ebenfalls stehen.

»Nein, soweit ich weiß, ist sie in Hamburg.«

»Ihr habt euch getrennt?«

»Nicht so richtig. Caroline wollte eine Auszeit.«

»Warum?«, fragte Franzi erstaunt.

»Ich arbeite zu viel, wenn wir uns sehen, bin ich nicht wirklich anwesend, Caroline spürt mich nicht mehr und sie will über unsere Beziehung nachdenken.«

»Aber ihr …« Franzi schluckte schwer. »Das tut mir jetzt wirklich leid, Max.«

»Sie hat ja recht. Ich arbeite immer bis zu vierzehn Stunden am Tag und bin abends so fertig, dass ich lieber ins Bett gehe, als noch irgendwas zu unternehmen. Am Wochenende ist es nicht viel besser. Gut, ich arbeite dann nur selten, aber in meinem Kopf läuft der Film weiter.«

»Bist du deshalb eher nach Spiekeroog gekommen?«

»Ja, ich habe spontan alle Termine abgesagt und bin einfach losgefahren. Ich habe mich für sechs Tage abgemeldet.« Er zog sein Handy aus der Tasche und zeigte es ihr. »Ausgestellt. Ich rufe einmal am Tag die Mailbox ab, mehr nicht.«

»Gute Strategie. Zumindest kurzfristig.«

»Ich weiß, aber ich habe auch noch keine Idee, wie es weitergehen soll oder, besser gesagt, weitergehen kann.« Max zeigte auf die Straße. »Wollen wir?«

Sie gingen eine Weile schweigend nebeneinanderher.

»Du wolltest mir noch erzählen, was mit deiner Freundin los ist«, sagte Max in die entstandene Stille hinein.

»Ihr Mann hat sie von heute auf morgen verlassen.«

»Oh, noch jemand.« Max seufzte. »Haben die beiden Kinder?«

»Nein, sie wollten, aber es hat noch nicht geklappt.«

»Hat ihr Mann eine andere?«

Franzi nickte. »Am besten, du sprichst Britta gar nicht drauf an. Sie ist im Moment ziemlich durcheinander.«

Max hob beschwichtigend die Hände. »Nein, natürlich nicht. Wir werden – wenn überhaupt – nur etwas miteinander plauschen. Sie ist wirklich nett.«

»Wenn ihr euch gut versteht, ist das doch prima. Britta braucht dringend Ablenkung von der Grübelei.«

Sie waren inzwischen beim Haus angekommen. Franzi begrüßte kurz ihre Freundin und verabredete sich mit ihr für den nächsten Vormittag in einem Café.

Franzi lief durch den Ort zurück nach Hause. Tamme wartete bereits auf sie, da sich ein Feriengast gemeldet hatte, bei dem das Internet ausgefallen war. »Ich fahre kurz mit dem Fahrrad hin«, sagte Tamme, gab Rieke einen Kuss und verließ mit seinem Werkzeugkoffer in der Hand das Haus.

»Wann kommt Opa wieder?«, fragte Rieke.

»Bestimmt morgen. Er muss sich etwas ausruhen.«

Wie das Ausruhen aussehen würde, wusste Franzi allerdings nicht. Im Hinausgehen hatte sie mitbekommen, dass Britta und ihr Vater planten, am Abend gemeinsam essen zu gehen. Sie hatte sich kurz gewundert, sich aber später gefreut, dass Britta etwas Abwechslung haben würde.

»Ist Opa müde?«, fragte Rieke.

»Ja, so könnte man das sagen. Opa hat zu viel gearbeitet. Jetzt will er hier bei uns spazieren gehen und mit dir spielen.«

Rieke strahlte und zog Franzi mit in ihr Zimmer.

Franzi richtete sich im Bett auf, als sie hörte, wie die Haustür aufgeschlossen wurde. Tamme hatte sich mit zwei Freunden im Sir George's Pub getroffen und vor einer halben Stunde geschrieben, dass er bald aufbrechen würde. Franzi, die sich gerade schlafen gelegt hatte, hatte sich daraufhin noch einmal ihren Roman vom Nachttisch geangelt und weitergelesen.

Tamme schaute ins Schlafzimmer. »Oh, du schläfst ja noch nicht.«

»Ich habe auf dich gewartet«, sagte Franzi, legte ihr Buch zur Seite und rutschte in die Waagerechte. »Ab ins Bad, sonst schlaf ich doch noch ein.«

Tamme verschwand und kehrte in Windeseile im Schlafanzug zurück. »War ein netter Abend mit den Jungs.«

»Schön. Wie macht sich die Schwangerschaft von Roberts Frau?«

»Haben wir gar nicht drüber gesprochen. Aber jetzt rate mal, wer auch noch im Pub war.«

»Woher soll ich das wissen, Tamme?«

»Britta und Max! Sie sind etwas später gekommen und haben mich gar nicht bemerkt, so sehr waren sie mit sich selbst beschäftigt.«

»Wieso … was meinst du damit?«

»Na ja, wenn ich nicht beide kennen würde, hätte ich gedacht, sie flirten miteinander.«

»Du musst dich irren, Tamme. Die beiden wollten zusammen ins Restaurant, mehr nicht. Wahrscheinlich haben sie noch einen Absacker im Pub getrunken.«

»Wie du meinst.« Tamme schmiegte sich an sie. »Vielleicht habe ich da wirklich etwas reininterpretiert. Max hat ja auch Caroline. Vergiss es einfach.«

Die gerade eine Auszeit von Max genommen hat, fügte Franzi in Gedanken hinzu. Kurz überlegte sie, Tamme davon zu erzählen, entschied sich aber, es auf den nächsten Tag zu verschieben. Sie küsste ihn. »Gute Nacht, alter Brummbär!«

Neun

Franzi sah auf die Uhr. Hatte Britta ihre Verabredung vergessen? Sie saß jetzt seit einer Viertelstunde im Café und wartete auf ihre Freundin. Schließlich stand Franzi auf und bestellte sich am Tresen einen Latte macchiato. Als sie sich wieder an den Tisch setzte, kam Britta gerade durch die Tür.

»Entschuldige!«, sagte sie atemlos und umarmte Franzi. »Ich habe mir keinen Wecker gestellt.« Sie sah zum Tresen. »Hast du schon was geordert?«

»Nur Kaffee. Bestellst du mir das französische Frühstück?«

Britta nickte und wandte sich ab. Das Café war verbunden mit einem Bäckerladen und einer Rösterei. Franzi beobachtete Britta, die am Tresen die Bestellung aufgab. Sie wirkte heute Morgen nicht mehr so deprimiert wie in den letzten Tagen. Jetzt lachte sie und nickte der Frau hinter dem Tresen zu.

»Der Kaffee kommt gleich«, sagte Britta und setzte sich zu Franzi. »Hast du lange auf mich gewartet?«

»Alles gut.« Franzi musterte ihre Freundin. »Dir geht es heute besser?«

Britta lachte ausgelassen. »Sieht man das? Ja, ich habe zwar wenig geschlafen, aber mir geht es gut.«

»Tamme hat euch gestern im Pub gesehen. Er war mit ein paar Freunden dort.«

Britta schaute auf. War sie erschrocken? Nein, jetzt lächelte sie. »Tatsächlich? Ich war wohl so ins Gespräch mit Max vertieft, dass ich ihn nicht gesehen habe.«

»Ihr wart essen?«

»Ja, im Capitänshaus. War eine gute Idee von Max. Das Essen war wirklich hervorragend. Und danach sind wir noch in den Pub. Der liegt doch gleich um die Ecke. Für einen Absacker.« Britta schmunzelte. »Vielleicht waren es auch zwei oder drei.«

Ihr Kaffee wurde serviert. Britta nahm ihre Tasse in beide Hände, als wollte sie sich wärmen. »Wie lange bleibt Max eigentlich? Ich habe ihn gar nicht gefragt.«

»Ein paar Tage. Genau wusste er das noch nicht.« Franzi vermied es, über die Auszeit von Max' Lebensgefährtin zu sprechen. Sie beschlich ein mulmiges Gefühl. Hatte Tamme doch recht? Was war gestern Abend passiert? Sie stellte sich Britta in den Armen ihres Vaters vor und musste unwillkürlich den Kopf schütteln.

Britta sah sie erstaunt an. »Was ist los?«

»Ach, nichts«, sagte Franzi schnell. »Ich habe nur an etwas gedacht. Was hast du gestern im Capitänshaus gegessen?«

»Schwertfisch vom Grill auf Risotto. Lecker! Und Max hatte den Steinbeißer. Er war auch zufrieden.«

Ihr Frühstück wurde serviert. Franzi griff nach einem Croissant und bestrich es mit Butter. Wie konnte sie nur annehmen, dass Britta etwas mit ihrem Vater anfing? Oder ihr Vater sich mit ihrer Freundin einließ? Die beiden hatten einfach einen netten Abend gehabt. War das nicht genau das, was Franzi sich für Britta gewünscht hatte?

»Sag mal, lebt dein Vater eigentlich mit jemandem zusammen?«, fragte Britta. »Er hat gar nichts erzählt.«

»Caroline und Max wohnen nicht zusammen, aber sie sind schon zwei Jahre ein Paar.«

Britta köpfte ihr gekochtes Ei und streute Salz aufs Eigelb. Sie aß einen Löffel voll und lächelte. »Auch ein Modell. Getrennte Wohnungen. Eigentlich keine schlechte Idee.«

»Vielleicht in Max' Alter, aber dafür sind wir beide zu jung, oder?«

Britta aß ihr Ei auf und schmierte sich ein Mehrkornbrötchen. Sie legte eine Scheibe Käse auf die eine Hälfte und ein Stück Schinken auf die andere. Schließlich sah sie auf. »Keine Ahnung. So eng wie bei mir und Jan hat es ja auch nicht geklappt.«

Franzi biss von ihrem zweiten Croissant ab und schwieg. Was war das für ein merkwürdiges Gespräch? Sie wollte nicht über die Beziehung ihres Vaters sprechen und auch nicht darüber nachdenken, was gestern Abend passiert sein könnte. Auf der anderen Seite ging es sie nichts an, wenn zwei Erwachsene, die beide eine emotionale Achterbahn durchlebten, sich gegenseitig etwas Halt gaben.

»Was ist mit dir los?«, fragte Britta.

Franzi schüttelte sich leicht. »Ach, bin nur in Gedanken. Du kennst doch Edda?«

»Deine Freundin mit dem Buchladen?«

»Ja. Sie zieht im März aufs Festland. Sonya übrigens auch, nach Frankreich. Und sie sind nicht die Einzigen. Wenn Häuser verkauft werden, gehen sie zumeist an Investoren, die daraus ein Ferienhaus machen. Es wird immer schwieriger für uns Insulaner. Tamme und ich können froh sein, dass wir das Haus seiner Eltern haben.«

Britta schien einen Moment irritiert über den plötzlichen Themenwechsel, ging dann aber darauf ein. Sie unterhielten sich über das Leben auf der Insel, und Franzi schlug im Spaß vor, dass Britta ja den Buchladen übernehmen könnte, woraufhin diese kurz darüber nachzudenken schien, ob das eine mögliche Alternative für sie sein könnte.

»Startkapital hätte ich ja, wenn Jan mich auszahlt«, sagte sie schließlich. »Aber ich habe nicht die geringste Ahnung von Büchern. Hast du nicht einen Job für mich? Halbtags würde mir reichen.«

»Jobs gibt es hier reichlich, nur wenig Wohnraum für all die Leute«, erwiderte Franzi. »Würdest du es denn lange auf so einer kleinen Insel aushalten? Sei ehrlich!«

Britta schüttelte den Kopf. »Im Moment kenne ich keinen Ort auf der Welt, an dem ich es lange aushalten würde. Insel oder nicht. Ich habe das Gefühl, als wäre ich auf der Flucht. Dabei weiß ich nicht mal, wovor ich davonlaufe. Vor mir selbst? Vor Jan? Vor allen Männern? Oder sogar vor allen Menschen?«

»Du trauerst. Sozusagen«, sagte Franzi leise. »Das wird noch eine Weile andauern. Auf die eine oder andere Weise.«

»Aber ich will das nicht! Trauern – das kommt mir vor, als würde ich Zeit totschlagen, weil mir nichts Besseres einfällt. Ich will leben, wenn nicht mit Jan, dann eben alleine oder mit jemand anderem.«

Franzi schwieg eine Weile, bevor sie leise fragte: »Kannst du Jan denn einfach so abschreiben? Gestern hast du ihn noch geliebt, das kann sich doch nicht so plötzlich alles in Luft aufgelöst haben.«

»Scheinbar schon«, murmelte Britta.

»Kämpfen – war das nicht immer dein Credo? Nicht aufgeben, nach vorne blicken. Vielleicht braucht Jan ja deine Hilfe und ist da in was reingeraten …«

Britta lachte laut. »Reingeraten? So könnte man es natürlich auch ausdrücken.«

Franzi rollte mit den Augen. Das war wirklich nicht der Moment, in dem Britta sich über Jan lustig machen sollte. Ja, er hatte eine Affäre mit einer Frau angefangen, aber er war der

Mann, mit dem Britta viele Jahre zusammengelebt und -gearbeitet hatte. Jan hatte eine Chance verdient zu erklären, was passiert war. Irgendwann würde Britta es bereuen, wenn sie das Gespräch mit Jan nicht gesucht hätte.

»Du weißt nicht, was in Jan gefahren ist, ich weiß es auch nicht«, sagte Franzi. »Aber ihr habt zu viel erlebt, als dass sich eure Beziehung so sang- und klanglos in Luft auflösen könnte.«

»Das sehe ich nicht so. Mir ist egal, was mit Jan passiert. So was von egal.«

Franzi suchte auf ihrem Handy nach einem Foto von Jan. Als sie es gefunden hatte, hielt sie es Britta vor die Nase. »Schau genau hin und sag mir ins Gesicht, dass dir dieser Mann wirklich vollkommen egal ist.« Auf Franzis Aufforderung antwortete Britta nicht, sondern stand auf und ging zur Toilette.

Trotz der Arbeit, die auf sie wartete, entschloss sich Franzi, nach dem Frühstück mit Britta alleine zum Strand zu gehen. Der lange Weg durch die Dünenlandschaft der Insel beruhigte sie. Als sie am Strand angekommen war, stand sie eine gefühlte Ewigkeit einfach nur da und starrte aufs Wattenmeer. Mit jeder neuen Welle schob sich die Nordsee Richtung Strand. In spätestens einer Stunde würde das Wasser den Höchststand erreichen und sich etwas später langsam wieder zurückziehen. Ein ewiges Hin und Her, das seit Jahrtausenden das Leben der Menschen auf den Inseln und an der Küste geprägt hatte. Franzi ging an der Wasserlinie entlang und ließ ihren Gedanken freien Lauf. Sollte sie sich wirklich weiter in Brittas Angelegenheiten einmischen? Ihre Freundin hatte klipp und klar gesagt, dass das Kapitel *Jan* für sie abgeschlossen war und sie sich auf die Zukunft konzentrieren wolle. Musste sie Brittas Wunsch nicht akzeptieren?

Ihr Handy klingelte. Ohne aufs Display zu schauen, nahm sie das Gespräch an, weil sie erwartete, dass Tamme nachfragen wollte, wann sie nach Hause käme. »Ich bin bald wieder zu Hause.«

»Hier ist Susanne aus Hamburg. Brittas Freundin. Wir hatten vor Kurzem telefoniert.«

»Oh, entschuldige. Ich dachte, es wäre … Egal.« Franzi räusperte sich. »Schön, dass du anrufst. Hast du noch etwas erfahren? Von Jan oder dieser Alina?«

»Ich habe Gerüchte gehört, mehr nicht. Ich weiß gar nicht, ob es sich lohnt, darüber nachzudenken.«

»Erzähl doch einfach mal.«

»Angeblich soll Alina schwanger sein. Von Jan. Ob das stimmt, kann ich dir wirklich nicht sagen. Allerdings habe ich sie gesehen, Alina meine ich, und wenn sie tatsächlich schwanger ist, kann sie noch nicht allzu weit sein. Okay, bei manchen Frauen sieht man erst im fünften Monat was, aber irgendwie kam sie mir nicht schwanger vor.«

»Schwanger?« Franzi schluckte schwer. Sollte das wahr sein, wäre es eine Katastrophe für Britta. »Das wäre ja …« Es verschlug ihr die Sprache.

»Ja, ich weiß. Ich habe gestern mit Britta gesprochen …«

»Hast du ihr gesagt, dass Alina vielleicht schwanger ist?«, fiel Franzi Susanne ins Wort.

»Nein, das habe ich nicht übers Herz gebracht. Deshalb rufe ich dich an. Ich habe gestern auch nur kurz mit Britta gesprochen. Sie meinte, dass sie gerade nicht viel Zeit hätte, und wollte mich in den nächsten Tagen wieder anrufen. Britta klang vollkommen abgeklärt, so, als habe sie mit allem hier in Hamburg abgeschlossen.«

»Ich weiß, Susanne, aber ich bin mir nicht sicher, wie lange diese Stimmung anhält.«

Nach dem Telefonat setzte sich Franzi in den warmen Sand und ließ sich nach hinten fallen. Sollte diese Frau wirklich schwanger sein, würde das Jans Verhalten ein Stück weit erklären. Er musste unglaublich unter Druck gestanden haben. Hatte er keinen anderen Ausweg mehr gesehen, als seine Ehe von jetzt auf gleich zu beenden?

Franzi war froh, dass Tamme nicht zu Hause war, als sie vom Strand zurückkehrte. Vermutlich hätte er sie über Britta ausgefragt und gleich gespürt, dass sie ihm nicht die ganze Geschichte erzählt hatte. Sie machte sich an die Arbeit und zwang sich, nicht mehr über Britta, Max oder Edda nachzudenken. Sie schaffte es, in Rekordzeit alle aufgelaufenen Anfragen zu bearbeiten, die Rechnungen zu bezahlen und die Buchungen durchzugehen.

Als Tamme kurz vor zwölf zurückkam, machte er sich gleich an das Mittagessen, während Franzi zu Gesine fuhr, um Rieke abzuholen. Vor dem Haus traf sie auf Edda, die mit ihrem Sohn auf dem Arm auf sie zukam.

»Dein Vater war heute bei mir in der Buchhandlung und hat sich zwei Romane gekauft«, sagte sie. »Bleibt er länger?«

»Sind die Bücher so dick?«, fragte Franzi lächelnd.

»Also, ich würde schon ein paar Tage brauchen. Einmal neunhundert Seiten und das zweite hatte sogar über tausend.«

»Dann bleibt er wohl länger.«

»Er war übrigens mit deiner Freundin aus Rosenheim zusammen. Die beiden scheinen sich ja prächtig zu verstehen.«

Nicht das Thema schon wieder, dachte Franzi und sah aus dem Augenwinkel Rieke auf sich zulaufen. Gesine hatte sie angezogen und war mit ihr nach draußen gekommen.

»Ich muss dann mal«, sagte Franzi, als Rieke vor ihr stand.

Edda nickte. »Wir auch. Jella wartet bestimmt schon auf uns im Kindergarten.«

Zehn

Franzi rekelte sich im Bett und warf einen Blick auf den Wecker. In neun Minuten würde er erbarmungslos das ganze Haus aufwecken. Sie griff nach dem Störenfried und deaktivierte den Alarm.

»Schon so spät?«, murmelte Tamme im Halbschlaf.

»Samstag«, sagte Franzi.

Der Hauptreisetag der Urlaubsgäste, in zwanzig Ferienhäusern und -wohnungen stand ein Wechsel an.

»Ich bleibe liegen.«

Franzi lachte und setzte sich im Bett auf. »Vergiss es! Bringst du Rieke heute zu Meta?«

Tamme drehte sich zu ihr um. »Aber höchstens für drei Stunden. Meta braucht ihre Ruhe.«

»Das sieht Meta anders. Sie hat extra noch einmal nachgefragt, ob Rieke auch kommt. Drei Stunden sind aber genug. Danach kann Rieke mit uns kommen, oder ich frage Edda.«

»Gute Idee. Sie nimmt sie bestimmt.«

Bis weit in den Nachmittag hinein verabschiedeten sie die Gäste, kontrollierten die Wohnungen und die Reinigungsteams, gaben die Wohnungen wieder frei und holten die neuen Gäste von der Fähre ab.

Gegen siebzehn Uhr stand Franzi vor Metas Haus. Tammes Tante hatte darauf bestanden, dass Rieke nach dem kurzen Vormittagsaufenthalt noch einmal zu ihr kam.

Franzi klopfte an die Tür und betrat den Flur. »Hallo! Jemand da?«

Weder Meta noch Rieke meldeten sich. Als Franzi sich gerade abwenden wollte, sprang Rieke mit hochgerissenen Armen hinter dem Schrank hervor und rief: »Ich bin ein Gespenst!«

Franzi wich theatralisch zurück und hielt die Hände vor das Gesicht. »Tu mir bitte nichts, Gespenst.«

Ihre Tochter lachte herzlich. »Mama, ich bin das.«

Franzi ließ die Hände sinken. »Ach, du bist das. Ich bin vielleicht erschrocken.«

Meta kam schmunzelnd aus dem Wohnzimmer. Sie hob entschuldigend die Hände. »Ich musste mich fügen.«

Rieke strahlte übers ganze Gesicht. »Oma Meta hat mir Geschichten vorgelesen.«

Franzi griff nach Riekes Jacke und zog sie ihr an. »Dann braucht die Oma jetzt aber etwas Ruhe. Wo ist denn dein Rucksack?«

Während Rieke losrannte, um ihren Rucksack zu suchen, bedankte sich Franzi bei Meta. »War die Kleine sehr anstrengend?«

Meta lächelte. »Überhaupt nicht. Sie erinnert mich an Tamme, als er klein war. Nächsten Samstag kommt sie doch wieder zu mir?«

Franzi umarmte Meta. »Wenn es dir nicht zu viel wird.«

Franzi streckte sich auf dem Sofa aus. »Heute stehe ich garantiert nicht mehr auf.«

Tamme lachte. »Du wirst alt.« Er ließ sich in einen Sessel fallen. »Aber du hast recht. Der Tag heute war ganz schön heftig.«

Franzi schmunzelte. »Ach, du wirst doch nicht etwa auch alt?«

Tamme grinste breit. »Träum weiter! Das ist nur ein kurzes Zwischentief. Ein oder zwei Minuten und ich bin wieder fit.« Er beugte sich nach vorne und rieb sich die Beine. »Hoffentlich kommt bald das Transportfahrrad. Dieser Bollerwagen bringt mich noch irgendwann um.«

»Ich dachte, das Gefährt wäre für mich und nicht für meinen starken Mann.«

Tamme stöhnte theatralisch. »Du musst auch immer das letzte Wort haben, Frau.«

»Besser is«, sagte Franzi und schloss die Augen.

»Aufwachen!«, hörte Franzi eine weit entfernte Stimme rufen. Sie richtete sich langsam auf und sah Tamme vor sich. »Du bist auf dem Sofa eingeschlafen.«

Franzi blinzelte zur Uhr. »Warum hast du mich nicht gleich geweckt?«

Tamme zuckte mit den Schultern. »Ich bin auch eingenickt.«

»Ich werde wohl tatsächlich alt.«

»Wein oder Tee?«, fragte Tamme. Er stand auf und wartete auf Franzis Antwort.

»Tee. Ich komme mit in die Küche.«

Während Tamme Wasser aufsetzte, erzählte Franzi ihm von dem Gespräch mit Susanne.

»Warum hast du mir das nicht schon gestern gesagt?«, fragte Tamme.

»Keine Ahnung. Ich musste es wohl erst mal verdauen.«

»Und was heißt das jetzt? Dass Jans Entscheidung endgültig ist? War das ein Unfall und Jan sieht sich gezwungen, bei ihr zu bleiben? Ich verstehe gar nichts mehr.«

»Erst mal ist das nur ein Gerücht«, sagte Franzi.

»Gerücht? Wer setzt so etwas in die Welt, wenn nicht wirklich was dran ist? Ich stecke nicht in Jans Haut, aber ich kann mir gut vorstellen, dass er sich deshalb für diese Frau …« Tamme malte Anführungszeichen in die Luft. »… entschieden hat.«

»Und wenn es gar nicht stimmt?«

»Das Gerücht, meinst du?«

»Auch, aber vielleicht macht diese Alina Jan nur etwas vor, um ihn genau in diese Situation zu bringen.«

Tamme wiegte den Kopf hin und her. »Das würde aber schnell rauskommen, oder?«

»Nicht, wenn sie ihm eine Fehlgeburt vortäuscht. Vielleicht hofft sie ja auch, wirklich schwanger zu werden, jetzt, wo sie ihn ganz für sich hat.«

»Ich weiß nicht«, sagte Tamme. »Interpretierst du da nicht gerade was rein, weil es dir gut passen würde?«

Tamme goss das heiße Wasser in die Teekanne und stellte sie auf den Tisch. Anschließend holte er zwei Tassen aus dem Schrank.

»Ich fahre nach Hamburg«, sagte Franzi in die Stille hinein.

Tamme sah sie ungläubig an. »Und dann? Willst du sie zwingen, dir den Mutterpass zu zeigen?«

»Wenn es sein muss«, murmelte Franzi.

Tamme goss Tee ein und reichte Franzi die Sahne. »Jetzt mach aber mal halblang. Du bist keine Privatdetektivin. Nach Hamburg zu fahren bringt nichts.«

Franzi trank einen Schluck heißen Tee und stellte die Tasse wieder ab. »Ja, wahrscheinlich hast du recht. Jan würde mich auch sofort erkennen, wenn ich da irgendwo rumstehe.«

»Sag ich doch!«

Sonntagvormittag schrieb Franzi Susanne an und fragte nach dem vollständigen Namen von Alina und der Firma, in der sie arbeitete. Das Gespräch mit Tamme hatte sie auf eine Idee gebracht. Im Internet suchte sie nach Privatdetektiven in Hamburg und fand unzählige Anzeigen und Adressen.

Als Rieke in ihr kleines Büro gestürmt kam, klappte sie ihren Laptop zu und ging mit ihrer Tochter ins Kinderzimmer. Aus der Küche war das Klappern von Töpfen zu hören. Tamme bereitete das Mittagessen vor, zu dem sie Max eingeladen hatten.

Als es an der Tür klopfte, rannte Rieke als Erste durch den Flur und öffnete ihrem Opa die Tür. Wie jedes Mal wurde er stürmisch mit unzähligen Küssen begrüßt und bis zum Mittagessen von Rieke belagert. Franzi half Tamme in der Küche, deckte schließlich den Tisch und rief die beiden zum Essen.

»Ich habe dich und Britta übrigens im Pub gesehen«, sagte Tamme.

Max lächelte. »Ach ja? Entschuldige, ich habe dich gar nicht bemerkt.«

»Ihr beide kommt gut miteinander aus?« Tamme ließ seine Frage wie nebensächlich klingen.

Franzi warf ihm einen warnenden Blick zu. »Schmeckt es allerseits?«

»Der Fisch ist absolut perfekt«, sagte Max. »Vom Kutter?«

»Sozusagen. Mein Freund Hauke hat gestern im Hafen angelegt und ein paar Restaurants beliefert, sagte Tamme. Da fällt immer etwas für mich ab.«

»Ach, dieser Fischer aus Neuharlingersiel, für den du hin und wieder gearbeitet hast?«

»Genau der. Seit Rieke auf der Welt ist, war ich aber nicht mehr mit ihm zusammen draußen.«

Rieke hatte das Gespräch aufmerksam verfolgt. »Papa ist auch Fischer. Ich hole mein Album.« Sie machte Anstalten, vom Kinderstuhl aufzustehen.

»Die Fotos kannst du Opa nachher zeigen«, hielt Franzi sie zurück. »Jetzt essen wir erst mal.«

Max zwinkerte Rieke zu. »Das machen wir später.«

Rieke nickte eifrig und konzentrierte sich wieder auf ihr Essen.

»Weißt du schon, wie lange du bleibst?«, fragte Tamme seinen Schwiegervater.

»Gute Frage. Im Moment zieht mich nichts nach Hamburg zurück.« Max wandte sich an Franzi. »Wie lange ist die Wohnung denn noch frei?«

»Fast drei Wochen«, antwortete Franzi.

»Buch mich einfach für die Zeit ein und gib mir die Rechnung.«

»Da werden sich die Eigentümer freuen«, sagte Franzi. Sie wunderte sich, dass ihr Vater tatsächlich plante, die nächsten drei Wochen auf Spiekeroog zu bleiben.

»Britta wird wohl auch noch bleiben«, fuhr Max fort. »Ich glaube, sie braucht mehr Zeit zum Überlegen.«

Franzi nickte und wischte Rieke, die ihren Teller zur Seite geschoben hatte, den Mund sauber. »Geh doch schon in dein Zimmer. Der Opa kommt bestimmt auch bald«, sagte sie und hob ihre Tochter aus dem Stuhl.

Rieke warf Max einen Blick zu, und als der nickte, rannte sie aus der Küche.

»Du hast mit Britta über ihre Eheprobleme gesprochen?«, fragte Franzi ihren Vater, als Rieke außer Hörweite war.

»Ja, warum?«

»Ich mache mir Sorgen um sie. Und ich bin mir nicht sicher, ob Jan seine Entscheidung ganz freiwillig getroffen hat.«

»Nicht freiwillig? Das sieht Britta aber anders. Wir haben lange darüber gesprochen. Sie will neu anfangen.«

Tamme räusperte sich leise. »Franzi möchte die Beziehung wieder kitten. Meine Meinung ist, dass wir uns da lieber raushalten sollten. Dass wir Britta beistehen, ist schon klar, aber sich da richtig einzumischen, ist nicht so gut.«

»Sie ist eure Freundin. Das müsst ihr schon selbst entscheiden«, sagte Max und legte das Besteck auf den Teller. »Ich möchte mich revanchieren. Darf ich euch drei nächste Woche zu einem schönen Essen einladen?«

»Klar doch!«, sagte Tamme. »Da sage ich nicht Nein.«

»Kommt Pascal morgen mit der ersten oder der zweiten Fähre?«, fragte Franzi ihren Vater.

»Am Nachmittag mit der zweiten. Am Dienstag ist ja schon Karlas erster Todestag. Kommt ihr beide auch zu der kleinen Trauerfeier?«

Franzi nickte. »Ja, natürlich. Wir sind zunächst für eine kurze Andacht in der alten Inselkirche, essen dann gemeinsam im Hotel zur Linde und gehen später noch ins Inselcafé. Ich habe für fünf Personen gebucht.«

»Alles Orte, an denen Karla sich so gerne aufgehalten hat«, sagte Max gedankenverloren. »Eine gute Wahl.«

»Ja, ich habe das mit Meta abgesprochen«, sagte Franzi. »Pascal weiß auch Bescheid. Ich hoffe nur, dass die beiden den Tag gut überstehen.«

»Ich werde schon aufpassen«, sagte Max. »Und ihr beiden seid ja auch noch da. Wenn es zu viel wird für Pascal und Meta, müssen wir halt abbrechen.«

»Meta geht es gut«, warf Tamme ein. »Ich war heute Vormittag kurz bei ihr. Sie freut sich auf Pascal und hat auch schon Pläne gemacht. Er bleibt wohl die ganze Woche, wenn ich das richtig verstanden habe.«

»Schön, dann habe ich etwas Zeit, um mit ihm zu sprechen. Im letzten Jahr ist er gleich nach der Trauerfeier nach Paris zurückgefahren. Ich hatte gehofft, dass er noch einmal nach Hamburg kommt, aber der Ort war für ihn wohl mit zu vielen Erinnerungen belastet.«

Pascal hatte fast die ganzen zwanzig Monate in Hamburg verbracht und mit Max' Unterstützung in den letzten schweren Wochen Karlas Pflege übernommen. In den knapp zwei Jahren war Meta regelmäßig für mehrere Tage in Hamburg gewesen, Karla und Pascal hatten Meta einige Male auf Spiekeroog besucht.

»Spiekeroog ist wirklich eine gute Wahl für unser Gedenken an Karla«, sagte Franzi. »Sie war so gerne hier und bei Meta.«

»Und sie ist hier nicht gestorben«, fügte Max hinzu. »Lass uns an die Karla denken, die wir gekannt haben. Eine starke Frau, die sich immer auch um ihre Mitmenschen gekümmert hat.« Seine Augen waren feucht geworden. »Ich vermisse sie auch, ihren Rat, ihre spitze Zunge, ihr Schweigen an der richtigen Stelle. Sie war mir mehr Freundin, als sie jemals vermutet hat.« Franzis Vater atmete schwer. »Manche Menschen dürften einfach nicht sterben.«

Elf

Tamme war mit Rieke zu einer Fahrradtour über die Insel aufgebrochen. Franzi hatte Arbeit vorgeschoben, um im Haus bleiben zu können, durchstöberte das Internet und fand fast zwanzig Seiten von Privatdetektiven oder entsprechenden Agenturen, von denen sie sich drei notierte. Alle schienen humane Preise zu haben und gaben Erfahrung mit der Observation von untreuen Ehemännern an. Franzi schloss die Augen und tippte auf das Blatt mit den drei Adressen. Detektei Ludger Scholz. Franzi fragte sich, ob Privatdetektive auch sonntags arbeiteten, und nahm kurz entschlossen ihr Handy, um die angegebene Nummer zu wählen.

»Detektei Scholz. Was kann ich für Sie tun?«

»Franzi Beninga«, stellte sich Franzi zögernd vor. »Spreche ich mit Herrn Ludger Scholz?«

»So ist es! Was kann ich für Sie tun?«

»Ich rufe sozusagen für eine Freundin an. Ihr Mann hat sie von heute auf morgen verlassen. Er behauptet, es wäre wegen einer anderen Frau. Das scheint auch so weit zu stimmen. Allerdings sind wir beide ausgesprochen erstaunt darüber, dass ihr Mann sich so plötzlich getrennt hat. Ich habe jetzt gehört, dass die Frau schwanger ist.«

»Verstehe, das ist sicher eine schwierige Situation. Allerdings sehe ich im Moment noch nicht ganz, wie ich Ihnen beziehungsweise Ihrer Freundin helfen kann. Die Affäre scheint ja unstrittig. Sehe ich das richtig?«

»Ja, so weit wohl. Es ist etwas kompliziert und ich weiß nicht genau, wie ich …« Franzi schluckte. Warum hatte sie sich nicht vorher überlegt, was sie dem Privatdetektiv sagen wollte?

»Versuchen Sie es doch mit ganz einfachen Worten. Kompliziert sind solche Fälle in der Regel immer.«

»Also gut. Ich bin mir nicht sicher, ob diese Frau tatsächlich schwanger ist. Nur so kann ich mir erklären, dass der Mann meiner Freundin …« Sie seufzte leise. »… also, dass er so plötzlich … ich meine, es sieht ihm überhaupt nicht ähnlich.«

»Haben Ihre Freundin und deren Mann Kinder?«

»Nein, sie haben es lange versucht, aber bisher hat es nicht geklappt.« Franzi stutzte. »Warum fragen Sie das?«

»Könnte sein, dass der Mann Ihrer Freundin deshalb die Affäre angefangen hat. Der Kinderwunsch treibt Menschen manchmal in sehr komplizierte Situationen. Auch wenn ich zugeben muss, dass es zumeist bei Frauen der Fall ist.«

»Nein, so meine ich das nicht. Gut, Jan hat eine Affäre, aber sicher nicht, um endlich ein Kind zu bekommen. Ich habe mir aber überlegt, dass diese Frau von dem Kinderwunsch wusste und, um Jan an sich zu binden, eine Schwangerschaft erfunden hat.«

»Ja, das wäre möglich. Aber ich muss Ihnen nicht erzählen, dass ein solcher Schwindel relativ schnell auffliegen wird. Möchten Sie oder Ihre Freundin nicht einfach warten? Eine Schwangerschaft kann man ja nur wenige Monate vortäuschen.«

»Nicht unbedingt. Sie könnte eine Fehlgeburt haben. Das kommt in den ersten zwei, drei Monaten häufig vor.«

»Ja, wenn diese Frau sehr durchtrieben ist, wäre das durchaus denkbar. Wenn ich Sie richtig verstehe, möchten Sie, dass ich überprüfe, ob sie schwanger ist?«

»Ist das denn möglich?«, fragte Franzi.

»Möglich ist vieles. Das ist immer eine Frage des Aufwands, den ich betreibe oder vielmehr betreiben darf. Sie wissen sicher, dass Sie mich nach Stunden bezahlen.«

»Ja, das habe ich gelesen. Was meinen Sie denn, was da so anfallen würde?«, fragte Franzi.

»Das lässt sich so pauschal nicht sagen. Nur rein interessehalber: Würden denn Sie bezahlen oder Ihre Freundin?«

Franzi zögerte. Genau das war ihr wunder Punkt. Sie wusste nicht, wie der Privatdetektiv reagieren würde, sollte er erfahren, dass Britta nichts von der geplanten Überwachung wusste.

»Jetzt sagen Sie mir aber nicht, dass Ihre Freundin überhaupt nichts von … Ihrer Initiative weiß.«

Franzi überlegte fieberhaft, wie sie die Situation retten konnte. »Na ja, sie ist ausgesprochen niedergeschlagen und gleich am nächsten Tag aus Hamburg abgereist. Ich habe sie bei mir untergebracht, aber sie will sich partout nicht mit dem Problem auseinandersetzen. Wie gesagt, sie ist vollkommen … ja, man könnte schon sagen, deprimiert.«

»Und Sie wollen Ihre Freundin jetzt mit dieser Aktion wieder ins Leben zurückholen?« Ludger Scholz holte kurz hörbar Luft, bevor er fortfuhr. »Haben Sie sich das genau überlegt?«

Franzi lag ein *Nein* auf den Lippen, doch sie schwieg.

»Also nein«, fuhr der Privatdetektiv fort. Er seufzte leise. »Fangen wir anders an. Welchen Betrag könnten Sie denn im äußersten Fall für meine Leistung bezahlen?«

Franzi überlegte und antwortete schließlich: »Tausend Euro. Würde das reichen?«

»Ich mache Ihnen einen Vorschlag zur Güte. Sie schicken mir jetzt gleich eine Mail, beauftragen mich und begrenzen meinen Einsatz auf tausend Euro. Ich brauche Ihre Daten und die der beiden Personen in Hamburg. Ich gehe mal davon aus, dass Sie die haben?«

»Ja.«

»Dann schicke ich Ihnen eine kurze Vereinbarung zu, die unterschreiben Sie und schicken Sie mir per Fax zurück. Sie haben doch ein Faxgerät?«

»Ja.«

»Wenn das Formale geregelt ist, werde ich mich um den Fall kümmern. Vielleicht haben wir Glück und ich finde einen entscheidenden Hinweis, vielleicht aber auch nicht. Das Risiko müssen Sie leider eingehen.«

»In Ordnung.«

»Dann wünsche ich Ihnen noch einen schönen Sonntag. Wir hören voneinander.«

Nachdem Ludger Scholz das Gespräch beendet hatte, starrte Franzi eine Weile auf ihr Handy. Sie konnte immer noch zurückrudern. Bisher hatte sie nur ein unverbindliches Telefongespräch mit einem Privatermittler in Hamburg geführt. Nicht mehr und nicht weniger. Sie stand auf und lief im Büro herum, ging in die Küche, schenkte sich ein Glas Wasser ein und eilte zurück ins Büro. Franzi war klar, dass ihre Aktion mehr als grenzwertig war, aber sie versuchte, sich damit zu beruhigen, dass der Detektiv vielleicht gar nichts finden würde. In diesem Fall müsste niemand von ihrer Aktion erfahren.

Kurz entschlossen setzte sie sich an ihren Schreibtisch, schrieb die Mail an Ludger Scholz und klappte den Laptop zu.

Franzi scrollte durch ihre Mails und bearbeitete zwei von ihnen. Als der Vertrag aus Hamburg eintraf, druckte sie ihn aus und unterschrieb. Sie legte beide Blätter ins Faxgerät und zögerte, auf den Startbutton zu drücken. Schließlich zog sie den Vertrag wieder aus dem Schacht und zerriss ihn in kleine Stücke, die sie in den Papierkorb warf.

»Verfluchter Mist«, murmelte Franzi, sprang auf und lief in den kleinen Garten des Hauses. Durfte sie einfach einen Freund bespitzeln lassen? Aber ging es nicht nur um diese Alina, die sich ohne Skrupel an Jan herangemacht hatte? Eine mahnende Stimme in Franzis Kopf fragte: *Ohne Skrupel? Woher willst du das wissen?* Das ist doch offensichtlich, wiegelte Franzi ab. *Vielleicht ist Jan über beide Ohren verliebt und glücklich, dass er Vater wird?* Quatsch! Jan ist mit Britta liiert. Sie sind verheiratet und arbeiten zusammen. *Warst du immer dabei? Du kennst weder Alina noch weißt du, was in den letzten Wochen und Monaten in Hamburg passiert ist.* Britta ist meine beste Freundin. Ich muss ihr helfen! *Und Jan? Ist er nicht dein Freund? Hat er es nicht verdient, dass du zu ihm hältst?* Ich kenne Britta viel länger. Kommt es wirklich alleine darauf an? *Beide sind deine Freunde. Niemand zwingt dich dazu, dich für eine der beiden Seiten zu entscheiden. Niemand!*

Franzi legte den Kopf in den Nacken und atmete tief durch. Gab es einen goldenen Mittelweg? Oder musste sie sich entweder raushalten oder so weit einsteigen, dass sie sich am Schluss selbst Vorwürfe machen würde?

»Mama!«, hörte sie eine Stimme auf der Straße.

Tamme und Rieke schauten über den Zaun zu ihr in den Garten.

Franzi ging auf sie zu und lächelte. »Na, ihr beiden. Wo wart ihr?«

»Ganz weit!«, sagte Rieke lachend. »Papa ist ganz weit gefahren.«

Tamme lachte. »Wir waren in Richtung Ostplate unterwegs und sind kurz vor der Schule wieder umgekehrt.«

Im Osten der Insel lag eine Internatsschule, die Tamme als Jugendlicher ein paar Jahre besucht hatte.

»Dann kommt doch rein. Bald ist Zeit fürs Abendessen.«

»Hast du eigentlich noch einmal mit Edda gesprochen?«, fragte Franzi am Abend.

»Ja, wir sind uns vorgestern über den Weg gelaufen und haben zusammen eine Tasse Kaffee getrunken.«

»Hast du mir gar nichts von gesagt.«

»Muss ich dir immer alles haarklein erzählen?«, murrte Tamme mit verärgerter Miene.

Franzi sah ihn überrascht an. »Was ist los?«

»Entschuldige. Ich reagiere etwas zu heftig, wenn von Markus die Rede ist.«

»Wir haben aber über Edda gesprochen.«

»Na ja, die beiden gehören ja wohl zusammen.« Tamme atmete tief durch. »Und bevor du fragst, ja, sie hat mir gesagt, dass sie fest entschlossen ist, im Herbst aufs Festland zu ziehen.« Tamme rollte mit den Augen. »Dabei guckte sie aus der Wäsche, als würde sie zum Schafott geführt.«

»Du übertreibst maßlos, Tamme. Ja, der Umzug fällt ihr nicht leicht, aber sie hat sich wegen Markus dazu entschieden.«

»Geht mir doch weg mit Markus. Ich trau ihm nicht mehr über den Weg. Wer weiß, was er da in Hannover alles treibt?«

Franzi warf ihm einen verwunderten Blick zu. »Was soll denn das jetzt, Tamme? Markus hat eine Arbeit gefunden, die ihm Spaß macht, und du unterstellst ihm fremdzugehen?«

»Nur so ein Gedanke. Oder meinst du etwa, Markus war Edda immer treu? Das glaube ich nicht.«

»Wie kommst du jetzt darauf? Oder weißt du mehr als ich?«

»Wer weiß«, sagte Tamme geheimnisvoll.

Franzi war kurz davor, ihm zu erzählen, dass Edda vor Jahren selbst eine Affäre mit einem Urlauber angefangen hatte. Edda hatte es ihr im Vertrauen erzählt und Franzi hatte es nicht einmal Tamme weitergesagt.

»Und wenn das wirklich mal passiert sein sollte, was hat das heute noch für eine Bewandtnis? Wenn Edda nicht mitgehen will, wird sie sich alleine dazu entscheiden. Hast du mich verstanden? Und wenn Edda unsere Hilfe braucht, wird sie uns fragen.«

»Ist ja schon gut«, murmelte Tamme. »Wir müssen uns deshalb doch nicht streiten, oder?«

Franzi beugte sich vor und küsste ihn auf die Wange. »Nein, das sollten wir nicht tun.«

Nach dem Frühstück am Montag brachte Franzi Rieke zu Gesine Jacobs, wo bereits Mattes auf sie wartete. Auf dem Rückweg fuhr sie bei Meta vorbei.

»Ich bin hier, mein Kind«, rief Meta aus dem Hauswirtschaftsraum. Sie stand vor einem Bügelbrett, ein gefüllter Wäschekorb auf einem Hocker neben ihr.

»Ich wollte dich zu einem kleinen Spaziergang entführen«, sagte Franzi. »Die nächsten Tage werden für dich sicher anstrengend genug.«

Meta seufzte, schaltete aber das Bügeleisen aus, zog im Flur ihre Jacke an und begleitete Franzi nach draußen. »Aber höchstens eine halbe Stunde. Ich habe noch so einiges zu tun, bevor Pascal kommt.«

»Viel länger kann ich auch nicht. Richtung Strand?«

Schweigend gingen sie nebeneinander durch die Dünen, die sich wie Wellen bis zur Nordsee zogen. Die versauerten Böden waren von der Krähenbeere überzogen, die einen dunkelgrünen bis braunen Pflanzenteppich erzeugte. Franzi erinnerte sich, wie sie seinerzeit am Tag ihrer Ankunft mit Meta den gleichen Weg zum Strand gegangen war und sich von ihr über die ungewöhnliche Landschaft hatte aufklären lassen.

»Erinnerst du dich an meinen ersten Tag auf Spiekeroog?«, fragte Franzi.

»Aber natürlich. Du hast vor mir gestanden wie ein verlorenes Kind.«

Franzi lächelte. »Ja, so habe ich mich damals auch gefühlt. Und ich hatte wahnsinniges Glück, dass Klaas Oltmann mich bei dir einquartiert hat.« Der Familie Oltmann gehörte ein Gourmetrestaurant auf der Insel, in dem Franzi als Servicekraft eine Stelle gefunden hatte.

»Ach Kind, du hättest es auch so geschafft.«

»Nein, ganz sicher nicht«, sagte Franzi und hakte sich bei der alten Dame unter. »Ohne dich wäre ich nicht lange hiergeblieben. Und dafür bin ich dir unendlich dankbar. Und noch für vieles andere.«

Meta antwortete nicht und schien mit ihren Gedanken in weit entfernten Zeiten zu sein.

»Wie geht es dir? Mit dem Blutdruck alles in Ordnung? Du misst doch täglich?«

Meta lächelte. »Aber ja doch. Und beim Doktor war ich auch vor einer Woche. Es ist so weit alles in Ordnung, hat er gesagt.«

»Er hat nicht zufällig erwähnt, dass du dich schonen sollst?« Franzi war am Freitag dem Inselarzt auf ihrem Rundgang durch die Ferienwohnungen begegnet und hatte kurz mit ihm gesprochen.

»Der gute Doktor übertreibt immer ein wenig. Das weißt du doch, Franzi.«

»Nein, das tut er nicht, Meta.« Franzi hielt kurz inne. »Versprichst du mir, uns allen, Tamme, Rieke und mir, dass du in den nächsten Tagen auf dich aufpasst? Wenn du merkst, dass es dir zu viel wird, sagst du Bescheid. Ja?«

»Mir passiert schon nichts, mein Kind.«

Franzi blieb stehen. »Versprichst du es mir? Wir alle brauchen dich noch und Tamme und ich machen uns Sorgen.«

Meta zeigte nach vorne. »Wollen wir nicht weitergehen?«

»Nein«, sagte Franzi.

Meta seufzte leise. »Wenn es unbedingt sein muss, dann verspreche ich es dir. Und jetzt lass uns weitergehen.« Sie zog Franzi mit sich. »Du hast damals über unsere wunderschönen Braundünen gestaunt. Ich weiß es noch wie heute.«

Franzi lächelte. »Ja, ich auch.«

»Und jetzt bist du schon so viele Jahre hier bei uns, hast Tamme geheiratet und mir die kleine Rieke geschenkt. Und du bedankst dich bei mir dafür, dass ich dir damals ein paar Tricks für Oltmanns Restaurant beigebracht habe. Wenn sich jemand bedanken muss, dann bin ich das, mein Kind.«

Franzi schaute verlegen zur Seite. Ihr wurde warm ums Herz. Sie zog Meta etwas fester an sich heran und schloss für einen Moment die Augen.

Zwölf

Gegen zwei Uhr wartete Franzi mit dem Bollerwagen vor Metas Haus. Sie hatte der alten Dame angeboten, sie zur Fähre zu begleiten.

Ein Fenster wurde geöffnet und Meta schaute hinaus. »Ich komme sofort.«

»Wir haben noch Zeit«, sagte Franzi und zog den Bollerwagen von der Straße auf den Sandstreifen.

Meta trug eines ihrer Sonntagskleider und einen hellen Mantel. Nach ihrem Spaziergang am Morgen hatte sie sich von einer Freundin, die als Friseurin gearbeitet hatte, die Haare schneiden und einlegen lassen.

»Du siehst gut aus«, sagte Franzi.

»Papperlapapp!«, erwiderte Meta. »Gehen wir jetzt?«

Franzi schmunzelte. »Natürlich. Deshalb bin ich da.« Sie griff nach der Deichsel des Bollerwagens und zog ihn hinter sich her.

»Ist für morgen alles vorbereitet?«, fragte Meta beim Gang durchs Dorf.

»Ja. Ich habe noch einmal mit der Pastorin telefoniert. Sie wird rechtzeitig bei der alten Kirche sein.«

»Das ist gut. Karla mochte Frau Krauß sehr gerne. Sie hat viele Gespräche mit ihr geführt.«

»Ich weiß. Es ist schön, dass sie sich die Zeit nimmt und nach Spiekeroog kommt.«

»Und die Kirche ist auch offen?«, fragte Meta.

»Selbstverständlich, Meta. Das habe ich als Erstes organisiert. Ich bekomme morgen den Schlüssel. Es wird zu der Zeit auch keine Besichtigungstermine geben. Wir sind vollkommen unter uns.«

Die alte Dame nickte zufrieden. »Danke, Franzi. Das hast du gut gemacht.«

Sie gingen am Rathaus vorbei und bogen links in den Wüppspoor ein, die Straße, die direkt zum Anlegerhafen führte.

»Hoffentlich hat Pascal auch die Fähre bekommen«, sagte Meta.

»Ja, das hat er. Er hat mir vorhin von der Fähre aus eine Nachricht geschickt.« Franzi zeigte ihr die SMS.

»Gut, dann ist ja alles in Ordnung.«

»Oh, kommt da nicht dein Vater?«, fragte Meta.

Kurz vor dem Fährhafen führte von links ein Weg über den Deich, der Spiekeroog nach Norden absicherte. Max und Britta waren noch so weit entfernt, dass man sie nur mit Mühe erkennen konnte.

»Er will sicher auch Pascal begrüßen«, sagte Meta. »Sollen wir nicht auf ihn warten?«

Franzi schaute zum Hafen, wo sie die Fähre auf der langen Einfahrt zum Kai bemerkte. Bis zum Anlegen und Aussteigen der Gäste würde sicher noch eine Viertelstunde vergehen.

»Ja, das können wir machen.«

»Wer ist das da an seiner Seite?«, fragte Meta.

»Britta, meine Freundin aus Rosenheim. Sie war doch auch auf Riekes Taufe.« Hielten sich Max und Britta an den Händen?

Franzi schluckte schwer. Nein, sie gingen nur sehr nah zusammen. Jetzt blieben sie stehen und standen voreinander. Max legte seinen Arm auf ihre Schulter, zog sie an sich und umarmte sie. Kurz darauf gingen sie weiter.

»Du hast mir gar nicht erzählt, dass sie auf Spiekeroog ist«, sagte Meta.

»Sie ist ganz spontan gekommen«, sagte Franzi. »Sie wohnt in der gleichen Ferienwohnung wie Max.«

»Ach so. Jetzt verstehe ich, warum sie zusammen spazieren gehen.«

Ich nicht, dachte Franzi und wandte sich vom Deich ab. »Hier oben zieht es etwas. Lass uns doch nach unten an den Kai gehen.«

»Wenn du meinst«, sagte Meta.

Franzi zog ihr Handy aus der Tasche. »Ich schreibe Max eine Nachricht, dann weiß er, dass wir dort auf ihn warten.«

»Wo hast du denn Franzis Freundin gelassen?«, fragte Meta, nachdem sie Max mit einer Umarmung begrüßt hatte.

»Ach, Britta wollte noch etwas im Supermarkt einkaufen«, antwortete Max. »Wir sind Selbstversorger.« Max sah auf den Kai hinaus. »Wie lange braucht die Fähre denn noch?«

Franzi fragte sich, ob sie schon überall Gespenster sah oder ob Max gerade bewusst vom Thema abgelenkt hatte. Sie sollte sich nicht verrückt machen. Die beiden verstanden sich gut, mehr nicht. Nur weil ein Mann eine Frau umarmte, hatten sie nicht gleich eine Affäre. Wäre es überhaupt eine Affäre? Britta lebte getrennt von Jan, Max' Lebenspartnerin hatte eine Auszeit genommen. Das war allenfalls ein Urlaubsflirt zwischen zwei Menschen, die sich gegenseitig guttaten, der in dem Augenblick enden würde, wo beide die Insel wieder verließen. Und Hamburg? Würden sie sich wiedersehen und tatsächlich … Franzi schüttelte sich leicht. Es gab weder eine Affäre noch etwas anderes, was über eine sich anbahnende Freundschaft hinausging.

»Du bist heute so ruhig«, sagte Max zu Franzi.

Meta stand inzwischen einige Meter entfernt, wo sie eine alte Freundin begrüßte, die ebenfalls am Kai wartete.

»Wie geht es Britta?«, fragte Franzi, ohne auf Max' Bemerkung einzugehen.

»Ganz genau weiß ich das nicht, aber ich glaube, ihr wird so langsam das ganze Ausmaß der Trennung bewusst. Sie spricht viel darüber, weint auch mal, hat aber ebenso viele Pläne für die Zukunft.«

»Ihr versteht euch ziemlich gut, oder?« Franzi wunderte sich selbst über die Frage, die ihr herausgerutscht war.

Max zögerte einen Moment zu lange. »Doch, wir verstehen uns prima. Ich glaube, etwas Ablenkung tut uns beiden gerade ganz gut.«

»Ablenkung?«

Max sah sie erstaunt an. »Ja, neue Menschen kennenlernen, mit denen man über alles Mögliche reden kann, den Horizont erweitern, einfach mal nicht mehr an die tägliche Routine und Probleme denken. Ist dafür nicht auch Urlaub da?«

Franzi fragte sich, ob ihr Vater wirklich nicht verstanden hatte, auf was ihre Frage abzielte. War das nicht offensichtlich? Oder hatte sie sich nur in eine fixe Idee verrannt, aus der sie nicht wieder herausfand?

Meta kam auf sie zu. »Die Fähre legt an. Habt ihr Pascal schon gesehen?«

Nachdem Franzi Pascals Koffer im Hotel zur Linde abgegeben hatte, machte sie sich auf den Weg nach Hause. Unterwegs erreichte sie eine Whatsapp-Nachricht von Tamme. Er war mit Rieke zu einer befreundeten Familie gefahren, die auch eine Tochter in Riekes Alter hatte. Kurz entschlossen änderte Franzi die Richtung, kaufte Kuchen beim Bäcker und stand wenig später vor dem Ferienhaus, in dem sie Britta und ihren Vater untergebracht hatte.

Auf ihr Klopfen hin öffnete Britta die Tür. »Hallo, Franzi!«

»Kann ich reinkommen?«, fragte Franzi, als Britta keine Anstalten machte, sie in die Wohnung zu bitten.

Britta trat zur Seite. »Ja, natürlich. Soll ich uns einen Kaffee machen?«

»Gute Idee.« Franzi entfernte das Papier um den Kuchen und setzte sich an den kleinen Küchentisch.

»Alles gut bei dir?«, fragte Britta und hielt dabei den Blick auf die Kaffeemaschine gerichtet.

»Wäre das nicht eigentlich meine Frage?«

Britta löffelte das Kaffeepulver in den Filter und startete die Kaffeemaschine, bevor sie sich zu Franzi an den Tisch setzte.

»Mir geht es gut«, sagte Britta. »Und nein, ich habe keinen Kontakt mit Jan. Weder hat er mich angerufen noch habe ich das versucht. Und ja, ich komme gut mit Max aus. Und nein, wir waren noch nicht in der Kiste.«

Britta stand auf und sah wieder nach der Kaffeemaschine.

Franzi fragte sich entsetzt, ob sie sich verhört haben konnte. War es für Britta so offensichtlich, mit welcher Frage sich Franzi in den letzten Tagen beschäftigt hatte?

Keine von beiden sagte etwas, bis Britta mit der Kaffeekanne zum Tisch zurückkam und Franzi und sich einschenkte.

»Geschockt?«, fragte Britta in die entstandene Stille hinein.

Franzi zuckte mit den Schultern. »Ich wollte dich nicht kontrollieren.«

»Das hörte sich aber eben anders an.« Britta klang verärgert.

Franzi nahm allen Mut zusammen. »Gut, du hast schon recht. Ich mache mir Sorgen um dich und auch um Max. Natürlich habe ich mitbekommen, dass ihr beiden euch ziemlich gut versteht. Ehrlich gesagt, hatte ich sogar gehofft, Max könnte dich etwas ablenken.«

»Bloß nicht *so*?«

»Was heißt das: ›Bloß nicht *so*?‹ Ich weiß nicht, was sich hier zwischen dir und Max entwickelt hat. Woher auch?«

Britta seufzte. »Ich doch auch nicht. Und Max noch weniger. Bisher ist wirklich nichts passiert.« Sie hielt inne und fügte hinzu: »Zumindest fast nichts.«

Franzi sah sie fragend an.

»Ein Kuss«, sagte Britta leise. »Mehr nicht. Das war so aus der Stimmung heraus. Nichts Ernstes. Es ist halt so passiert. Wir waren beide erschrocken und sind danach jeder in sein eigenes Zimmer gegangen. Ehrlich.«

»Aber?«

»Keine Ahnung.« Britta schob ihren Becher zur Seite. »Ja, verdammt. Es war knapp davor.« Sie raufte sich mit beiden Händen die Haare. »Wäre das denn wirklich so schlimm? Nur weil Max ein paar Jahre älter und der Vater meiner besten Freundin ist?«

Franzi starrte Britta fassungslos an, musste sich jedoch eingestehen, dass man eine Verliebtheit nicht steuern konnte.

Britta beugte sich leicht über den Tisch zu Franzi. »Jetzt sag doch was!«

Franzi zuckte fast unmerklich mit den Schultern. Was sollte sie sagen? Warum hatte sie überhaupt mit dem Thema angefangen? Sie hatte doch geahnt, auf was es hinauslaufen würde.

»Ich stecke in einem riesigen Gefühlschaos«, fuhr Britta fort. »Meine Ehe, die sich von jetzt auf gleich vor meinen Augen auflöst, ohne dass ich etwas machen kann, mein ganzes Leben, das in sich zusammenfällt, von einem Tag auf den anderen verschwindet, meine Arbeit, meine Wohnung, alles vorbei. Und dann komme ich zu dir und da ist plötzlich Max. Er kümmert sich um mich, hört mir zu, wir trauern und lachen zusammen, können eine Ewigkeit schweigen, ohne dass es wehtut. Er tut mir gut, Franzi. Zählt das nicht?«

Franzi legte den Kopf in den Nacken und atmete tief durch. Entweder jetzt oder nie, schoss ihr durch den Kopf. Sie richtete sich auf und sah Britta fest an. »Ich bin mir nicht sicher, ob Jan eure Beziehung tatsächlich beenden will.«

»Ach, hast du etwa mit ihm gesprochen? Hat er dir das so gesagt?«

»Nein, ich habe nicht mit ihm gesprochen«, sagte Franzi ruhig. »Aber Susanne hat mich noch einmal angerufen.« Sie beugte sich über den Tisch und legte ihre Hand auf Brittas. »Was ich dir jetzt sage, wird dich ganz bestimmt erschüttern. Aber vielleicht ist das auch der Schlüssel zum Ganzen.«

Britta warf ihr einen skeptischen Blick zu, schwieg aber.

»Susanne hat gehört, dass diese Alina …« Franzi zögerte kurz, entschied sich dann aber, die Wahrheit zu sagen. »… dass sie angeblich schwanger ist.«

Britta wich mit weit aufgerissenen Augen zurück. »Schwa… nger?«

»Ja, das hat Susanne gehört.«

»Aber …« Britta schluckte schwer. »… das würde heißen …« Es verschlug ihr die Sprache. »Welcher Monat?«

»Das weiß ich nicht, Britta. Susanne sagt, dass man nichts sehen kann.«

Britta atmete schwer und schwankte leicht. »Warum erzählst du mir das? Ich will das nicht wissen. Lass mich in Ruhe damit.«

»Irgendwann hättest du es doch sowieso erfahren, Britta. Und wer sagt dir denn, dass diese Frau Jan nicht angelogen hat?«

»Wie meinst du das?«, flüsterte Britta.

»Jan wird etwas mit der Frau gehabt haben, davon können wir wohl ausgehen. Aber wann das war und ob es ein einmaliger Ausrutscher gewes…«

»Macht es das besser?«, fiel Britta ihr ins Wort.

»Nein, das wollte ich damit auch nicht sagen, Britta. Aber vielleicht ist die Geschichte anders gelaufen, als wir beide uns das vorgestellt haben.«

»Ich verstehe dich nicht«, sagte Britta. Ihr war der Schock immer noch ins Gesicht geschrieben. Aschfahl und mit nervös flatternden Augenlidern starrte sie Franzi an.

»Wie würde Jan reagieren, wenn nach, sagen wir, einem One-Night-Stand die Frau ihm mitteilen würde, dass sie schwanger ist?«

»Das … weiß … ich nicht«, stammelte Britta.

»Würde er sich umdrehen und weggehen? Wohl kaum. Jan hat sich dir gegenüber schrecklich verhalten, das steht außer Frage. Aber deshalb ist er doch nicht plötzlich ein völlig anderer Mensch geworden. Ich bin mir sicher, dass ihn eine solche Nachricht ungeheuer unter Druck gesetzt hätte. Verstehst du jetzt, was ich meine?«

Britta schwieg mit gesenktem Kopf.

»Jan hätte gewusst, was das für dich bedeutet hätte, wie sehr er dich damit verletzt hätte. Ich könnte mir gut vorstellen, dass er in einer solchen Zwickmühle saß, dass er sich nicht mehr anders zu helfen wusste, als dich ohne jegliche Erklärung zu verlassen.«

»Aber das weißt du doch alles gar nicht, Franzi. Es könnte auch ganz anders gewesen sein.«

»Das stimmt. Nur sind wir beide nicht schlau aus Jans Verhalten geworden und so, wie ich mir das jetzt zurechtgelegt habe, wäre es zumindest logisch.«

Britta schwieg eine Weile und dachte nach. »Du meinst, diese Frau hat Jan angelogen? Damit er keine andere Wahl hat?«

»Ja. Damit wäre Jans Seitensprung nicht aus der Welt, ich weiß, aber vielleicht würde das die Ausgangslage ändern und ihr könntet zumindest miteinander reden.«

»Und jetzt?«, fragte Britta. »Selbst wenn es so ist, kann ich doch nichts machen.«

»Wir können herausbekommen, ob es so war.«

»Wie denn?«

»Das lass mal meine Sorge sein. Ich finde einen Weg.« Franzi hielt kurz inne und wartete, bis Britta sie ansah. »Soll ich das für dich machen?«

»Aber wie?« Brittas Stimme klang verzweifelt.

»Du brauchst dich darum nicht zu kümmern. Ich mache das. Vertrau mir einfach.«

Nach einer Weile nickte Britta. »Ja, wenn du meinst.«

Dreizehn

Zurück im Büro, druckte sich Franzi den Vertrag mit dem Hamburger Privatdetektiv neu aus, unterschrieb ihn und faxte ihn an die angegebene Nummer. Das Dokument heftete sie in einem ihrer privaten Ordner ab.

Erschöpft setzte sie sich mit einer Tasse Tee in den Garten und dachte über das Gespräch mit Britta nach. Ihr war klar, dass sie mit ihren Vermutungen über Jans Verhalten ein großes Risiko einging. Entweder erfuhr der Privatermittler überhaupt nichts oder lieferte ein Ergebnis, das weder Britta noch ihr gefallen würde. Oder er fand Hinweise darauf, dass die Frau nicht schwanger war. Im schlimmsten Fall stellten sich die Gerüchte als komplett erfunden heraus und Franzi hatte Britta unnötig mit der Situation belastet.

Franzi stand auf und lief im Garten herum. Dass Britta und ihr Vater sich nähergekommen waren, hatte sie auf dem Heimweg verdrängt. Ein Kuss, hatte Britta gesagt, mehr sei nicht passiert. Franzi sah Britta und Max vor ihrem geistigen Auge und lächelte. Ihr wurde schlagartig klar, dass sie überreagiert hatte. Sollten sie sich ineinander verlieben, war das alleine ihre Sache. Auch wenn der Gedanke daran, dass ihre beste

Freundin und ihr Vater ein Paar würden, ihr immer noch ein leichtes Unbehagen bereitete, nahm sie sich fest vor, sich nicht einzumischen.

Nachdem Franzi Rieke etwas vorgelesen und ihr eine Gute Nacht gewünscht hatte, schaltete sie das Deckenlicht aus und küsste ihre Tochter auf die Stirn. »Schlaf gut, meine Große. Ich liebe dich.«

»Ich auch«, sagte Rieke mit ihrer piepsigen Kinderstimme.

Franzi strich ihr noch einmal zärtlich über die Haare und deckte sie zu, bevor sie den Raum verließ. Im Wohnzimmer ließ sie sich aufs Sofa fallen und legte die Beine hoch. »Was für ein Tag.«

»Du warst bei Britta?«, fragte Tamme.

»Ja, wir haben uns lange unterhalten.«

»Hat sie etwas erzählt?«

Franzi richtete sich auf. »Du meinst über sich und Max?«

»Was sonst?«

»Sie verstehen sich gut, machen viel zusammen und freunden sich gerade an. Sozusagen.«

»Und was heißt das genau?« Tamme schien sich nicht mit ihrer vagen Aussage zufriedengeben zu wollen.

»Wir werden wohl abwarten müssen, was sich daraus entwickelt oder nicht. Die beiden sind erwachsen und können machen, was sie wollen.«

»Wow! Seit wann gehst du so abgeklärt damit um?«, fragte Tamme verwundert.

»Ich habe beschlossen, mich nicht einzumischen. Britta hat es im Moment schwer und Max ist verantwortungsvoll genug, um Brittas Situation nicht auszunutzen.«

»Okay!« Tamme lehnte sich im Sessel zurück. »Kommt Britta denn morgen mit?«

»Oh, das habe ich ganz vergessen zu fragen. Warum sollte sie nicht mitkommen? Wenn sie Max begleiten will, ist das doch in Ordnung. Oder?«

»Ja, ja!«, antwortete Tamme. »Mir ist das recht.«

Franzi runzelte die Stirn. »Das klingt aber nicht danach. Macht dir der Altersunterschied Sorgen? Mir ja auch, aber das müssen sich die beiden – falls überhaupt etwas zwischen ihnen ist – selbst überlegen. Alles andere übrigens auch, aber das habe ich ja schon gesagt.« Franzi lächelte. »Und bevor du fragst, ja, mir schlug die Vorstellung, dass Britta und Max ein Paar werden könnten, ziemlich auf den Magen. Aber ich habe mir fest vorgenommen, mich rauszuhalten.«

»Neue Strategie?« Tamme kratzte sich am Kopf. »Ja, vielleicht ist das auch ganz klug so. Mehr als ein Flirt wird das eh nicht sein. Und sie sind ja beide sozusagen frei, ohne Partner. Also, alles gut.« Tamme stand auf. »Ich hole mir was zu trinken. Möchtest du auch etwas?«

»Mineralwasser, bitte.«

Tamme nickte und verließ das Wohnzimmer. Franzi sah ihm nach. Er hatte ungewöhnlich zurückhaltend auf ihre Sichtweise zu Brittas und Max' neuer Freundschaft reagiert. Sie spürte, dass Tamme ihr etwas verheimlichte. Was war passiert?

Tamme kam mit zwei Gläsern Mineralwasser in der Hand zurück. Er reichte Franzi eines der Gläser und setzte sich zurück in den Sessel.

»Pascal war übrigens hier«, sagte Tamme. »Er wollte mit dir sprechen.«

»Worüber? Meta weiß doch Bescheid, dass ich alles organisiert habe.«

»Keine Ahnung. Pascal wollte es mir nicht verraten. Es muss aber irgendwas mit Karla zu tun haben. Nicht wegen der Trauerfeier oder so, sondern was anderes. Das zumindest habe ich verstanden.«

»Ich frage ihn morgen.« Franzi streckte sich. »Edda nimmt Rieke dann mittags mit zu sich. Wenn etwas sein sollte, ruft sie uns an.«

»Klappt schon. Bei Edda und Mattes fühlt sich Rieke immer pudelwohl.« Tamme hielt inne und fügte nach einer Weile hinzu: »Schade, dass sie vorhaben, aufs Festland zu ziehen.«

Franzi griff nach dem Wasserglas und trank einen Schluck.

»Oder?«, fragte Tamme.

»Ja, meinst du etwa, mir fällt das leicht, sie ziehen zu lassen?«

»Gibt es denn keine andere Lösung?«

»Wie sollte die aussehen? Wochenendbeziehung?«, fragte Franzi.

»Warum nicht. Für ein paar Jahre würde das auch funktionieren.«

»Tamme, aber nicht, wenn man auf Spiekeroog lebt. Kein Flughafen, die Fähre tideabhängig. Ich brauche dir das doch nicht zu erzählen. Freitags würde Markus hier nicht mehr auf die Insel kommen, es sei denn, er lässt den Arbeitstag ausfallen. Also am Samstag Überfahrt. Mit Glück ist er am Mittag da und müsste am nächsten Tag zur gleichen Zeit schon wieder los. Das sind gerade mal vierundzwanzig Stunden. Das funktioniert nicht.«

»Dann arbeitet er halt zwei Wochen durch und kommt dann für vier Tage oder so.«

»Toller Vorschlag. Kannst ja mal Edda fragen, was sie dazu meint. Und hast du auch an die Kinder gedacht? Sollen sie ihren Vater nur alle zwei Wochen sehen?«

»Dann soll Markus halt diesen blöden Job aufgeben und …«

»Genau!«, sagte Franzi in die entstandene Pause hinein. »Es gibt keine Alternativen. Entweder ganz oder gar nicht.«

»In früheren Jahrhunderten waren die Männer auch über viele Monate auf See. Warum geht das heute nicht?«

»Tamme, bitte! Das führt zu nichts, außer, dass wir es Edda noch schwerer machen. Willst du das?«

»Ich glaube nicht, dass Edda aufs Festland ziehen will. Egal was sie sagt. Sie will hierbleiben, wagt es nur nicht, das klar und deutlich auszusprechen.«

Franzi schwieg. So gerne sie Tamme recht geben würde und sosehr sie wünschte, dass Edda und Markus auf Spiekeroog blieben, es war einzig und alleine Eddas Entscheidung. Es ging um ihr Leben und um das ihrer Familie.

»Wir haben noch ein paar Monate«, sagte Franzi schließlich. »Vielleicht ändert Markus ja noch seine Meinung oder der Job gefällt ihm doch nicht.«

»Glaubst du wirklich daran?«

Fast unmerklich schüttelte Franzi den Kopf. »Nein, eher nicht«, flüsterte sie.

Vierzehn

Am nächsten Morgen stand Franzi um fünf Uhr auf und arbeitete drei Stunden, bis Tamme sie zum Frühstück rief. Rieke saß bereits in ihrem Kinderstuhl, ein herrlicher Kaffeeduft lag in der Küche.

»Einfach nur hinsetzen«, sagte Tamme. »Das Rührei kommt sofort. Ich habe gestern noch frische Krabben erwischt.«

Franzi setzte sich neben Rieke und drückte ihr einen Kuss auf die Wange. »Na, meine Große.«

»Rieke ist schon auf«, sagte ihre Tochter mit strahlenden Augen. »Papa hat Geschichte gelesen.«

Tamme kam mit der Pfanne und verteilte das Rührei auf die drei Teller. Franzi zerkleinerte das Ei für Rieke und reichte ihr den Kinderlöffel.

»Guten Appetit«, sagte Tamme und legte sich einen Löffel Krabben auf sein Rührei. »Elf Uhr?«, fragte er an Franzi gewandt.

»Ja, wir müssen aber schon etwas früher los. Ich hole gleich den Schlüssel von der Kirche und dann treffen wir uns dort eine Viertelstunde früher mit Pastorin Krauß.«

»Okay. Meinen Anzug habe ich schon rausgelegt. Was meinst du: Soll ich eine schwarze Krawatte tragen?«

»Nein, du hast doch noch eine dunkelblaue. Ich glaube, die passt besser zum Anlass und auch zum Anzug.«

Nach dem Frühstück brachte Tamme Rieke zu Edda, während Franzi einige Anrufe tätigte. Als sie den Laptop zuklappte, klingelte das Handy. »Franzi Beninga.«

»Ludger Scholz. Ich wollte Ihnen einen kleinen Zwischenbericht geben.«

Franzi stand auf und schloss die Bürotür. »Sie haben schon etwas unternommen?«

»Frau Alina Neumann arbeitet nach wie vor in der Firma, die Sie mir angegeben haben. Ich habe sie gestern Abend und heute Morgen observiert. Sie war beide Male alleine. Ich werde zum Arbeitsende von Frau Neumann wieder vor der Firma stehen.«

Franzi konnte sich nicht vorstellen, dass der Privatdetektiv auf diese Weise an die gewünschten Informationen kommen würde, kommentierte den Bericht aber nicht.

»Ich habe ja ein Foto des Mannes Ihrer Freundin«, fuhr Scholz fort. »Sollte er bei Frau Neumann auftauchen, informiere ich Sie.«

»Danke«, sagte Franzi. »Sie stehen aber nicht die ganze Nacht vor dem Haus, oder?«

Ludger Scholz lachte. »Haben Sie Angst wegen meinem Honorar? Nein, natürlich nicht. Ich versuche im Moment, das Umfeld von Frau Neumann abzuchecken. Was macht sie wann und mit wem. Erst dann kann ich gezielter agieren. Warten Sie ab. Ich bin guten Mutes.«

»Heute bin ich nur schlecht zu erreichen. Sollte ich mal nicht ans Handy gehen, melde ich mich später bei Ihnen.«

»Kein Problem. Sie hören von mir.« Ludger Scholz legte auf.

Franzi starrte auf ihr Handy. Hatte sie den Richtigen beauftragt? Was würde sie machen, wenn Scholz' Ermittlungen keine

Ergebnisse brachten? Das Geräusch der sich öffnenden Haustür riss sie aus ihren Gedanken. Sie stand auf und verließ das Büro.

Luise Krauß, die Pastorin aus Hamburg mit kurzen blonden Haaren und freundlichen Augen, war einen Kopf größer als Franzi. Sie wartete vor der alten Kirche und begrüßte sie herzlich. Franzi hatte nach der Trauerfeier in Hamburg länger mit ihr gesprochen.

»Wie geht es Ihnen?«, fragte die Pastorin.

»Uns geht es gut, auch wenn der Anlass des Treffens uns etwas traurig macht.«

Luise Krauß begrüßte Tamme und wartete, bis Franzi die Kirche aufgeschlossen hatte. Nacheinander gingen sie durch die grüne Flügeltür aus Holz in den schmalen Eingangsanbau. Von hier aus betraten sie die alte Kirche. An beiden Seiten des Kirchenschiffs befanden sich die Holzbänke, deren Einlass jeweils durch eine hüfthohe Tür vom Mittelgang abgetrennt war.

Die Pastorin blieb stehen und schaute eine Weile andächtig in die kleine Kirche hinein. Der schmale Altar mit einem Jesusbild war von zwei kleinteiligen Kirchenfenstern eingerahmt, die farbige Ornamente zeigten. An der rechten Seite befand sich eine halbhohe Kanzel, gegenüber auf der linken Seite stand eine alte Orgel.

»Diese Schlichtheit der alten Kirchen finde ich immer wieder faszinierend«, sagte Luise Krauß mit gedämpfter Stimme. »Man kommt sich vor wie vor zwei- oder dreihundert Jahren.«

»Sie kannten unsere Kirche noch nicht?«, fragte Franzi.

»Nur von Fotos. Ich sammele privat Fotobücher über alte Kirchen. Da kann natürlich der älteste erhaltene Bau der Ostfriesischen Inseln nicht fehlen.«

Sie schritt langsam durch den Mittelgang, betrachtete die Fenster an den Seiten und blieb lange vor dem Modellschiff stehen, das kurz vor dem Altar in der Luft hing.

»Man hört regelrecht die Frauen für ihre Männer beten, die vom monatelangen Walfang gesund zurückerwartet werden. Und die Trauer um die, die auf See blieben.«

Sie drehte sich noch einmal im Kreis, als würde sie das Innere des Gebäudes abscannen, und wandte sich dann an Franzi. »Wir sind nur eine sehr kleine Gruppe?«

»Ja, fünf oder sechs Personen. Führungen finden heute Vormittag nicht statt. Ich werde später die Tür abschließen, dann sind wir ungestört.«

Die Pastorin nickte und ging auf den Altar zu. »Ich brauche noch ein paar Minuten der Besinnung. Wollen Sie Karlas Freunde vor der Tür empfangen?«

Franzi nickte und ging zusammen mit Tamme hinaus.

Pascal und Meta saßen rechts in der ersten Reihe, auf der linken Seite hatten Max und Franzi Platz genommen. Tamme und Britta, die Max begleitet hatte, saßen in der zweiten Reihe.

Luise Krauß sprach nach einer kurzen Andacht über Karlas Leben, ihre Jugend und die Jahre in Paris und ihre spätere berufliche Laufbahn als Lehrerin. Besonders hob sie ihre ehrenamtliche Arbeit mit benachteiligten Familien hervor und fragte schließlich, ob jemand der Anwesenden sprechen wollte.

Pascal erhob sich, öffnete die kleine Tür zum Mittelgang und ging langsam nach vorne.

Er stand eine Weile schweigend neben der Pastorin, bis er sich leise räusperte und in die Runde sah. »Vor nicht einmal einem Jahr haben wir gemeinsam um Karla getrauert. Ich hatte damals ein paar Worte vorbereitet, die Karla all ihren Freunden gerne sagen wollte. Wie ihr wisst, ist es nicht dazu gekommen. Ich war sprachlos vor Trauer und Wut, habe mit mir und der Welt gehadert. Die Zeit, die ich noch mit Karla erleben durfte, erschien mir so kurz wie ein flüchtiger Moment.«

Pascal verstummte, schloss die Augen und atmete tief durch, bevor er weitersprach.

»Es gab viele Phasen, die ich durchlaufen musste, wie jeder, der um einen für ihn wichtigen Menschen trauert. Ich habe unter Schock gestanden, obwohl wir, Karla und ich, lange wussten, was auf uns zukommt. Ich habe geschrien, das Leben und den Tod verflucht, wollte selbst nicht mehr sein, weder hier noch anderswo. Es hat Monate gedauert, bis ich wieder einen klaren Gedanken fassen konnte. Inzwischen habe ich meinen Frieden gefunden und meine Stimme, wenn auch leise, ist zurück.«

Pascal wischte sich mit einem Taschentuch über die feuchten Augen.

»Ich rede hier von mir, weil es leichter ist, als von der Liebe meines Lebens zu erzählen. Ich habe als junger Mensch Karla verloren, weil ich mir selbst nicht vertraut habe. Das Wertvollste in meinem Leben, die Frau, die ich liebte, habe ich nicht erkannt. Ich stand mir im Weg und Karla hat gesehen, dass wir keine Zukunft hatten.«

Tränen flossen über Pascals Wangen. Er schien es aufgegeben zu haben, gegen sie anzukämpfen.

»Als ich wach wurde, habe ich das ganze Ausmaß meiner unfassbaren Dummheit erkannt, aber es war zu spät. Ich habe die Liebe meines Lebens gesucht, alles Menschenmögliche getan, um Karla zu finden. Es hat nicht gereicht und ich habe mich zurückgezogen in mein Schneckenhaus.«

Pascal warf einen Blick zu Franzi. »Erst eine junge Dame hat gespürt, dass es noch nicht zu spät war für Karla und mich. Und sie hat gehandelt. Ich bin ihr dafür so unendlich dankbar.« Er lächelte Franzi an. »Und wir, Karla und ich, haben eine zweite Chance bekommen. Die gemeinsame Zeit war kurz und sie war lang. Kurz in Minuten und Stunden, lang in unserem Gefühl. Karla hat gekämpft, um jede weitere Minute, die sie hier bei uns, mit uns verbringen konnte. Sie war froh, solche Freunde um sich zu haben. Max, ihr lieber Nachbar, der zu einem echten und wahren Freund geworden war. Meta, die ihr die Liebe zur Natur zurückgegeben hat und das Vertrauen in eine höhere Macht.« Pascal wandte sich an Meta. »Sie hat viel von dir gesprochen, sie hat dich geliebt, wie man eine Freundin nur lieben kann. Einmal hat sie mir erzählt, dass du ihr Lebenselixier warst, ihre Hoffnung auf mehr als ein schwarzes Nichts, das hinter dem Vorhang auf sie wartete.« Er sah wieder zu Franzi und lächelte. »Und du, Franzi. Von dir sprach sie auch immer wieder. Von eurer ersten Begegnung in Hamburg, als du auf der Suche nach deinem Vater warst, von der Einladung nach Spiekeroog, dieser wunderschönen Insel, von euren Gesprächen und deiner Energie, die Karla dazu inspiriert hat, ihren Roman zu Ende zu bringen.«

Pascal atmete tief durch, nickte gedankenverloren und fuhr fort: »Sie war so gerne hier auf der Insel, sie liebte die Ruhe und das Meer. Sie liebte diese Kirche hier und fand eine zweite Heimat auf Spiekeroog.«

Erneut machte er eine Pause.

»Ich habe vorhin gesagt, dass das zweite gemeinsame Leben, was Karla und mir geschenkt wurde, kurz, aber auch lang war. In den letzten Monaten kommt es mir so vor, als schrumpfe die Zeit in der Mitte immer mehr, die Zeit zwischen dem Anfang und dem Ende mit meiner großen Liebe. Ich bin erfüllt von den vielen Momenten, die ich mit Karla noch haben durfte, unserer gemeinsamen Freude, unserem Lachen, der Zeit der Hoffnung, aber auch den Tagen der Verzweiflung. Alles haben wir zusammen durchlebt und geliebt.« Er schaute nach oben. »Wenn du mich hörst, Karla, da oben, wirst du lächeln und mir zustimmen. Es war eine wunderschöne Zeit mit dir. Ich liebe dich!«

Pascal ging langsam auf seinen Platz zurück. Luise Krauß setzte sich an die Orgel und stimmte ein Kirchenlied an.

Fünfzehn

Franzi zog für Meta einen Stuhl vor und wartete, bis sich die alte Dame gesetzt hatte. Nach der Trauerfeier in der alten Kirche waren sie die wenigen Meter bis zum Hotel zur Linde gegangen. Im Restaurant des Hauses waren drei Tische zu einer festlich gedeckten Tafel zusammengeschoben worden. Franzi setzte sich neben Tamme und Britta und öffnete die Speisekarte.

»Habt ihr schon was gefunden?«, fragte sie zur rechten und linken Seite.

Tamme schloss die Karte. »Ich nehme Fisch.«

»Ich auch«, sagte Britta, die nur einen kurzen Blick in die Karte geworfen hatte.

Sie aßen in einem Teil des geschlossenen Verandaanbaus mit Blick auf die Straße. Durch die Fenster an zwei Seiten war der Raum hell und freundlich. Er verströmte den Charme des vergangenen Jahrhunderts.

Als alle Gäste die Speisekarten geschlossen hatten, nahm der Kellner die Bestellungen auf und brachte kurz darauf die Getränke. Während des Essens unterhielt sich Franzi mit Britta über die alten Zeiten in Rosenheim, wobei beide die Themen Jan und Kinder mieden. Tamme sprach mit Max, der neben ihm saß und ihn über seine Erfahrungen auf Haukes Kutter ausfragte.

Als Pascal aufstand, folgte Franzi ihm und fragte nach seinem gestrigen Besuch.

»Ja, ich hätte dich auch noch angesprochen«, sagte Pascal.

Franzi sah ihn fragend an.

»Können wir das später besprechen? Vielleicht bei einem kleinen Spaziergang? Was meinst du?«

Franzi nickte. »So machen wir es. Ansonsten können wir das auch auf morgen verschieben. Ich bin fast die ganze Zeit zu Hause zu erreichen.«

Nach dem Essen bat Meta Tamme, sie nach Hause zu begleiten. Sie wollte sich eine Weile hinlegen, um später zu Kaffee und Kuchen ins Inselcafé zu kommen. Nachdem Max und Britta sich für einen Spaziergang verabschiedet hatten, saßen Franzi und Pascal alleine am Tisch. »Wollen wir auch gehen?«, fragte Franzi.

Auf dem Weg zum Strand begann Pascal zu erzählen. »Ich habe bisher noch mit niemandem darüber gesprochen. Karla hatte einen letzten Wunsch, den ich ihr bisher noch nicht erfüllt habe.«

Sie bogen auf den Strandweg ein. »Was ist das für ein Wunsch?«

»Eine Seebestattung«, sagte Pascal. »Ich wollte bisher nichts davon wissen, aber jetzt …« Er lächelte. »Es war Karlas Wunsch und den würde ich ihr gerne erfüllen.«

»Ganz so einfach ist das leider nicht«, sagte Franzi. »Es gibt dafür spezielle Bestatter, die die Erlaubnis haben. Wir müssten das beantragen und auch begründen. Hat Karla etwas hinterlassen, das ihren Wunsch dokumentiert? Wir können natürlich argumentieren, dass sie zu Spiekeroog und damit auch zur Nordsee ein ganz besonderes Verhältnis hatte.«

Pascal blieb stehen und sah Franzi verblüfft an. »So kompliziert ist das?«

»Ja, die Bestattung darf nur in dafür vorgesehenen Abschnitten der Nordsee stattfinden und in einer eigens für die Seebestattung geeigneten Urne.« Franzi verschwieg den Fakt, dass sich die Urne im Salzwasser innerhalb kurzer Zeit auflösen können musste.

»Ich habe die Urne in meinem Hotelzimmer. Ich dachte, es wäre …« Er brach mitten im Satz ab.

Franzi sah ihn erstaunt an. »Du hast die Urne? Ich dachte, es ist in Deutschland nicht möglich, dass man sie selbst aufbewahrt.«

»Sie ist nach Frankreich überführt worden und ich habe sie dort übernommen.« Er hielt einen Moment inne. »Ich hatte gehofft, dass wir alle zusammen Karlas Urne der Nordsee übergeben könnten.«

»So einfach wird das wohl nicht sein«, sagte Franzi. »Ich kann mich aber später erkundigen, ob wir noch ganz kurzfristig einen Termin bekommen können.«

Pascals Miene hellte sich auf. »Das wäre wunderbar, Franzi.«

Franzi zeigte nach vorne. »Gehen wir noch ein wenig?«

Der Spaziergang dauerte länger als geplant. Franzi und Pascal gingen bis zum Strandübergang, standen dort eine Weile und schauten auf die auflaufende Nordsee, bevor sie umkehrten. Pascal erzählte Franzi von seinen frühen Pariser Tagen, in denen er Karla kennengelernt hatte. Seine Augen leuchteten, wenn er von ihren Treffen mit den Künstlerkollegen sprach, den nächtelangen Diskussionen über Literatur und Kunst und den lauen Abenden, die er mit Karla zusammen an der Seine verbracht hatte.

»Weißt du überhaupt, dass Karla und ich noch vier Wochen in Paris waren?«

»Nein, das hat Karla mir nie erzählt«, sagte Franzi.

»Im ersten halben Jahr, als es Karla noch sehr gut ging. Das waren die intensivsten Wochen meines Lebens. Wir haben zusammen all die Orte besucht, die wir in jungen Jahren gekannt und geliebt haben.« Er schmunzelte. »Wir haben wenig geschlafen und waren viel unterwegs. Haben alte Freunde getroffen und neue gefunden.«

»Das hört sich wunderbar an«, sagte Franzi. »Darf ich dich etwas Persönliches fragen?«

»Aber natürlich.«

»Wie habt ihr, wie hast du das ausgehalten? Wo ihr doch immer wusstet, dass Karlas Krankheit voranschreitet und sie nur noch wenige Monate zu leben hatte.«

Sie waren inzwischen auf dem Rückweg ins Dorf. Pascal ging langsamer als auf dem Hinweg und Franzi machte sich Gedanken, ob sie nicht hätten eher umkehren sollen.

»Ich weiß, was du meinst«, sagte Pascal. »In den ersten zwei oder drei Wochen konnte ich den Gedanken an Karlas Tod nicht verdrängen. Er war immer präsent. Erst als ich gesehen habe, wie Karla damit umgeht, sie, die doch die eigentlich Betroffene war, da habe ich verstanden, dass ich mir und uns die Zeit raubte, genau die Zeit, die wir noch zusammen verbringen wollten. Karla und ich haben darüber gesprochen, immer wieder, und sie war es, die mich beruhigt und mir die Kraft gegeben hat, im Jetzt zu leben. Man sagt das immer so leicht, lebe so, als wäre es dein letzter Tag. Es klingt ja auch gut und richtig, aber wenn es darauf ankommt, ist es alles andere als leicht.«

»Aber ihr habt es geschafft«, sagte Franzi. »Und das ist das Wichtigste.«

»Das stimmt, aber die größte Prüfung kam nach Karlas Tod auf mich zu. Das war ein schweres Jahr für mich, und auch deshalb war und ist der Tag heute so bedeutend für mich.«

Franzi verstand jetzt, warum ihm die Seebestattung so am Herzen lag. Die Erfüllung dieses letzten Wunsches der Liebe seines Lebens würde der Abschluss seines Trauerjahrs sein und einen Neubeginn einläuten.

Franzi hakte sich bei Pascal unter. »Ich versuche, einen ganz schnellen Termin für die Seebestattung zu bekommen.«

»Das wäre wunderbar«, sagte Pascal und lächelte zuversichtlich.

Franzi und Pascal kamen rechtzeitig beim Inselcafé an und trafen auf Meta und Tamme, die vor dem Lokal auf sie warteten.

Karla war Stammgast in dem Café gewesen. Sie liebte das alte Gemäuer, das in früheren Jahrhunderten als Pastorei gedient hatte und später liebevoll umgebaut worden war. Die Räume mit den niedrigen Decken hatten ihren ursprünglichen Charme behalten und waren nicht nur in den Sommermonaten gut besucht.

Der Nachmittag klang bei einer Tasse Tee und Kuchen und mit zahlreichen Gesprächen aus.

Auf dem Weg zu Edda erzählte Franzi Tamme von Pascals Wunsch nach einer Seebestattung für Karla.

»Du wirst so schnell keinen Termin bekommen. Das Bestattungsunternehmen hat eine lange Warteliste«, sagte Tamme.

»Das habe ich mir schon gedacht. Gibt es denn keine andere Möglichkeit?«

»Keine legale.« Tamme raufte sich die Haare. »Ich könnte natürlich Hauke fragen. Eigentlich ist er mir immer noch was schuldig.«

Franzi reichte ihm das Handy. »Versuchs doch einfach mal.«

Tamme sah sich um. »Hier? Das hat doch noch Zeit, bis wir zu Hause sind, oder?«

Franzi nickte, auch wenn sie gehofft hatte, dass Tamme direkt bei seinem Freund anrufen würde. Sie war der Meinung, dass Hauke mehr als nur in Tammes Schuld stand. Tamme hatte immer wieder alles stehen und liegen gelassen, wenn jemand aus Haukes Mannschaft ausgefallen war.

Nachdem Rieke Franzi und Tamme stürmisch begrüßt hatte, verschwand sie schnell wieder in Mattes' Zimmer.

Edda hielt ihren Freunden die Küchentür auf. »Die beiden spielen gerade so schön. Wollt ihr nicht noch kurz reinkommen?«

Franzi zögerte, aber Tamme nickte und folgte Edda in die Küche.

»Tee?«, fragte Edda.

»Klar, warum nicht«, sagte Tamme. Er zog einen Stuhl vor und setzte sich. Franzi tat es ihm gleich.

»Alles gut bei Markus?«, fragte Tamme.

»Viel Arbeit, hat er mir gestern am Telefon gesagt. Aber das ist ja immer so, wenn man irgendwo neu anfängt.«

»Wo wohnt er eigentlich?«, fragte Tamme weiter.

»Mit der möblierten Wohnung ist es doch nichts geworden. Da gab es wohl einen Wasserschaden oder so. Markus hat ein Hotelzimmer ganz in der Nähe der Firma. Er kann das Büro zu Fuß erreichen.«

»Cool! Wie hieß noch gleich die Firma?«

Edda goss das kochende Wasser in die Teekanne. »Schlüter und Partner. Ein ganz bekanntes Architekturbüro in Hannover. Warum?«

»Ach, nur so. Ich wollte es mal googeln«, sagte Tamme.

Franzi wunderte sich über Tammes Fragen. Warum interessierte ihn Markus' Unterkunft und das Unternehmen, in dem er arbeitete?

Tamme stand auf und holte drei Teetassen aus dem Schrank. »Haben sich die Kleinen gut verstanden?«

»Überhaupt kein Problem«, sagte Edda. »Jella ist auch bei einer Kindergartenfreundin und kommt erst in einer Stunde nach Hause.« Sie stellte die Kanne aufs Stövchen und setzte sich an den Tisch.

»Wie war es bei euch?«, fragte sie.

Tamme erzählte von der Trauerfeier und dem anschließenden Essen im Hotel zur Linde. »Meta hat alles gut überstanden, soweit ich das beurteilen kann. Sie ist wohlbehalten zu Hause und ruht sich aus.«

Sie unterhielten sich noch eine Weile, bis Franzi auf die Armbanduhr zeigte und zum Aufbruch mahnte.

»Ich bringe Rieke ins Bett, dann kannst du Hauke anrufen«, schlug Franzi nach dem Abendessen vor.

Tamme stapelte die schmutzigen Teller übereinander. »Ich räume noch kurz die Küche auf, dann versuche ich, ihn zu erreichen.«

Franzi las ihrer Tochter aus dem Buch »Pippi Langstrumpf« vor. Rieke quiekte vor Freude, wenn Pippi wieder einmal ihre übermenschlichen Kräfte einsetzte. Zweimal erbettelte sie eine Verlängerung der Vorlesezeit, bis Franzi ihr endlich einen Gutenachtkuss geben und das Licht ausmachen konnte.

»Hast du Hauke erreicht?«, fragte sie Tamme, der inzwischen im Wohnzimmer saß und die »Tagesschau« sah.

»Er ruft gleich zurück, hat seine Frau gesagt. Er musste noch mal zum Kutter. Keine Ahnung, warum.«

Franzi setzte sich zu ihm aufs Sofa. Die Nachrichten hörte sie nur mit einem halben Ohr mit und warf immer mal wieder einen verstohlenen Blick auf die Uhr. Kurz vor dem Nachrichtenende ertönte das erlösende Klingeln des Telefons. Tamme beugte sich vor und griff danach.

»Hauke! Moin erst mal. Alles klar bei dir?«

Franzi hörte Haukes Stimme nur als leises Rauschen.

»Du, ich schalte mal auf laut. Franzi sitzt neben mir. Wir haben eine Frage oder besser eine Bitte.«

Tamme legte das Handy auf den Tisch und aktivierte den Lautsprecher.

»Moin, Franzi«, sagte Hauke. »Alles frisch auf Spiekeroog? Wie geht es eurer Kleinen?«

»Läuft«, antwortete Tamme für Franzi. »Sag mal, Hauke, wir haben hier einen Freund, er kommt aus Frankreich und war der Lebensgefährte einer unserer besten Freundinnen. Eine alte Dame aus Hamburg. Sie ist heute vor einem Jahr gestorben.«

»Okay«, sagte Hauke. »Und?«

»Na ja, wir hatten heute eine kleine Trauerfeier hier, an ihrem einjährigen Todestag. Es ist so, dass die alte Dame sich eine Seebestattung gewünscht hat, und ihr Lebensgefährte, also der Franzose, ist jetzt mit der Urne hier auf Spiekeroog. Er dachte halt, dass es ganz einfach geht mit so einer Seebestattung. Ich brauche dir ja nicht zu sagen, dass er da etwas falschliegt.«

»Okay«, wiederholte Hauke. »Und ihr wollt jetzt, dass ich mit meinem Kutter …« Er brach ab.

»Ich weiß, das ist nicht so ganz rechtens«, sagte Tamme. »Aber wer soll das schon ausplaudern? Du musst ja auch gar nichts davon wissen. Machen wir einfach eine Fahrt zu den Seehundbänken und kurven da noch etwas rum. Du verstehst, was ich meine?«

»Habt ihr eine Urne, eine richtige, meine ich? Sonst kommen wir in Teufels Küche, wenn das Ding durch die Gegend schwimmt. Das ist dir doch klar, oder?«

»Besorge ich. Kannst dich auf mich verlassen«, sagte Tamme.

»Also, ich weiß von nichts. Ihr bucht mich, um einen kleinen Ausflug zu den Seehundbänken zu machen, mit Rechnung und allem Drum und Dran. Übermorgen ginge. Da war sowieso ein Tag im Hafen vorgesehen. Elf Uhr?«

»Klasse! Hast einen gut bei mir, Kumpel«, sagte Tamme.

»Lass stecken, du hast mir schon häufig genug aus der Klemme geholfen. Wie viele fahren mit?«

»Fünf, denke ich.«

»Alles klar. Wir sehen uns!«

Hauke verabschiedete sich von Franzi und beendete das Gespräch, Tamme legte sein Handy zurück auf den Tisch.

»Wo bekommen wir jetzt so schnell die Urne her?«, fragte Franzi.

»Alles geregelt. Ich habe vorher schon bei einem Freund auf dem Festland angerufen. Seine Frau kann uns eine besorgen. Er bringt sie morgen zur Fähre und da nimmt sie jemand mit rüber.«

Franzi atmete erleichtert auf. »Danke, Tamme. Mir fällt echt ein Stein vom Herzen.«

Tamme zeigte grinsend mit dem Finger auf seine Wange. »Eine kleine Belohnung ist schon noch drin, oder?«

Franzi lachte und küsste ihn zärtlich.

Sechzehn

Franzi streckte sich. Seit fünf Stunden saß sie am Schreibtisch und beantwortete Mails, telefonierte mit Eigentümern der Ferienwohnungen und organisierte die nächste Reinigungsrunde am Samstag.

Tamme, der wenige Minuten zuvor ins Haus gekommen war, klopfte an den Rahmen der geöffneten Tür. »Ich bin wieder da. Mit der Dusche im Haus C ist jetzt alles wieder in Ordnung. Wir brauchen da allerdings auf Dauer einen neuen Duschkopf. Kannst du die Eigentümer informieren? Ich kann das Teil bestellen und auch einbauen.«

Franzi machte sich eine Notiz. »Wird erledigt. Hast du auch schon eingekauft?«

»Alles paletti! Ich hole jetzt gleich Rieke ab und koche danach.«

Franzi stand auf und ging auf ihn zu. »Du bist ein Schatz! Was würde ich ohne dich nur machen?«

Tamme grinste. »Das will ich meinen.«

Franzi umarmte ihn liebevoll und tippte mit dem Finger auf seine Nasenspitze. »Nicht übermütig werden, Herr Beninga.«

Tamme lachte. »Nein, bestimmt nicht. Ich hätte dasselbe zu dir sagen können.«

Franzi trat einen Schritt zurück. »Kommt die Urne mit der ersten oder der zweiten Fähre?«

»Kurz nach drei Uhr heute Nachmittag. Ich nehme sie dann in Empfang. Wissen alle wegen morgen Bescheid?«

Franzi nickte. »Pascal, Meta und Max kommen mit. Meta hatte erst eine Weile überlegt. Ich glaube, sie hadert etwas mit Pascals Entscheidung, aber er hat sie überreden können.«

»Ich weiß, dass sie von Seebestattungen nichts hält«, sagte Tamme. »Aber gut, wenn Karla es sich gewünscht hat, sollten wir das akzeptieren.«

»Genau deshalb wird Meta auch mitkommen.« Franzi zeigte auf ihren Laptop. »Ich muss leider noch etwas tun.«

Tamme schmunzelte. »Bin schon weg, Chefin.«

Als Franzi wieder am Schreibtisch saß, klingelte ihr Handy. Sie erkannte die Nummer und begrüßte Ludger Scholz.

»Einen wunderschönen Tag wünsche ich. Ich habe gute Nachrichten«, sagte der Privatdetektiv.

»Was ist passiert?«

»Eigentlich nicht wirklich viel. Aber genau das ist der Punkt.«

»Jetzt machen Sie es nicht so spannend, Herr Scholz«, sagte Franzi.

»Dann will ich mal nicht so sein. Frau Neumann fuhr heute nicht wie üblich zur Arbeit, sondern kam etwas später aus dem Haus. Dort wartete jemand in einem Auto auf sie. Soweit ich das erkennen konnte, war es der Ehemann Ihrer Freundin. Ich schicke Ihnen aber gleich noch ein paar Fotos per Mail, dann können Sie es selbst beurteilen.«

»Das ist kein Problem. Wo sind sie hingefahren?«

»Zum Frauenarzt. Aber erschrecken Sie jetzt nicht gleich. So, wie ich das sehe, sind Ihre Zweifel bezüglich der Schwangerschaft durchaus berechtigt. Aber eins nach dem anderen. Ich folgte den beiden also und parkte in Sichtnähe, als das Auto hielt. Frau Neumann stieg aus und betrat alleine eine Frauenarztpraxis. Der Wagen fuhr weiter. So weit, so gut. Ich wartete vor der Praxis. Keine fünf Minuten nachdem Frau Neumann dort hineingegangen war, kam sie wieder raus, ein Taxi fuhr vor. Sie ließ sich zu ihrer Arbeitsstelle bringen.«

»Das war aber ein kurzer Arzttermin«, sagte Franzi.

»Genau das dachte ich auch und wagte mich etwas weiter vor. Ich rief als Lebensgefährte der Dame dort an und fragte, ob sie noch in der Praxis sei. Wie ich erfuhr, hatte Frau Neumann überhaupt keinen Termin.«

»Merkwürdig«, sagte Franzi.

»Nein, sehe ich anders. Sie hat Ihren Lover … Entschuldigung, ich meine natürlich den Ehemann Ihrer Freundin, an der Nase herumgeführt. Von wegen Schwangerschaftsuntersuchung beim Frauenarzt, sie lässt sich extra von ihm dort hinchauffieren, um ihre angebliche Schwangerschaft zu unterstreichen. Clever, würde ich mal sagen.«

»Gibt es keine andere Erklärung für den kurzen Arztbesuch?«, fragte Franzi.

»Ich habe keine Idee. Es wäre jetzt zielführend, wenn wir herausbekommen könnten, ob sie in der Praxis als Schwangere geführt wird.«

»Aber wie?«

»Nun gut, wäre ich eine Frau, würde ich dort anrufen und so tun, als sei ich Frau Neumann, die vorgibt, den Termin für ihre nächste Schwangerschaftsuntersuchung verlegt zu haben.«

»Das kann ich nicht. Und müsste ich dafür nicht ihre Stimme imitieren?«, fragte Franzi.

»Ach, wissen Sie, eine solche Dame am Empfang spricht mit vielen Hunderten Patienten. Glauben Sie wirklich, dass die sich an jede einzelne Stimme erinnert?«

»Aber …« Franzi verstummte.

»Frau Beninga, das war nur eine Idee. Noch etwas anderes: Ich komme jetzt sehr bald an die Kostengrenze, die Sie mir genannt haben. Soll ich weiter an der Sache dranbleiben?«

Franzi hatte geahnt, dass Ludger Scholz das Thema ansprechen würde. Aber darauf, dass er bereits so viele Stunden gearbeitet hatte und kurz vor der Tausend-Euro-Grenze stand, war sie nicht vorbereitet.

»Also … vielleicht können Sie erst mal eine Pause machen. Ich muss überlegen, ob ich …«

»Das ist überhaupt kein Problem, Frau Beninga. Ich warte ein paar Tage und dann sagen Sie mir einfach Bescheid. Wie gesagt, ich schicke Ihnen gleich die Fotos und die Aufnahme des Telefongesprächs. Mit dem Letzteren seien Sie bitte vorsichtig. Sie wissen sicher, dass es nicht ganz legal ist, ein Telefongespräch aufzunehmen.«

»Ja, natürlich. Und danke für Ihren Einsatz.« Franzi wollte noch hinzufügen, dass er ihr sehr geholfen habe, wusste aber plötzlich nicht mehr, ob das der Fall war. »Ich melde mich bei Ihnen, wie es weitergeht. Ganz bestimmt.«

Ludger Scholz verabschiedete sich. Franzi legte vorsichtig das Handy auf den Tisch, als hätte sie Angst, dass jemand etwas von dem Gespräch mitbekommen haben könnte.

Franzi stellte den letzten Teller in die Spülmaschine und wischte den Herd sauber. »Kann ich kurz bei Britta vorbeischauen?«

Tamme nickte. »Kein Problem. Ich habe erst um sechzehn Uhr einen Termin.«

Franzi zog Tamme an sich und küsste ihn. »Danke! Ich beeile mich auch.«

Auf dem Weg zu Britta dachte sie fieberhaft darüber nach, wie viel sie ihr erzählen sollte. Aber wie konnte sie ihr den Privatdetektiv verheimlichen, wenn sie ihr von den Neuigkeiten berichten wollte? Kurz bevor sie das Haus erreichte, entschloss sie sich, die Wahrheit zu sagen.

»Ist Max auch da?«, war Franzis erste Frage, nachdem sie Britta umarmt hatte.

»Nein, er kauft ein paar Sachen im Supermarkt ein. Warum?«

»Wollen wir uns nicht erst hinsetzen?«

Franzi zog ihre Freundin mit in die Küchennische. Sie setzten sich an den Tisch, Franzi holte ihren Laptop aus der Tasche und atmete tief durch. »Ich muss dir ein Geständnis machen. Also …« Sie schluckte schwer und brach ab.

»Ja?«, fragte Britta.

»Wir haben ja über meine Theorie gesprochen und über das Gerücht. Und ich wollte mich darum kümmern, dass wir mehr erfahren. Was soll ich sagen: Ich habe in Hamburg einen Privatdetektiv beauftragt.«

Britta starrte sie mit großen Augen an. »Wie bitte?«

»Was sollte ich machen? Das war die einzige Möglichkeit, um mehr zu erfahren.« Britta öffnete den Mund und schien etwas entgegnen zu wollen. »Lass mich doch erst mal erzählen«, sagte Franzi schnell.

Britta nickte, konnte aber offenbar immer noch nicht glauben, was sie gerade gehört hatte.

»Also: Jan scheint in den letzten Tagen nicht bei dieser Alina übernachtet zu haben.« Franzi machte eine kurze Pause und beobachtete Britta. Sie atmete flach und war regelrecht erstarrt. Franzi sprach weiter: »Das ist ja eigentlich ein gutes Zeichen, würde ich mal sagen. Aber das nur nebenbei. Heute Morgen ist diese Frau nicht zur Arbeit gegangen. Jan hat sie abgeholt und sie zum Frauenarzt gefahren.«

Britta sprang auf. »Warum erzählst du mir das alles? Willst du mich foltern?« Ihre Stimme klang schrill. Britta stand mit zitternden Händen vor ihr.

Franzi beugte sich vor, griff nach Brittas Hand und zog sie vorsichtig auf den Stuhl zurück. »Nein, natürlich nicht. Warte doch erst mal ab.«

Britta setzte sich wieder und schaute auf ihre Hände.

»Also: Jan hat sie da hingebracht und ist weitergefahren. Die Frau ist in die Praxis gegangen, kam aber wenige Minuten später zurück und stieg in ein Taxi, das sie offensichtlich, direkt nachdem sie das Gebäude betreten hatte, bestellt hat.«

»Ja, und?«, fragte Britta leise.

»Der Detektiv hat dann unter einem Vorwand dort angerufen und so getan, als sei er der Freund von dieser Alina. Dabei hat er erfahren, dass sie gar keinen Termin gehabt hat und offensichtlich nicht einmal in der Praxis war.«

Britta hob ihren Blick und sah Franzi fragend an. »Was … Ich verstehe nicht.«

»Ganz einfach. Ich hatte doch schon vermutet, dass sie Jan etwas vorspielt und gar nicht schwanger ist.« Franzi öffnete den Laptop. »Hör dir doch einfach mal das Telefongespräch an.« Sie zögerte kurz. »Darf ich das abspielen?«

Britta nickte schweigend.

Franzi suchte nach der Datei und drückte auf Play. Die Stimme des Privatdetektivs erklang.

»Guten Morgen, ich habe nur eine kurze Frage. Meine Lebensgefährtin ist gerade bei Ihnen in der Praxis. Ich wollte sie nach dem Termin wieder abholen, aber ich kann sie nicht auf dem Handy erreichen. Könnten Sie vielleicht kurz schauen, wie lange es noch dauern wird?«

Jemand räusperte sich leise. »Wie ist denn der Name Ihrer Lebensgefährtin?«

»Oh, entschuldigen Sie. Das habe ich ja ganz vergessen zu sagen.« Ludger Scholz klang, als sei er in Eile. »Alina Neumann.«

»Frau Neumann? Sind Sie sicher, dass sie bei uns ist? Also … Augenblick.« Man hörte ein Rascheln, dann meldete sich die Frau zurück. »Ich habe hier keinen Termin für heute eingetragen und Frau Neumann war bisher auch nicht in der Praxis. Nein, ganz sicher nicht. Sie müssen sich irren.«

»Keinen Termin? Habe ich da tatsächlich etwas durcheinandergebracht? Dann muss ich mich noch einmal entschuldigen. Ich muss die Praxen verwechselt haben.«

»Ich bitte Sie, das ist kein Problem«, flötete die Frau am Telefon.

Franzi stoppte die Aufnahme. »Verstehst du jetzt, was ich meine?«

»Vielleicht ist sie ja bei einem anderen Frauenarzt?«

»Und dann lässt sie sich da hinchauffieren? Außerdem hast du doch gehört, dass sie dort in der Praxis bekannt ist. Warum sollte sie wechseln?« Franzi nahm allen Mut zusammen. »Ich mache dir einen Vorschlag. Ich rufe da als Alina Neumann an und frage nach meinem nächsten Termin.«

»Das würdest du machen?«

»Wenn es sein muss.«

»Ich würde mir das nicht zutrauen«, sagte Britta. »Was ist, wenn sie die Stimme erkennen?«

»Die hat eine Allerweltsstimme. Etwas piepsig, aber sonst normal.«

Britta sah sie erstaunt an. »Woher weißt du das?«

»Ich habe sie angerufen. Bei der Arbeit. Falsch verbunden und so. Aber sie hat kurz mit mir gesprochen. Ich habe das Gespräch aufgenommen und schon etwas geübt.«

Brittas Gesichtszüge lösten sich aus der Starre. Jetzt schmunzelte sie. »Du machst Sachen.«

»Also, soll ich anrufen?«

Britta nickte. Franzi griff nach ihrem Handy, tippte auf die Nummer, die sie sich im Büro eingespeichert hatte, und aktivierte den Lautsprecher.

»Praxis Doktor Rosenberg. Was kann ich für Sie tun?«

Franzi atmete erleichtert auf. Die Frau am Telefon war nicht die gleiche wie bei dem Anruf des Privatdetektivs.

»Alina Neumann«, sagte Franzi. »Ich habe leider meinen nächsten Termin bei Doktor Rosenberg verlegt. Könnten Sie mir kurz sagen, wann der ist?«

»Wie ist Ihr Geburtsdatum?«, fragte die Arzthelferin.

Franzi stockte der Atem. Was sollte sie jetzt sagen? Ihr Schwindel würde sofort auffliegen.

»Hallo, Frau Neumann?«

»Entschuldigung. Mein Geburtsdatum ist der 17. Juni 1992.« Franzi hatte so undeutlich gesprochen, wie es ihr möglich war, und hoffte, dass die Arzthelferin nicht misstrauisch wurde.

»Tut mir leid, Frau Neumann. Unter dem Datum finde ich Sie nicht. Können Sie das noch einmal wiederholen?«

»Finden Sie mich nicht einfach unter meinem Namen?«, schnauzte Franzi die Arzthelferin an.

Nach einer kurzen Pause räusperte sie sich. »Einen Augenblick, bitte.« Franzi hörte, wie sie etwas in die Tastatur eintippte. »Ja, jetzt habe ich Sie gefunden, Frau Neumann. Ihr nächster Termin ist allerdings erst Mitte November. Möchten Sie ihn notieren? 15. November, gleich um acht Uhr dreißig.«

»Oh, das hatte ich ganz anders in Erinnerung«, sagte Franzi. »Was ist das für ein Termin?«

»Soweit ich es hier sehe, eine normale Vorsorgeuntersuchung. Sollen wir ihn vorverlegen, Frau Neumann?«

»Nein, nicht nötig. Entschuldigen Sie, dass ich so vergesslich bin. Und vielen Dank für die Auskunft.«

»Gerne«, sagte die Arzthelferin und verabschiedete sich.

Franzi schloss die Augen und legte den Kopf in den Nacken. »Das war knapp.« Sie sah Britta an. »Ich bin sicher, dass diese

Alina nicht schwanger ist. Sie lügt Jan an und setzt ihn damit unter Druck.«

»Na ja, wenn Jan nicht mit ihr rumgemacht hätte, würde er wohl kaum glauben, dass sie von ihm schwanger ist. Außerdem hat er mir klipp und klar gesagt, dass unsere Beziehung zu Ende ist. Was meinst du, was ich jetzt machen soll? Zu ihm hingehen und ihm sagen, dass er auf eine Betrügerin reingefallen ist? Und vielleicht noch, dass er lieber eine andere Frau schwängern soll, wenn er unbedingt Vater werden will?«

Britta hatte sich regelrecht in Rage geredet und den letzten Satz fast geschrien. Franzi legte ihre Hand auf Brittas. »Jetzt beruhig dich erst mal. Das ist alles nicht so einfach für dich, das ist mir klar. Und ich weiß auch nicht, wie ich in deiner Situation reagieren würde.«

»Ich kann nicht mehr, Franzi«, flüsterte Britta. »Ich will, dass das alles ein Ende hat.«

»Ich weiß. Aber wie soll das gehen, wenn ihr beiden nicht einmal mehr miteinander redet? Egal wie es weitergeht, ihr kommt nicht drum herum, euch zu treffen und alles zu regeln. Du kannst dein ganzes Leben in Hamburg nicht einfach so wegwerfen, Britta.« Franzi wartete eine Weile auf eine Reaktion von Britta. Als diese schwieg, fuhr Franzi fort: »Ich will dir helfen, Britta. Ich kann mir gut vorstellen, wie weh das tun muss, von dieser Frau zu hören und von ihrer angeblichen Schwangerschaft.«

»Nein, das kannst du nicht«, sagte Britta und richtete sich auf. »Wenn das wirklich alles so war und selbst, wenn Jan dachte, dass sie schwanger ist, warum hat er nicht mit mir darüber gesprochen?«

»Vielleicht hatte er Angst, Angst, seinen Fehler vor dir einzugestehen, vielleicht wollte er dich auch nicht verletzen, vielleicht war er vollkommen überfordert von der Situation. Ich weiß es nicht.« Franzi zögerte kurz. »Und du? Bist du dir vollkommen sicher, dass du nicht einen letzten Versuch wagen und auf Jan zugehen willst? Bist du sicher, dass du keine Gefühle mehr für ihn hast?«

Tränen flossen über Brittas Wangen. Sie wischte mit dem Handrücken darüber und zuckte fast unmerklich mit den Schultern. »Ich weiß es nicht«, flüsterte sie. »Ich weiß es wirklich nicht.«

Siebzehn

Tamme grinste breit. »Ein Privatdetektiv? Alle Achtung, das hätte ich euch beiden nicht zugetraut.«

Franzi wiegte den Kopf hin und her. »Es war auch mehr meine Idee. Britta hat zwar zugestimmt, dass ich Erkundigungen einhole, aber ich habe ihr nicht gesagt, wie genau ich das machen will.«

»Ich sehe schon: Ich habe eine wirklich gefährliche Frau.« Tamme lachte, wurde aber gleich darauf ernst. »Und wie hat Britta auf die Informationen reagiert? Ich meine, das mit der Schwangerschaft war sicher erst mal ein Schock für sie, oder?«

»Ja, und ich fürchte, ich habe ihr da vielleicht zu viel zugemutet. Ich habs gut gemeint, aber das heißt ja nicht, dass das Ganze für Britta wirklich auch gut ist. Ehrlich gesagt, habe ich mir schon reichlich Vorwürfe gemacht. Dir predige ich, du sollst dich bei Edda und Markus raushalten, und selbst spioniere ich Jan nach.«

»Na ja, nicht du selbst. Du hast diesen Typen auf die Frau angesetzt. Wenn sie Jan wirklich so an der Nase herumführt, muss man da was machen. Ich finde das schon okay. Und wie geht ihr weiter vor?«

»Ich weiß gar nicht, ob es überhaupt ein *Weiter* gibt. Ohne Britta auf jeden Fall nicht. Ich habe mich schon viel zu weit vorgewagt und mich aufgedrängt. Verdammt, ich konnte einfach nicht mit ansehen, wie Brittas Leben den Bach runtergeht. Aber das war natürlich erst mal nur meine Interpretation.« Sie hob abwehrend die Hände. »Ich weiß, gleich wirst du sagen: wie immer!«

»Ne, da liegst du falsch. Ich finde das gut, was du gemacht hast.«

Franzi lächelte matt. »Das tut gut zu hören, aber ob Britta das auch so sieht, bezweifele ich inzwischen.« Sie stand vom Sofa auf und streckte ihm die Hand hin. »Lass uns ins Bett gehen. Der Tag morgen wird wieder anstrengend.«

Tamme griff nach Franzis Hand und wollte sich hochziehen lassen.

»Hey!«, sagte Franzi lachend. »Jetzt hilf mal mit. Du bist mir zu schwer.«

Tamme sprang auf und zog Franzi an sich. »Bist du sehr müde?«

Franzi schmunzelte. »Es geht. Warum?«

»Ach, ich dachte, wir könnten vielleicht …«

»Ja?«

»… uns im Bett noch etwas unterhalten oder lesen oder so.«

Franzi gab ihm einen liebevollen Klaps auf den Po. »Abmarsch, Herr Beninga.« Sie lachte. »Lesen? Dein Ernst?«

»Eigentlich nicht«, sagte Tamme und zog sie mit sich in Richtung Schlafzimmer.

Auf dem Weg zum Fährhafen holten Franzi und Tamme Meta von zu Hause ab. Ihre nächste Station war Pascals Hotel. Er kam ihnen mit einer kleinen Reisetasche in der Hand entgegen.

»Guten Morgen«, sagte er mit gedämpfter Stimme.

Meta umarmte ihn zur Begrüßung und hakte sich bei ihm ein. Langsam gingen sie Richtung Hafen. Vor dem Rathaus wartete Max auf sie.

»Britta wollte nicht mit?«, fragte Franzi, als sie neben ihrem Vater ging.

»Nein, sie hat gesagt, sie muss nachdenken.«

»Geht es ihr gut?«

Max zuckte mit den Schultern. »Wer kann schon in einen Menschen hineinschauen? Britta ist stark, aber ich weiß nicht, ob sie die ganze Situation wirklich so gut wegsteckt, wie es nach außen den Anschein hat.«

»Hat sie etwas erzählt?«, fragte Franzi möglichst beiläufig.

Sie hatten sich inzwischen etwas zurückfallen lassen und gingen mehrere Meter hinter Meta, Pascal und Tamme.

»Du meinst, eure – wie soll ich es nennen – Recherchen?«

Franzi nickte.

»Ja, davon hat sie mir erzählt. Nicht viel, aber wenn ich es richtig verstanden habe, vermutet ihr beide, dass Brittas Ehemann von einer Frau reingelegt worden ist. Ist es denn sicher, dass sie nicht schwanger ist?«

»Ich denke schon.«

»Und was nun?«

»Das weiß ich auch nicht, Max. Vielleicht hätte ich auch lieber meine Finger von der ganzen Sache lassen sollen.«

»Ja, vielleicht. Aber weiß man das immer vorher? Sich überall rauszuhalten ist auch kein Weg. Zumindest nicht bei Freunden, die in großer Not sind. Brittas Situation ist alles andere als rosig. Sie will nicht zurück in die gemeinsame Wohnung und genauso wenig zurück in die Agentur. Hier auf der Insel kann sie doch auch nicht ewig bleiben.«

»Ich weiß, Max.«

»Ich habe ihr angeboten, vorerst bei mir im Gästezimmer zu schlafen.«

Franzi blieb stehen. »Und was hat Britta dazu gesagt?«

»Nichts. Ich weiß nicht, ob sie das Angebot annehmen wird. Es wäre ja auch nur für den Übergang. Ich könnte ihr vielleicht auch eine neue Arbeit vermitteln. Ich kenne den CEO einer Agentur in Hamburg, wo sie gut reinpassen würde.«

Franzi sah die Straße hinauf zum Fährhafen. »Wir müssen weiter. Der Kutter von Tammes Freund liegt bestimmt schon im Hafen.«

Sie gingen eine Weile schweigend nebeneinanderher.

»Du hältst es nicht für eine gute Idee, dass Britta vorübergehend bei mir einzieht?«, fragte Max schließlich.

Franzi seufzte leise. »Eigentlich habe ich beschlossen, mich aus eurer Freundschaft, oder was immer es ist oder noch wird, herauszuhalten.«

»Ups!« Max zog die Augenbrauen hoch. »Das war sehr deutlich. Ja, es hat zwischen uns geknistert, wenn du schon darauf anspielst, aber es hat sich auch wieder etwas gelegt.«

»Ganz ehrlich, Max, das müsst ihr beide miteinander ausmachen. Wenn Britta dein Angebot annimmt und eine Weile bei dir wohnt, wird sie schon wissen, was sie tut.«

»Bei ihrem Mann warst du nicht so zurückhaltend …«

»Genau! Ich stecke in einer Zwickmühle, denn ich bin nicht nur mit Britta befreundet, sondern auch mit Jan.« Sie waren inzwischen am Hafen angekommen und liefen am Kai auf den Kutterliegeplatz zu. »Und jetzt hören wir auf mit dem Thema«, sagte Franzi. »Wir sind gleich da.«

Für Meta und Pascal hatte Hauke bequeme Gartenstühle aufgestellt, Max und Franzi standen weiter vorne an der Reling, Tamme hielt sich bei Hauke im Ruderhaus auf.

Der Kutter fuhr eine Weile parallel zur Insel, bevor Hauke sich nordwestlich hielt und schließlich zwischen den Inseln Spiekeroog und Langeoog in die offene Nordsee fuhr.

Max hatte ein Fernglas dabei und schaute zur Ostspitze von Langeoog. »Sind dort nicht die Seehundbänke?«

»Ja, kannst du etwas sehen?«, fragte Franzi.

Max reichte ihr das Fernglas. Franzi ließ den Blick über die Küstenlinie gleiten und fand die Sandbank, auf der unzählige Seehunde in der Sonne lagen.

Sie gab Max das Fernglas zurück und zeigte auf die Stelle. »Relativ weit weg, aber man kann sie erkennen.«

»Ich sehe sie. Wow, sind das viele. Und auch Jungtiere.«

»Ein ehemaliger Fischer bietet zweimal in der Woche Fahrten dahin an. Vielleicht hast du noch Zeit, bevor es wieder nach Hamburg geht.«

»Hamburg? Das liegt noch in weiter Ferne für mich«, sagte Max. »Ich habe erst mal alle Termine abgesagt.« Er lächelte sie an. »Oder war das jetzt ein Wink mit dem Zaunpfahl?«

»Quatsch! Du bleibst so lange, wie du willst. Und wenn du ganz auf die Insel ziehen möchtest, finde ich auch noch einen Platz für dich.«

Max zeigte ihr den gehobenen Daumen. »Gute Idee. Ich werde darüber nachdenken. Eigentlich habe ich in meinem Leben schon genug geschuftet.«

»Du könntest im Strandkorbverleih arbeiten«, sagte Franzi schmunzelnd. »Tamme könnte dir sicher was vermitteln.«

»Komme ich gegebenenfalls drauf zurück. Könnte ich mir dann auch am Strand eine Hütte bauen? Oder ist das hier verboten?«

Franzi rollte mit den Augen. »Das wärs noch. Du und Einsiedler. Vielleicht sogar an der Ostbake. Da hast du auf jeden Fall deine Ruhe. Bis ins Dorf musst du von dort allerdings ein Stückchen laufen.«

Max reckte seinen Kopf in den Wind. Seine Haare wirbelten wild herum. »Ich überlegs mir.«

Nördlich von Spiekeroog verlangsamte Hauke die Geschwindigkeit. Sie standen jetzt zu fünft an der Reling, Pascal hatte die Tasche mit der Urne vor sich stehen, Meta hielt einen Strauß weißer Rosen in den Händen. Schließlich kam der Kutter vollständig zur Ruhe und schaukelte nur noch leicht im Wind.

»Es war Karlas Wunsch, dass wir sie hier, ganz in der Nähe der Insel, die sie so geliebt hat, auf See bestatten.« Pascal schaute in den Himmel. »Es tut mir leid, Karla, dass ich erst heute deiner Bitte folge. Die letzten zwölf Monate haben mich viel Kraft gekostet, aber heute bin ich hier und mit mir unsere Freunde.« Er sah zu Meta. »Wir sind erfüllt von der Zeit mit dir, Karla. Wir werden dich in unseren Herzen behalten, dein Lachen, deine Liebe, deinen Mut.«

Meta verteilte die Rosen, während Pascal die Tasche öffnete und die Urne in die Hand nahm.

»Karla, dies ist der Platz für deine ewige Ruhe«, sagte Pascal, beugte sich leicht über die Reling und ließ die Urne ins Wasser fallen. Die weißen Rosen folgten eine nach der anderen. Sie standen eine gefühlte Ewigkeit dort und beobachteten, wie die Urne langsam versank und die weißen Rosen übrig blieben.

Schließlich gab Tamme Hauke ein Zeichen. Der startete den Motor, fuhr langsam zurück, drehte und steuerte mit halber Kraft auf Spiekeroog zu.

Achtzehn

Franzi betrat die Pizzeria und blickte sich suchend um. Britta hatte sie kurz vorher angerufen und um ein Treffen gebeten, es klang wichtig. Britta hob ihre Hand und winkte Franzi zu sich an den Tisch.

Franzi zog die Jacke aus und hängte sie auf die Stuhllehne. »Es ging leider nicht eher. Tamme musste noch in einem der Ferienhäuser vorbeischauen.«

»Kein Problem. Ich habe Zeit im Überfluss.« Britta reichte ihr die Speisekarte. »Willst du auch was essen?«

»Warum nicht.« Franzi warf einen Blick auf die Rotweinflasche, die auf dem Tisch stand. »Soll ich noch Mineralwasser bestellen?«

Britta nickte und sie warteten schweigend auf die junge Kellnerin. Sie bestellten Pizza und Mineralwasser und ein weiteres Weinglas für Franzi.

Britta schenkte ein und prostete Franzi zu. »Danke, dass du so schnell gekommen bist. Und vor allem dafür, dass du dich so um mich gekümmert hast und immer noch kümmerst.«

»Unsinn, du würdest dasselbe für mich tun.« Franzi hob das Glas. »Auf unsere Freundschaft!«

Britta trank einen kräftigen Schluck, Franzi nippte am Wein.

»Ich habe nachgedacht, Franzi. Über diese Sache mit dem Privatdetektiv. Erst war ich erschrocken, als du davon erzählt hast. Ich meine jetzt nicht das mit dieser Frau, was er dann rausgefunden hat, sondern ob es richtig war, so jemanden zu fragen.«

»Ich wollte dir hel…«

»Das weiß ich doch, Franzi«, unterbrach Britta sie. »Und ich wollte ja auch wissen, ob du mit deiner Vermutung recht hast. Ich habe auch keine Probleme damit, diese Frau auszuspionieren. Aber wir haben auch Jan beobachten lassen. Sollte ich das wirklich machen? Ich glaube nicht. Jan ist verdammt noch mal erwachsen …« Britta lachte kurz auf. »… ich dachte immer, dass er sogar viel erwachsener ist, als ich jemals werde.« Sie trank einen Schluck Wein und schenkte sich nach. »Wo war ich noch gleich? Stimmt, Jan und dass er erwachsen ist. Soll ich jetzt zu ihm gehen und ihm sagen, dass diese Frau höchstwahrscheinlich gar nicht schwanger ist? Und dann? Was ändert das? Er hat mich betrogen und sich dann entschlossen, mich zu verlassen. Ja, er denkt, sie ist schwanger, trotzdem hätte er mit mir reden müssen. Das hat er nicht getan und daran kann ich jetzt auch nichts mehr ändern. Nicht durch einen Privatdetektiv noch durch irgendeinen Hokuspokus. Verstehst du, was ich meine?«

Franzi nickte. »Du bist zutiefst enttäuscht von Jan.«

»Ja, das bin ich. Das wäre wohl jede Frau. Aber ich will jetzt vor allem nicht in diese typisch weibliche Rolle reinrutschen und Entschuldigungen suchen für sein Verhalten. Am besten, ich laufe ihm noch hinterher und regele alles für ihn. Nein, tut mir leid, das kann und will ich nicht.«

Nachdem ihre Pizzen gebracht worden waren, aßen sie schweigend, tranken Wein und Mineralwasser und warteten schließlich, bis die leeren Teller abgeräumt wurden. Britta schenkte Wein nach und nahm das Glas in die Hand.

»Versteh mich nicht falsch, Franzi. Ich wollte auch wissen, was mit Jan los ist. Und es ist sogar gut, dass du diesen Privatdetektiv gefunden hast. Das hat mir letztlich die Augen geöffnet.« Britta stellte das Glas wieder zurück, ohne daraus getrunken zu haben. »Mir ist inzwischen klar, dass ich nicht einfach den Kopf in den Sand stecken kann. Ich habe zwar mit diesem Anwalt gesprochen, aber mehr noch nicht. Ich muss mich kümmern, und zwar bald.«

Franzi nickte. »Ja, das musst du wohl.«

»Jan hat mein Vertrauen missbraucht, er hat mich missbraucht«, sagte Britta leise. »Ich hätte Jan mein Leben anvertraut, er war alles für mich. Ja, Liebe ist auch, seinem Partner zu verzeihen, aber wie soll das gehen? Wäre er zu mir gekommen und hätte gesagt, was passiert ist, dann hätten wir darüber reden können. Da bin ich mir sicher. Aber das hat er nicht getan.«

Franzi setzte zu einer Entgegnung an, aber Britta hob die Hand und schüttelte den Kopf.

»Das kannst du nicht verstehen, Franzi. Glaub mir, Liebe ohne absolutes Vertrauen ist nicht möglich. Ja, am Anfang einer Beziehung ist das anders, man kennt sich noch nicht, weiß nicht um die Eigenarten des anderen. Aber nach so vielen Jahren? Ich weiß alles über Jan und er über mich. Ihm muss doch klar gewesen sein, was er mir antut, wie es mir damit gehen wird. Ich weiß, was du sagen willst, Franzi. Jan war feige, war durcheinander, vielleicht dachte er sogar, dass er mich vor etwas beschützt. Aber ging es nicht die ganze Zeit um ihn? Hat er nicht letztlich alles auf mich abgeschoben? Hätte er mir vertraut, hätte er unserer Liebe vertraut, hätten wir eine Lösung gefunden. Aber Jan hat sich gegen uns und unsere Liebe entschieden.«

Franzi schwieg. Vor ihrem geistigen Auge sah sie Würfel, die auf eine Tischplatte geworfen wurden. Alle oben liegenden Seiten hatten keine Punkte. Sie schüttelte sich leicht und konzentrierte sich wieder auf ihre Freundin.

»Ich will einen Abschluss …« Britta schluckte. »Ja, mir ist inzwischen auch klar, dass das nicht so einfach geht.« Sie schnippte mit den Fingern. »Trotzdem muss ich den ersten Schritt machen. Ich will nach Hamburg fahren und mit Jan reden.«

Franzi nickte zustimmend.

»Aber nicht alleine. Kommst du mit mir? Nur für zwei Tage.«

Franzi warf ihr einen erstaunten Blick zu. »Ich soll bei dem Gespräch dabei sein?«

»Ja. Ich habe Angst, dass das sonst eskaliert und ich …« Britta brach mitten im Satz ab. »Du weißt ja, dass ich manchmal sehr emotional sein kann.«

Franzi musste unwillkürlich schmunzeln. »Ja, ich erinnere mich an so manch eine Situation.«

»Eben«, sagte Britta und schaute Franzi fragend an. »Kommst du mit nach Hamburg?«

»Da bist du ja endlich.« Tamme sah müde aus. Er richtete sich im Bett auf. »Ich muss wohl eingeschlafen sein.«

Franzi schlüpfte unter ihre Bettdecke und zog sie sich bis ans Kinn. »Es ist noch richtig kalt in der Nacht.«

Tamme rieb sich die Augen. »Habt ihr so lange miteinander gesprochen?«

»Ja.«

»Und?«

»Wollen wir das nicht morgen besprechen? Ich bin vollkommen fertig, Tamme.«

»So schlimm?«

»Eigentlich nicht. Britta hat sich sozusagen entschieden, und jetzt hat sie mich gefragt, ob ich sie nach Hamburg begleite.«

»Warum?«

»Sie will nicht alleine mit Jan sprechen. Ich soll so eine Art Schiedsrichter sein, damit die beiden nicht aufeinander losgehen. Na ja, man könnte auch sagen, damit Britta Jan nicht in der Luft zerreißt.«

»Entschieden? Sie will einen Schlussstrich ziehen?«, fragte Tamme. »Trotz der Sachen, die du rausgekriegt hast?«

Franzi nickte.

»Und wann? Hamburg, meine ich.«

»So bald wie möglich. Britta ruft Jan morgen an oder schreibt ihm, wenn er nicht ans Telefon geht. Dann sehen wir weiter.«

Tamme seufzte. »Ich habe mir schon gedacht, dass es so kommt. Vielleicht ist es ja auch besser so. Wer weiß das schon.«

Franzi zog Tamme zu sich unter die Bettdecke. »Kannst du mich ganz fest in den Arm nehmen?«

Tamme robbte näher an Franzi heran und küsste sie zärtlich. Sie schmiegte sich an ihn und schloss die Augen.

Am Samstag um Punkt neun stand Max vor der Tür und wurde von seiner Enkelin gewohnt stürmisch begrüßt. Max hatte sich angeboten, bei Rieke zu bleiben, während Franzi und Tamme den Wechsel der Gäste organisierten.

»Wenn es dir zu anstrengend wird, ruf mich an«, sagte Franzi, als Max sie mit Rieke auf dem Arm verabschiedete. »Edda hat bestimmt Zeit, die Kleine für ein paar Stunden zu nehmen.«

Max stupste Rieke mit dem Finger sanft auf die Nase. »Wir schaffen das schon, oder, mein Engel?«

»Engel?«, fragte Rieke.

Max lachte. »Das erkläre ich dir später. Jetzt winken wir erst mal der Mama zu.«

Rieke hob kurz die Hand und deutete einen Abschiedsgruß an. Franzi drückte ihr einen Kuss auf die Wange. »Sei schön lieb zu Opa.«

»Wir schaffen das schon«, wiederholte Max und strich dabei Franzi über die Schulter. »Und ja, ich rufe an, wenn etwas ist.«

Franzi seufzte leise, wandte sich dann aber ab und machte sich auf den Weg zum Kai. Für die erste Fähre hatten sich zwei Familien angekündigt, mit der zweiten würden weitere fünfzehn Gäste auf die Insel kommen. Tamme hatte sich schon früher auf den Weg gemacht, um die ersten Wohnungen zu kontrollieren und die drei Reinigungsteams einzuweisen.

Als Franzi ihre erste Bollerwagentour hinter sich hatte, pausierte sie kurz in Eddas Buchladen. Sie hatte sich nach einer Tasse Kaffee gerade wieder auf den Weg gemacht, als ihr Handy klingelte.

»Ja?«, sagte Franzi, der eine unbekannte Nummer angezeigt worden war.

»Franzi?«, fragte eine Frauenstimme.

»Entschuldigung, ja, hier ist Franzi Beninga.«

»Caroline hier. Hast du kurz Zeit für mich?«

Franzi blieb abrupt stehen. Mit dem Anruf der Lebensgefährtin ihres Vaters hatte sie nicht gerechnet. »Ja, natürlich.«

»Max ist bei dir auf Spiekeroog?«

Franzi zögerte. »Ja, er ist für ein paar Tage hier.«

»Hat er dir von uns erzählt?«

»Ja, er hat erwähnt, dass ihr … also, dass ihr eine Auszeit genommen habt.« Franzi sah sich um und entschloss sich, in den Kurpark abzubiegen. Auf einer kleinen Lichtung standen mehrere Holzbänke, wo sie ungestört telefonieren konnte.

»Wenn man es genau nimmt …«, sagte Caroline, »… war ich diejenige, die eine Auszeit wollte.«

»Ja, das hat Max mir erzählt.«

»Wie geht es ihm?«

»Caroline, willst du das Max nicht lieber selbst fragen?«

»Das ist im Moment nicht so einfach. Und dann noch am Telefon.«

Franzi hatte die Lichtung im Kurpark erreicht und setzte sich auf eine der überdachten Bänke. »Ich möchte mich da ungern einmischen, Caroline. Max ist ja immerhin mein Vater und …«

»Du hast recht, Franzi. Entschuldige. Es ist so, ich bin im Moment beruflich ein paar Tage in Oldenburg und hätte Zeit … also, ich würde gerne mit Max sprechen. Meinst du, dass das im Moment günstig ist?«

»Dir ist klar, dass du dann hier übernachten musst?«

»Das wäre meine zweite Frage. Ich habe natürlich nichts gebucht. Kannst du mir eine Unterkunft besorgen?«

»Wann würdest du denn kommen wollen?«, fragte Franzi.

»Übermorgen, am Montag. Am Dienstag würde ich wieder fahren, also brauche ich nur etwas für eine Nacht.«

»Ich kann hier die Hotels und Pensionen abfragen, aber ich glaube nicht, dass die so kurzfristig etwas frei haben. Kann ich dich später wieder anrufen? Ich muss leider jetzt weiter, du weißt ja, samstags haben wir immer viel zu tun.«

»Oh, daran habe ich gar nicht gedacht. Entschuldige, Franzi. Dann warte ich einfach, bis du dich wieder meldest.«

»Alles gut, Caroline. Sag, kann ich Max sagen, dass wir telefoniert haben und du vielleicht auf die Insel kommst?«

Caroline schwieg eine Weile, bevor sie fragte: »Macht es dir etwas aus, Max noch nichts zu sagen?«

»Das soll jetzt aber kein Überraschungsbesuch werden, oder?«

»Nein, eigentlich nicht. Gut, du kannst es Max sagen.«

»Ich mache dir einen Vorschlag: Ich schaue nach einem Zimmer und dann sehen wir weiter. Vor heute Nachmittag sehe ich ihn sowieso nicht.«

»Danke, Franzi.«

Franzi beeilte sich nach dem Zwischenstopp, um rechtzeitig ihre Liste der Ferienwohnungen und -häuser abzulaufen. Wo sie an Hotels oder Pensionen vorbeikam, fragte sie nach einem freien Zimmer, hatte aber erst bei ihrem letzten Versuch Erfolg. Sie reservierte auf Carolines Namen und rief sie gleich darauf an.

»Danke, Franzi. Ich melde mich dort gleich offiziell an«, sagte Caroline. »Hast du schon mit Max gesprochen?«

»Nein, ich sagte dir doch, dass ich ihn erst …«

»Entschuldige!«, unterbrach Caroline sie. »Gut, dann komme ich also Montag mit der ersten Fähre.«

»Willst du nicht Max selbst Bescheid geben? Das ist vielleicht besser für ihn, als es von mir zu erfahren.«

»Ja, du hast recht. Ich schreibe ihm gleich eine Nachricht.«

Franzi war froh, dass sie nicht in die Sache mit reingezogen wurde. Kurz überlegte sie, ob sie Caroline nach dem Grund ihres Besuchs fragen sollte, entschied sich dann aber dagegen. Sie beschrieb Caroline, wo die Pension lag, und verabschiedete sich von ihr.

Als Franzi an Brittas Ferienhaus vorbeikam, sah sie ihre Freundin im Garten sitzen, winkte ihr zu und wartete, bis Britta zu ihr an den halbhohen Gartenzaun gekommen war.

»Ich habe dich schon vor einer Stunde hier vorbeigehen sehen«, sagte Britta. »Hast du Zeit für einen Kaffee?«

Franzi schüttelte den Kopf. »Leider nein, ich bin schon in Verzug. In einer halben Stunde kommt die zweite Fähre und dann muss ich am Kai stehen.«

»Schade. Ich habe übrigens kurz mit Jan gesprochen. Dienstagvormittag, passt dir das? Wir fahren am Montag mit der Fähre und können rechtzeitig am Dienstagnachmittag zurück sein. Ich habe mir die Fährzeiten schon angeschaut. Zeitlich würde das klappen.«

»Okay, ich muss noch Tamme fragen, aber eigentlich sollte das gehen.«

Britta atmete erleichtert auf. »Gut.«

»Wo treffen wir uns mit Jan?«

»Er hat die Agentur vorgeschlagen.«

Franzi sah Britta an, dass sie über den Ort des Treffens nicht glücklich war. »Vielleicht fällt uns ja noch was Besseres ein.« Sie hob entschuldigend die Hände. »Ich muss jetzt los, Britta.« Sie umarmte ihre Freundin über den Gartenzaun hinweg und lief eilig weiter.

Neunzehn

»Ist bei dir alles glattgelaufen?«, fragte Tamme, als Franzi und er nach einem langen Arbeitstag auf ihr Haus zugingen.

»Der Teppich im Wohnzimmer der Wohnung am Kaapdünenweg hat einen riesigen Fleck. Ich muss morgen mit den letzten Mietern sprechen. Die werden die Reinigung bezahlen müssen.«

»Denken die eigentlich, dass wir das nicht sehen?«, fragte Tamme. »So was kann man doch einfach regeln und gut ists.«

Franzi schloss die Tür auf. Rieke kam ihnen entgegengerannt, begrüßte sie kurz und verschwand wieder in ihrem Zimmer. Sie gingen ihr hinterher und fanden sie und Max auf dem Boden vor dem Puppenhaus sitzend.

»Na, ihr beiden? Geschafft?«, fragte Max.

»Opa soll bleiben«, rief Rieke, die zu ahnen schien, was gleich passierte.

Max strich ihr liebevoll über den Kopf. »Ich komme bald wieder. Das habe ich dir doch schon versprochen.«

Rieke warf Franzi und Tamme einen wütenden Blick zu und setzte sich demonstrativ auf Max' Schoß.

»Opa ist müde«, sagte Tamme und breitete die Arme aus. »Komm zu mir. Wollen wir noch eine kleine Fahrradtour machen? Vielleicht ist Mattes ja zu Hause.«

Rieke sprang auf und lief zu Tamme. Kurz bevor sie ihn erreichte, drehte sie wieder um und drückte Max einen Kuss auf die Wange. »Tschüss, Opa!«

Franzi und Max sahen den beiden lächelnd hinterher.

»War es sehr anstrengend?«, fragte Franzi.

»Schon, aber ich möchte den Tag nicht missen.« Max zog seine Jacke an. »Ist es in Ordnung, wenn ich morgen einen Tag Rieke-Pause mache?«

Franzi umarmte ihren Vater. »Selbstverständlich. Wir sind sowieso bei Edda zum Mittagessen eingeladen und bleiben bestimmt den Nachmittag über bei ihr.«

»Na, dann wird mir die Kleine das ja nicht ganz so übel nehmen.« Max seufzte. »Du weißt schon, dass Caroline sich angemeldet hat?«

Franzi nickte.

»Hat sie dir etwas erzählt? Ich meine, warum sie kommt?«

»Nicht wirklich«, sagte Franzi. »Sie will mit dir sprechen. Mehr weiß ich nicht … und wollte es ehrlich gesagt auch nicht wissen.«

Max lächelte matt. »Verstehe. Dann werde ich wohl warten müssen.« Er strich sich mit der Hand über die Stirn. »Fühlt sich nicht so richtig gut an.«

»Tasse Tee?«, fragte Franzi.

Max zog die Jacke wieder aus und folgte ihr in die Küche. Während Franzi Wasser aufsetzte, holte Max die Tassen aus dem Schrank.

»Caroline hat mir nur eine Whatsapp-Nachricht geschickt«, sagte Max, als Franzi die Teekanne aufs Stövchen stellte und sich zu ihm setzte. »Wie klang sie denn?«

Franzi reichte ihrem Vater den Kluntjebecher. Er nahm sich einen der Zuckerkristalle heraus und legte ihn in die Tasse.

»Ganz normal, glaube ich. Max, ich will da jetzt nichts hineininterpretieren. Immerhin kommt Caroline nach Spiekeroog. Das ist doch eigentlich ein gutes Zeichen.«

Franzi griff nach der Kanne und schenkte Tee ein. Die Kluntjes in ihren Tassen knisterten um die Wette. Max verzichtete auf die Sahne und nahm seine Tasse in die Hand.

»Vorsicht, der Tee ist sehr heiß«, warnte ihn Franzi.

Max stellte die Tasse wieder ab. »Britta hat mich angerufen und gefragt, ob sie mein Auto ausleihen kann.«

»Ja, sie will mit Jan sprechen und hat mich gebeten mitzukommen.«

»Was für ein merkwürdiger Zufall«, murmelte Max. »Showdown in Hamburg und auf Spiekeroog.«

»Übertreibst du jetzt nicht etwas?«

»Meinst du?« Max atmete tief durch. »Die Tage hier haben mir gutgetan. Sie tun immer noch gut. Die Insel, du und natürlich Rieke. Warum habe ich das vorher nie gemacht?«

»Du hattest keine Zeit.«

»Ja, das war wohl meine Ausrede. Dabei ist es so einfach. Man setzt sich ins Auto und fährt los. Die Fähre wartet, man steigt ein. Die Stunde Fahrt stimmt einen auf eine vollkommen andere Welt ein. Ich habe jetzt erst so richtig begriffen, weshalb Karla so gerne hier bei euch war.«

Franzi fragte sich, warum ihr Vater Angst vor Carolines Besuch zu haben schien. Fürchtete er sich davor, dass sie ihre Beziehung beenden würde? Oder war es genau umgekehrt?

»Keine Zeit!«, fuhr Max fort. »Ja, irgendwann werde ich tatsächlich keine Zeit mehr haben. Weil ich zu alt bin und nur noch auf den Tod warte.«

Franzi legte ihre Hand auf seine. »Das wird hoffentlich noch eine ganze Weile dauern.«

»Ach, Franzi. Ich habe schon zwei Freunde verloren. Eine hatte einen Unfall, der andere ist an Krebs erkrankt. Sie waren beide in meinem Alter.«

»Was ist los, Max? So kenne ich dich gar nicht.«

Max schaute auf. »Ich kenne mich so auch erst seit ein paar Tagen. Ich habe mir vorgenommen, mein Leben zu ändern. Ja, ich weiß, das klingt jetzt schrecklich nach Klischee. Mann in den Fünfzigern bekommt die Krise und sucht nach … ja, wonach sucht man in meinem Alter?«

»Das weiß ich nicht, Max. Vielleicht nach dem Sinn des Lebens?«

»Und was ist der?«

»Familie, Kinder, Freunde, Arbeit«, zählte Franzi auf.

Max nickte. »Wobei ich mir beim Letzteren noch nicht ganz sicher bin.« Er hielt kurz inne und fügte leise hinzu: »Ob Caroline für mich noch dazugehört, weiß ich im Moment auch nicht.«

Franzi klappte das Buch zu. »Morgen geht es weiter. Jetzt wird erst mal geschlafen.«

Rieke zog einen Schmollmund und ließ sich in das Kissen fallen. Franzi deckte sie zu und gab ihr einen Gutenachtkuss.

Als Franzi auf die Wohnzimmertür zuging, rief Tamme aus der Küche: »Hier bin ich!«

Er saß am Küchentisch und las in der Zeitung. »Möchtest du was trinken?«

Franzi setzte sich zu ihm. »Nein. Alles gut.«

»Max?«

»Frag mich nicht. Er ist alt genug, um das selbst mit Caroline zu klären. Mir reicht, wenn ich mit Britta nach Hamburg fahre.«

»Mach dir nicht so viele Gedanken. Das ist halt die Großstadt. Da geht das alles etwas hektischer zu als bei uns auf der Insel.«

Franzi zuckte mit den Schultern. »Mag sein.« Sie richtete sich auf. »Morgen will ich von alledem nichts hören. Wir machen uns einen wunderschönen Sonntag. Versprochen?«

Tamme hob sein Glas. »Ich bin dabei.«

Nach einem langen Frühstück, bei dem sogar Rieke länger am Tisch ausgeharrt hatte als üblich, machten sie zu dritt eine Fahrradtour über die Insel, ließen am Strand Riekes Drachen steigen und trafen rechtzeitig eine Stunde vor dem Mittagessen bei Edda ein. Franzi half ihrer Freundin in der Küche, während Tamme im Garten den Grill aufbaute.

»Wie geht es Markus?«, fragte Franzi.

»Gut, sagt er.«

»Wann kommt er zurück?«

Edda reichte Franzi die Schüssel mit den gewaschenen Salatblättern. »Er hat noch um eine Woche verlängert.«

»Oh, so viel zu tun?«

»Scheint so. Markus meinte, es würde sich nicht lohnen, für einen Tag zu kommen. In der übernächsten Woche will er dann gleich vier Tage hierbleiben.«

»Ja, vielleicht ist das auch besser so.«

Edda schnitt schweigend die Paprika klein.

»Hast du schon jemanden für die Buchhandlung gefunden?«, wechselte Franzi das Thema.

Edda schüttelte den Kopf. »Nicht so einfach. Mit zwei Interessentinnen habe ich telefoniert. Die eine hat bei meinen Zahlen gleich abgewunken und die andere wollte sich per Mail melden. Hat sie aber nicht.«

»Mehr nicht? Nur die beiden Frauen?«

»Es gab noch ein paar schriftliche Anfragen, denen habe ich ein paar Daten geschickt und dann nichts mehr von ihnen gehört.« Edda legte die geschnittenen Paprikastücke in die Schüssel mit dem Salat.

»Blöd! Und was machst du, wenn sich niemand findet?«

»Frag mich was Leichteres. Ich habe wirklich nicht die geringste Ahnung. Die Miete weiter zu bezahlen und den Laden leer stehen zu lassen, wäre der Wahnsinn. Das würde ein Drittel und mehr von Markus' Gehalt im wahrsten Sinne des Wortes vernichten. Das klappt nicht.«

»Hast du Markus meine Aufstellung weitergeschickt?« Franzi hatte Edda am Freitag eine Auflistung der voraussichtlichen Einnahmen vorbeigebracht, in der sie die von einem Ferienhaus denen von zwei Wohnungen gegenübergestellt hatte.

»Ja, wir haben auch schon darüber gesprochen. Markus hat mal durchgerechnet, was ein Umbau kosten würde.«

»Und?«

»Je nach Ausstattung zwischen hundert- und zweihunderttausend. Rentieren würde es sich auf Dauer schon, aber wir bräuchten einen Bankkredit. Wenn ich aber gleichzeitig noch die Miete für den Laden weiterbezahlen muss, werden die sicher abwinken.«

»Und wenn du jetzt schon nach einem Nachmieter suchst, parallel zu einem Nachfolger für den Buchladen?«

Edda zuckte mit den Schultern. »Ob das klappt? Als Café oder gar Restaurant sind die Räumlichkeiten nicht geeignet. Ich sehe im Moment ziemlich schwarz. Im schlimmsten Fall muss ich wirklich hierbleiben, bis der Mietvertrag ausläuft.«

In diesem Moment kam Tamme zusammen mit den drei Kindern in die Küche. »Wie sieht es aus? Soll ich mit dem Grillen anfangen?«

»Kannst du machen«, sagte Edda. »Wir sind gleich so weit.«

Die Kinder spielten in der großen Sandkiste, Franzi, Edda und Tamme saßen in der Sonne und tranken Kaffee.

»Markus kommt also erst in einer Woche zurück?«, fragte Tamme und grinste breit. »Ganz schön arbeitswütig, dein Mann.«

Edda seufzte. »Nach den vielen Jahren, die er zurückstecken musste, ist das kein Wunder. Er muss denen auch zeigen, dass er sich engagiert.«

»Ja, unser Markus«, murmelte Tamme.

Franzi warf ihm einen warnenden Blick zu, doch er tat so, als hätte er ihn nicht gesehen, stand auf und fragte: »Soll ich den Damen vielleicht noch einen Kaffee machen?«

»Ja!«, sagten Franzi und Edda fast gleichzeitig.

»Bin schon auf dem Weg …«

Franzi und Edda sahen ihm hinterher. »Tamme hat ziemlich daran zu knabbern, dass ihr aufs Festland zieht«, sagte Franzi.

»Ich weiß. Er würde Markus am liebsten eigenhändig wieder zurück auf die Insel schleifen und ihn hier festbinden.«

Franzi wiegte den Kopf hin und her. »Ganz so schlimm ist es wohl nicht …«

»Da bin ich mir nicht so sicher, Franzi.«

»Ist mit Hamburg jetzt alles geregelt?«, fragte Tamme am Abend, nachdem er Rieke ins Bett gebracht hatte.

»Ja, wir nehmen Max' Auto und können auch in seiner Wohnung schlafen. Ich habe ehrlich gesagt keine große Lust auf die Reise. Mir graust es davor, mit beiden in einem Raum zu sitzen.«

Tamme winkte ab. »Ach, so schlimm wird es bestimmt nicht werden. Jan ist doch eigentlich vernünftig und Britta hat die Sache schon abgehakt, oder? Schlag dich nur nicht auf eine der beiden Seiten, sonst bist du nachher die Böse. Vielleicht ist es ganz gut, wenn Britta und Jan sich mal so richtig die Meinung sagen.«

Franzi schwieg.

»Wegen dieser merkwürdigen Frau unternehmt ihr aber nichts mehr? Wollt ihr Jan weiter im Unklaren lassen?«, fragte Tamme weiter.

»So, wie es im Moment aussieht, ist Britta das vollkommen egal. Ich glaube kaum, dass sie Jan etwas davon erzählen will. Vorbei ist vorbei, sagt sie.«

»Dann rufe ich Jan an, wenn ihr wieder hier seid. Irgendjemand muss es ihm doch sagen. Wahrscheinlich spekuliert dieses Luder darauf, dass Jan sie bei der kommenden Fehlgeburt tröstet. Himmel, ist die durchtrieben.«

»Kann sein, dass das der Plan ist. Und Tamme, bitte sprich es mit Britta ab, bevor du Jan anrufst. Versprochen?«

»Wenn es sein muss«, murmelte Tamme.

Franzi küsste ihn auf die Wange. »Danke, mein Held!«

Zwanzig

Franzi winkte Tamme und Rieke von der Reling aus zu. Die beiden hatten sie zur Fähre begleitet und standen jetzt winkend am Kai.

»Tamme ist ja ein richtiger Vollblutvater«, sagte Britta. »Wollt ihr eigentlich noch ein weiteres Kind?«

»Wenn es klappt«, sagte Franzi, ohne ihren Blick vom Kai abzuwenden.

»Ihr verhütet nicht?«

Tamme hatte Rieke inzwischen in den Fahrradsitz gesetzt und sie winkten ein letztes Mal, bevor Tamme Richtung Dorf fuhr. Franzi sah ihnen hinterher, bis sie hinter der Biegung der Straße nicht mehr zu sehen waren.

»Entschuldige, was hast du eben gefragt?«

»Ob ihr gar nicht verhütet«, wiederholte Britta ihre Frage.

»Nein, aber wir haben es nicht an die große Glocke gehängt. Wenn es passiert, dann passiert es. Wenn nicht, ist es auch gut.«

Britta schloss den Reißverschluss ihrer Jacke. »Ja, das ist vielleicht die richtige Einstellung.« Sie lächelte. »Wäre doch toll, wenn Rieke noch ein Brüderchen bekäme.«

»Abwarten und Tee trinken, sagt Tamme immer.« Franzi seufzte. »So ganz wissen wir auch noch nicht, wie wir das mit dem Platz im Haus machen. Wir überlegen gerade, ob wir das Büro woandershin verlegen. Ich würde aber schon gerne ein Arbeitszimmer im Haus haben. Es wird auf jeden Fall nicht so leicht. Aber irgendwie würden wir das schon schaffen.«

»Klar, habt ihr beiden doch immer.« Britta hielt kurz inne und lächelte schließlich. »Wer weiß, vielleicht klappt es bei mir mit einem anderen Mann ja auch noch.«

Franzi schwieg.

Britta stieß ihr spielerisch in die Seite. »Was denn? Das war ein Witz. Und ja, ich verspreche, lieb und nett zu sein, wenn wir uns mit Jan treffen. Reicht das? Das liegt dir doch schon die ganze Zeit auf dem Magen, oder?«

Franzi lächelte. »Sieht man mir das an?«

»Ich schon. Und wegen Jan: Du kannst dich wirklich auf mich verlassen. Okay, ich kratze ihm eines seiner Augen aus, aber mehr auch nicht.«

Franzi verschlug es den Atem. »Britta, damit macht man keine Scherze.«

»Womit? Mit untreuen Ehemännern, die nicht mal den Schneid haben, mit der ganzen Wahrheit rauszurücken, wenn sie erwischt werden?« Britta schaute sie ernst an, brach schließlich aber in lautes Gelächter aus. »Du hast mir das mit dem Auge doch nicht wirklich geglaubt, oder?«

»Das nicht, aber ich habe schon ein wenig Angst davor, wie das Gespräch ablaufen wird«, gestand Franzi.

»Ich gebe zu, ich würde Jan schon gerne ein paar Sachen an den Kopf werfen. Aber das kann ich später immer noch nachholen. Jetzt will ich vor allem einiges regeln. Ich kann mich ja nicht einfach in Luft auflösen. Es ist auch meine Wohnung, meine Firma, mein Geld.« Sie stutzte. »Oder klingt das jetzt zu gierig?«

»Nein, Britta. Das ist dein gutes Recht. Wenn man etwas zusammen aufgebaut oder gekauft hat, muss auch ehrlich geteilt werden, wenn man …« Franzi schluckte. »… ja, wenn man auseinandergeht.«

»Eben.«

Sie schwiegen eine Weile, schauten auf die Nordsee und die sich weiter entfernende Insel.

»Aber du willst nicht nur deshalb mit Jan sprechen, oder?«, fragte Franzi.

»Weiß ich nicht. Wirklich nicht. Mir ist klar, dass ich keine Antworten erzwingen kann. Aber ich will zumindest versuchen, mit ihm zu reden. Jeden Tag entferne ich mich mehr von dem, was noch vor einer Woche mein Leben war. Ich komme mir vor, als säße ich in einer Rakete, die ins Weltall geschossen wird und in die ich nie einsteigen wollte. Ja genau, ich bin quasi gezwungen worden, mitzufliegen.« Britta schaute in den strahlend blauen Himmel. »Aber vielleicht wäre es da oben doch nicht so schlecht. Ruhe, absolute Ruhe.«

Franzi stand alleine an der Reling und schaute zu, wie die Fähre in Neuharlingersiel anlegte. Britta war eine Viertelstunde zuvor ins Zwischendeck gegangen, um eine Tasse Kaffee zu trinken.

Die anderen Fahrgäste hatten inzwischen das Oberdeck verlassen und warteten in den Gängen des Schiffes darauf, die Fähre verlassen zu können.

In spätestens einer halben Stunde würden sie im Auto sitzen und zweihundertfünfzig Kilometer nach Hamburg fahren. Mit Pause und dem ein oder anderen Stau würden sie weit mehr als drei Stunden unterwegs sein.

Franzi strich sich mit der flachen Hand über den Bauch. Seit Britta sie nach einem zweiten Kind gefragt hatte, dachte sie darüber nach, wann ihr letzter Eisprung gewesen war und ob sie schon über der Zeit war. Durch die Ereignisse der letzten zwei Wochen hatte sie den Überblick verloren.

»Kommst du?« Britta stand in der Tür zum Oberdeck. »Sonst fährt die Fähre wieder mit uns zurück.«

Franzi griff nach ihrer Reisetasche und eilte auf Britta zu.

Als sie durch die Halle des Fährhauses liefen, unterhielten sich Franzi und Britta darüber, ob sie den Shuttlebus nehmen oder zu Fuß gehen sollten. Am Ausgang rief jemand Franzis Namen. Franzi wandte sich um und sah Caroline, die am Fahrkartenschalter stand und ihr zuwinkte.

»Ich bin sofort wieder da«, sagte Franzi zu Britta, stellte ihre Reisetasche ab und ging auf Caroline zu.

Sie umarmten sich zur Begrüßung.

»Du gehst und ich komme?«, sagte Caroline.

»Tut mir leid, aber ich muss eine Freundin begleiten. Morgen Nachmittag bin ich aber wieder zurück.«

»Dann werden wir uns wohl wieder nur kurz begegnen«, sagte Caroline. »Schade. Aber vielleicht sehen wir uns ja mal in Hamburg wieder. Du bist sicher hin und wieder bei Max zu Besuch.« Sie sah sich kurz nach der Fähre um. »Ich muss leider los.«

Franzi nickte und strich ihr mit der Hand über die Schulter. »Alles Gute für dich.«

»War das Caroline?«, fragte Britta, als Franzi wieder bei ihr war.

Franzi griff nach ihrer Reisetasche. »Ja, Max hat dir erzählt, dass sie heute kommt?«

»Ja, natürlich. Wir haben gestern Abend lange über sie gesprochen.«

Sie gingen auf den Vorplatz und hielten Ausschau nach dem Shuttlebus. »Dann lass uns laufen«, sagte Franzi, als sie den Bus bemerkte, der sich bereits auf der Zufahrtsstraße zum Fährhafen befand.

»Du kennst Caroline gut?«, fragte Britta, als sie die Hälfte des Weges zum bewachten Parkplatz gegangen waren.

»Sie war zwei- oder dreimal zusammen mit Max auf Spiekeroog, und als wir ihn in Hamburg besucht haben, war sie auch da.«

»Wie alt ist sie?«

»Müsste ich überlegen. Vierundvierzig, glaube ich. Vielleicht auch ein Jahr älter.«

»Verstehe«, sagte Britta nachdenklich.

Franzi fragte nicht nach, was genau ihre Freundin verstanden hatte, und wechselte das Thema. »Wer fährt?«

Britta holte den Schlüssel aus der Tasche. »Ich habe gar nicht gefragt, was das für ein Porsche ist. Doch nicht so ein Rennwagen?«

»Cayenne Coupé, einer dieser Möchtegerngeländewagen. Mit Automatik, also kein Problem. Ich bin auch schon mal damit gefahren.«

Britta reichte ihr den Schlüssel. »Vielleicht können wir uns ja abwechseln.«

Sie kamen gut voran, bis sie kurz vor Bremen eine Viertelstunde im Stau standen, ehe sie wieder freie Fahrt hatten.

»Soll ich dich mal ablösen?«, fragte Britta.

»Wenn wir später Pause machen«, sagte Franzi.

»Was hat Caroline eigentlich zu dir gesagt, als du sie im Fährhaus getroffen hast?«

»Nicht viel. Warum?«

»Ach, ich mache mir nur Gedanken um Max. Ihm ging es gestern Abend nicht so gut.«

Franzi schwieg. Sie hatte sich fest vorgenommen, sich aus den Beziehungsproblemen ihres Vaters herauszuhalten.

»Du hoffst, dass die beiden wieder zusammenkommen?«, fragte Britta weiter.

»Ich halte mich da raus. Max ist mein Vater und ...« Franzi brach mitten im Satz ab. Warum fiel es ihr so schwer, über Max und Caroline zu sprechen?

»Na ja, als Max und ich uns nähergekommen sind – ich nenne es jetzt einfach mal so –, hast du interveniert.«

»Ja, das stimmt und ich hätte mich zurückhalten sollen. Tut mir leid. Das war mir ein für alle Mal eine Lehre. Wenn ich Max irgendwie helfen kann, wird er mich schon fragen. Alles andere geht mich nichts an.«

»Warum nicht?«

Franzi zuckte mit den Schultern. »Ich bin absolut parteiisch. Er ist mein Vater und nicht einer meiner Freunde.«

»Parteiisch bist du bei mir doch auch, oder?«

»Klar, du gehörst ja quasi zur Familie. Wie lange kennen wir uns jetzt schon?«

»Verdammt lange«, sagte Britta lachend. Sie wurde ernst. »Das mit der Familie, das hast du schön gesagt. Genauso sehe ich das auch.« Sie hielt inne und schaute aus dem Fenster. »Deshalb ist es sicher auch bei dem einen Kuss geblieben«, fügte sie leise hinzu.

»Ihr seid beide in einer Ausnahmesituation, Britta. Da passiert so was schon mal.«

»Ich fürchte, das war mehr als *so was*.«

Franzi zuckte innerlich zusammen. Sie wagte es nicht, ihre Freundin zu fragen, ob sie sich in ihren Vater verliebt hatte. Oder war es umgekehrt?

»Max hat mir gestern noch einmal angeboten, dass ich für den Übergang erst mal bei ihm im Gästezimmer schlafen kann.«

Franzi schwieg weiter.

»Du sagst gar nichts dazu?«, fragte Britta nach einer Weile.

»Seine Wohnung ist groß genug für eine ganze Familie. Du wirst es ja nachher sehen. Warum solltest du das Angebot nicht annehmen. So einfach wird das nicht sein, eine Wohnung in Hamburg zu finden.«

»Und was wird Caroline dazu sagen?«, fragte Britta zögerlich.

»Was würdest du an ihrer Stelle davon halten?«

Britta stöhnte theatralisch. »Das ist eine ziemlich doofe Frage.«

Franzi zeigte auf ein Schild. »Pause?«

Der Latte macchiato an der Raststätte schmeckte besser, als Franzi vermutet hatte. Britta hatte vorsichtshalber eine Cola bestellt und sah jetzt ihre Freundin fragend an.

»Mehr als trinkbar«, sagte Franzi lächelnd. »Ich würde mir an deiner Stelle noch schnell einen Latte holen.«

Britta stand auf. »Bin gleich wieder da.«

»Bring mir auch noch ein Glas mit«, rief Franzi ihr hinterher.

Wenig später kam Britta an den Tisch zurück, in der Hand ein Tablett mit zwei Gläsern und zwei Tellern mit Kuchen.

»Wenn schon, denn schon«, sagte sie grinsend. »Heute vergessen wir mal die guten Vorsätze.« Sie reichte Franzi den Teller und den Latte macchiato.

»Sag ich doch, schmeckt himmlisch«, sagte Britta, nachdem sie den Kuchen probiert hatte.

Franzi nickte.

»Ich habe übrigens über deine Frage nachgedacht«, sagte Britta.

»Frage?«

»Was ich an Carolines Stelle machen würde, wenn eine Frau in die Wohnung meines Freundes einzöge.«

»Die Antwort kenne ich schon«, sagte Franzi schmunzelnd.

»Ich hasse Hellseherei.«

»Du würdest die Frau hochkant rauswerfen«, fuhr Franzi fort. »Habe ich recht?«

Britta streckte ihr die Zunge raus. »Du etwa nicht?«

»Kommt auf die Frau an«, sagte Franzi. »Bei eurem Altersunterschied zum Beispiel wäre ich wohl sehr arglos.«

»Sehr witzig, Frau Beninga. Um ein Haar hätte ich gelacht.«

»Du hast gefragt.«

»Und wo soll ich hin? Ich könnte natürlich morgen verlangen, dass Jan auszieht und sich eine Wohnung sucht.«

»Willst du das denn?«

Britta schüttelte den Kopf. »Eine kleine Strafe hätte er verdient, aber im Moment kann ich mir nicht vorstellen, dass ich weiter in der Wohnung leben will. Warum also Stress machen?«

»In Großstädten gibt es doch häufig möblierte Wohnungen, nur ein Zimmer mit Bad. Vielleicht kannst du da übergangsweise unterkommen.«

»Ja, daran habe ich auch schon gedacht. Eine Suite im Vier Jahreszeiten wäre mir allerdings lieber. Oder im Atlantic wie Udo Lindenberg. Meinst du, Jan würde das bezahlen? Sagen wir für zwei oder drei Monate.«

»Klar macht er das«, sagte Franzi und rollte mit den Augen.

»Dann eben doch Jugendherberge. Gibt es die eigentlich noch?«

Franzi reagierte nicht auf ihre Frage. »Wollen wir weiter?«

Einundzwanzig

»Geile Karre!« Britta saß am Steuer des Porsche Cayenne und schien nach den ersten zehn Kilometern keine Probleme mehr mit dem unbekannten Fahrzeug zu haben. »Was kostet der Schlitten?«

»Frag Max. Ich habe nicht die geringste Ahnung.«

»Hundertfünfzigtausend mindestens, oder?«

»Britta, ich weiß es nicht. Und fahr nicht so schnell, hast du das Hundertzwanzigschild nicht bemerkt?«

Britta ging vom Gas. »Verdammt! Nicht gesehen, ehrlich. Vielleicht solltest du doch besser fahren.« Sie setzte den Blinker und fuhr auf die Abbiegespur eines Parkplatzes.

Sie wechselten die Plätze und Franzi fuhr zurück auf die Autobahn.

»Ja, ich weiß. Ich bin etwas durch den Wind«, gestand Britta. »Gehen wir heute Abend noch aus? Es gibt da ein kleines spanisches Restaurant, das du unbedingt kennenlernen musst. Nicht weit entfernt vom Rathaus.«

Franzi warf ihr einen überraschten Blick zu. »Lass uns erst mal ankommen. Dann sehen wir weiter.«

Franzi schloss die Tür von Max' Wohnung auf und trat zur Seite, um Britta den Vortritt zu lassen. Sie ging in den Flur und stellte ihre Reisetasche ab. »Darf ich mich einmal umgucken? Oder hätte Max was dagegen?«

»Sicher nicht. Komm, ich zeig dir die Wohnung.«

Das Haus aus der Gründerzeit hatte hohe Decken mit Stuckverzierungen, weiße Kassettentüren aus Massivholz, alte Parkettfußböden und Holzfenster.

Im großen Wohnzimmer angekommen, drehte sich Britta einmal um sich selbst. »Wow! Dein Vater hat Geschmack.« Sie ließ sich aufs Sofa fallen. »Hier bleibe ich.«

Franzi setzte sich auf einen der Sessel und streckte die Beine aus. »Du hast das Gästezimmer noch nicht gesehen.«

»Lieber nicht«, sagte Britta. »Sonst verliebe ich mich noch in das Zimmer und nehme Max' Angebot an.«

Franzi stöhnte theatralisch. »Ja, du lebst wirklich gefährlich.« Sie schüttelte den Kopf. »Und jetzt hör auf mit dem Selbstmitleid. Du findest schon eine Bleibe.«

»Spielverderberin«, murmelte Britta, sprang auf und hielt Franzi die Hand hin. »Lass uns die Zeit nutzen, wir gehen shoppen und danach zum Spanier. Ja?«

Sie schlenderten durch die Einkaufspassage, blieben hin und wieder vor einem Schaufenster stehen und schauten sich die Auslagen an. Britta gab ein kleines Vermögen für ein Kleid aus, aber ihre Versuche, Franzi zu einer Anprobe zu überreden, schlugen fehl. Nach einer Weile gab sie auf und zog Franzi mit in Richtung Restaurant. Dort waren alle Tische besetzt, aber da Britta einen der Kellner gut kannte, konnten sie einen kleinen Tisch ergattern, der für Stammgäste reserviert war. Franzi verließ sich bei der Wahl des Menüs auf Brittas Empfehlungen und wurde nicht enttäuscht. Pappsatt verließen die beiden später das Restaurant.

Franzi sog tief die kühle Nachtluft ein, als sie vor dem Lokal standen. »Wo finden wir jetzt ein Taxi?«

»Immer geradeaus, dann links und noch einmal rechts.« Britta überlegte und zog die Augenbrauen zusammen. »Glaube ich zumindest.«

Franzi musste unwillkürlich lächeln. »Dann werde ich wohl die Sache in die Hand nehmen müssen.«

Sie schlenderten an Restaurants und Bars vorbei Richtung Binnenalster, wo Franzi zuvor einen Taxistand gesehen hatte.

»Schade, dass Max nicht dabei war«, sagte Britta. »Aber das können wir ja noch nachholen. Unsere Zeit auf Spiekeroog läuft so langsam aus. Obwohl, auf dem Zeltplatz gibt es sicher noch ein freies Stück Rasen, wo wir ein schickes Zelt aufschlagen könnten.«

»Max und Zelt? Träum weiter.« Franzi drehte sich um, weil Britta nicht mehr neben ihr ging. Sie stand wie festgefroren auf dem Bürgersteig und starrte auf die andere Straßenseite. Franzi eilte zurück. »Was ist denn? Geht es dir nicht gut?«

»Dreh dich nicht um«, sagte Britta leise. »Dahinten in der Bar. Da ist sie.«

»Wer?«

»Dieses Luder.«

»Alina Neumann?«

»Wer sonst«, zischte Britta. »Sie sitzt da mit einem Typen und schmachtet ihn an.«

Franzi drehte sich langsam um. Die Bar hatte große Fenster, hinter denen hohe Tische mit Barhockern standen. Die blonde Frau hielt ein Sektglas in der Hand und lachte. Neben ihr saß ein gut aussehender Mann, der ihr zuprostete. »Bist du dir sicher, dass sie es ist?«

»Natürlich. Ich erkenne dieses Biest auf tausend Meter Entfernung.«

Franzi wandte sich wieder ihrer Freundin zu. »Lass uns weitergehen, Britta.«

Britta schüttelte den Kopf und zog ihr Handy aus der Tasche. Schließlich trat sie dicht an Franzi heran. »Komm, lass uns ein Selfie machen.«

Beide schauten jetzt direkt zur Bar. Britta hob das Handy und tat so, als würde sie sich und Franzi fotografieren, hatte aber die Kamera auf der anderen Seite aktiviert.

»Mach doch ein bisschen mit«, sagte Britta und lächelte gleichzeitig in die Kamera, während sie ein Foto nach dem nächsten von Alina und ihrem Begleiter machte. Schließlich aktivierte sie den Videomodus und filmte die beiden.

Franzi zog ihre Freundin weiter. »Jetzt ist gut, Britta.«

»Diese falsche Schlange. Von wegen schwanger von Jan. Schüttet Alkohol in sich rein und macht den Typ an ihrem Tisch heiß.«

Als ihnen ein leeres Taxi entgegenkam, hob Franzi die Hand. Das Taxi blieb stehen, Franzi öffnete die Tür und schob Britta auf den Rücksitz.

Zweiundzwanzig

Britta richtete sich im Bett auf und warf Franzi einen müden Blick zu. »Ist das Kaffee?«

Franzi reichte ihr die Tasse. »Mit Milch und einem Löffel Zucker.«

Britta griff danach und trank einen Schluck. »Max' Whisky war wohl zu viel des Guten.«

»Wer nicht hören will, muss fühlen.«

»Nicht so laut. Mein Kopf platzt jeden Moment.«

»Glaube ich nicht. Du trinkst jetzt den Kaffee und danach gehst du unter die Dusche. Kalt und warm im Wechsel, dann wirst du schon wach. In zwei Stunden müssen wir in der Agentur sein.«

Britta schüttelte den Kopf. »Ich gehe da nicht hin.«

Franzi sah sie ungläubig an. »Wie bitte? Dafür sind wir jetzt fast dreihundert Kilometer gefahren und …«

»Kannst du Jan schreiben, dass er herkommen soll? Nimm mein Handy«, sagte Britta, entsperrte ihr Telefon und reichte es Franzi.

»Und was soll ich schreiben?«

»Hallo, Jan …« Britta wartete, bis Franzi aufsah und fuhr dann fort: »… ich möchte doch nicht so gerne in die Agentur kommen. Du verstehst das sicher. Können wir uns bitte in der Wohnung von Franzis Vater treffen?« Britta wartete erneut, bis Franzi nickte. »Schreib ihm bitte die Adresse und den Namen von Max auf.«

»Fertig! Soll ich noch einen Gruß anfügen?«

»Nein, nur Britta.«

Franzi klickte auf den Sendebutton und wartete. »Es ist durchgegangen. Er hat es auch schon gelesen. Warte, jetzt schreibt er was.« Franzi reichte Britta das Handy.

»Okay, schreibt er, und dass er kommt.« Britta legte das Handy wieder auf den Nachttisch und mühte sich aus dem Bett. »Gib mir eine Viertelstunde.«

»Willst du Jan die Fotos und den Film zeigen?«, fragte Franzi am Frühstückstisch.

»Ach, verdammt. Das habe ich ganz vergessen.«

»Und?«

»Keine Ahnung, Franzi. Ich weiß nicht mal, wie ich das nachher genau anfange.«

Franzi hatte befürchtet, dass ihre Freundin sich noch keine großen Gedanken über das Gespräch mit Jan gemacht hatte. »Was willst du erreichen?«

»Ich will wissen, wie es weitergeht. Was passiert mit der Wohnung, mit der Agentur, mit …« Britta schluckte schwer. »Jan hat sich von mir getrennt, also erwarte ich jetzt auch, dass er nicht den Kopf in den Sand steckt.«

»Aber was willst du erreichen, Britta?«

»Die Hälfte von allem, was sonst.«

»Und Jan und eure Beziehung, willst du darüber nicht reden? Ist dir das egal?«

»Worauf willst du hinaus, Franzi?« Britta wirkte jetzt angespannt und leicht verärgert. »Das soll hier keine Beziehungstherapiesitzung werden.«

»Wird es aber, glaub mir. Das ist doch kein Geschäftstermin, bei dem man verhandelt und jeder um seine Vorteile kämpft. Ihr beide seid persönlich betroffen, du bist zutiefst gekränkt und willst Antworten. Du musst dich davor hüten, die beiden Sachen zu vermengen. Das eine sind deine Gefühle, das andere ist die Frage, wie ihr euer gemeinsames Eigentum trennt.«

»Und? Soll ich das Gespräch etwa absagen? Nein, jetzt bin ich hier und will auch mit Jan sprechen.«

»Darum geht es doch nicht, Britta. Versuche, ruhig und sachlich zu bleiben, und hör zu, wenn Jan etwas sagt. Genauso muss er dir zuhören. Mindestens das ist er dir schuldig.«

Britta nickte. »Mindestens das.«

»Du möchtest, dass ich dabei bin. Wenn das, aus welchem Grund auch immer, nicht mehr so sein soll, schick mich einfach raus. Das wäre vollkommen in Ordnung für mich.«

Wieder nickte Britta.

»Und wenn ich dir einen Wink gebe, weil ich meine, dass es in die falsche Richtung läuft, dann achte bitte darauf. Du kannst auch das Gespräch für eine Weile unterbrechen und draußen einfach mal durchatmen. Das ist bestimmt besser als eine Eskalation des Gesprächs.«

»Ich kann dir nichts versprechen, Franzi. Ich weiß im Moment weder, wie ich reagieren werde, wenn ich Jan wiedersehe, noch weiß ich, wie er sich verhalten wird.«

Franzi stand auf und umarmte ihre Freundin. »Das verstehe ich doch, Britta. Ich will nur nicht, dass ihr euch alles verbaut. Jan war für lange Zeit ein Teil deines Lebens, du kannst ihn nicht einfach mit einem Fingerschnippen verschwinden lassen.«

»Und wie hast du das damals bei Alois gemacht?«

Franzi war seinerzeit vor ihrem krankhaft eifersüchtigen Freund aus Rosenheim geflüchtet und hatte dafür die Arbeit auf der weit entfernt liegenden Nordseeinsel angenommen.

»Kann man das wirklich vergleichen? Ich kam mir vor, als hätte ich meine Eisenfesseln gesprengt.« Franzi hielt inne und schloss die Augen. »Trotzdem habe ich viele Monate, eigentlich Jahre, gebraucht, um mich von der Zeit mit ihm zu erholen. Ich habe ewig von ihm geträumt. Keine schönen Träume, nein, gewiss nicht. Und ich habe mich immer wieder dabei ertappt, dass ich ähnliche Verhaltensweisen bei anderen Männern gesucht habe. Als er nach Wochen auf Spiekeroog plötzlich vor mir stand, habe ich alle Kraft gebraucht, um mich gegen ihn zu wehren. Aber diese wenigen Minuten mit ihm waren unglaublich wichtig.«

»Gab es nichts Gutes, an das du dich erinnern konntest?«

»Nicht sofort. Das hat Monate gedauert.« Franzi lächelte mild. »Erst dann konnte ich mich daran erinnern, dass ich einmal in ihn verliebt gewesen war, an unsere guten Tage und unsere Träume. Ja, das kam erst viel später.«

»Hattet ihr später noch Kontakt? Hast du ihm jemals verziehen?«

»Doch, wir haben noch einmal telefoniert. Das war ein Jahr nach der Trennung. Ich habe ihn angerufen. Wir haben uns unterhalten und er hat mir erzählt, dass er gerade eine Therapie macht. Es war gut, dass ich bei ihm angerufen habe. Gut für mich, vielleicht auch gut für ihn. Ein endgültiger Abschluss sozusagen.«

»Eine lange Zeit, und das, obwohl du es selbst wolltest, du weglaufen musstest vor seinem Wahn.« Britta sah auf die Uhr. »Lass uns die Küche aufräumen und dann noch einen kleinen Spaziergang machen, ja?«

»Gute Idee!«

Franzi ging langsam auf die Wohnungstür zu. Als es das zweite Mal klingelte, öffnete sie Jan die Tür.

»Hallo, Jan. Komm doch rein.«

Jan, der vermutlich Britta erwartet hatte, brauchte einen Augenblick, um sich wieder zu fangen. »Hallo, Franzi. Ich wusste nicht, dass du auch hier bist.« Er ging an ihr vorbei in den Flur und wartete, bis sie die Tür geschlossen hatte.

Franzi zeigte in den Flur hinein. »Wir gehen in die Küche. Die zweite links.«

»Wir?«

Franzi nickte. »Britta hat mich gebeten, bei dem Gespräch dabei zu sein. Ich hoffe, dass das für dich in Ordnung ist.«

Jan schluckte schwer. »Wenn es sein muss«, murmelte er schließlich.

Britta saß bereits am Tisch, als sie die Küche betraten.

»Hallo, Jan.«

Jan erwiderte den Gruß und setzte sich.

Franzi nahm an der Stirnseite Platz. »Ich habe Jan schon gefragt, ob es in Ordnung ist, dass ich beim Gespräch dabei bin. Er ist einverstanden.«

»Gut«, sagte Britta und sah Jan fragend an. Ihre Unterlippe zitterte leicht, aber sie hielt seinem Blick stand.

»Möchtest du etwas trinken, Jan?«, fragte Franzi.

»Ein Wasser, bitte.«

Franzi reichte ihm die Mineralwasserflasche und ein Glas. Er schenkte sich ein und trank einen Schluck.

»Worüber wollen wir reden?«, fragte Jan und es klang, als hätte er einen Kloß im Hals.

Britta zögerte, bevor sie antwortete. »Über uns. Darüber, wie es jetzt weitergehen soll. Mit allem.«

Jan nickte. »Ja, das müssen wir wohl.«

Britta schwieg, Franzi saß ruhig auf ihrem Stuhl, die Hände unter dem Tisch.

»Warum?«, presste Britta nach einer gefühlten Ewigkeit hervor.

Jan schreckte kurz zurück und senkte den Kopf. Er atmete flach.

»Warum?«, wiederholte Britta jetzt leiser.

Jan atmete tief durch. »Ich habe eine andere Frau kennengelernt.«

Der Satz klang wie einstudiert, Jan hatte schnell gesprochen und erst anschließend den Kopf gehoben.

Britta beugte sich leicht vor. »Das weiß ich. Susanne hat mich angerufen. Alina Neumann. Und ich weiß auch, dass sie schwanger ist.«

Jan warf ihr einen verblüfften Blick zu. »Wie … woher …?«

»Gerüchte, die Susanne gehört hat. Sind sie nicht wahr?«

Jan schaute kurz zu Franzi und senkte wieder den Kopf. »Ja, sie ist schwanger.«

»Von dir?«

»Ja.«

»Und?«

Jan sah auf und schien die Frage nicht zu verstehen. »Sie ist schwanger«, wiederholte er.

»War das geplant?«

»Nein, natürlich nicht.«

»Warum? Was hat dir gefehlt?«

Jan erstarrte für einen Moment und richtete sich schließlich auf. »Ist das jetzt noch wichtig? Es ist, wie es ist. Ich wollte dir nicht wehtun.«

Britta lachte kurz auf. »Ach, davon habe ich aber nichts bemerkt. Du schwängerst diese … Frau und wolltest mir nicht wehtun.«

»Es ist nun mal passiert. Das lässt sich nicht mehr ändern.«

»Und wenn sie nicht schwanger wäre?«

Jan schwieg. Franzi fühlte sich zunehmend unwohl in ihrer Rolle. Sollte sie sich einmischen, das Gespräch moderieren? Nein, das war nicht ihre Aufgabe, und Franzi war sich auch keinesfalls sicher, ob sie dazu in der Lage war. Schließlich räusperte sie sich und warf Britta einen Blick zu.

»Und? Wie stellst du dir das jetzt vor?«, fragte Britta mit bitterem Unterton.

»Wir sollten …« Jan brach mitten im Satz ab.

»Ja? Was sollten wir?«, fragte Britta mit zusammengekniffenen Augenbrauen.

»Wir sollten uns einen gemeinsamen Anwalt suchen und zusammen die Scheidung einreichen.« Auch das klang einstudiert. Jan atmete erleichtert auf.

»Ein Anwalt, Scheidung.« Brittas Stimme war jetzt weicher. Hatte sie nicht mit diesem Vorschlag gerechnet?, fragte sich Franzi.

»Ja, wir können natürlich auch jeder einen Anwalt nehmen. Mir wäre es aber ganz lieb, wenn wir uns gütlich einigen könnten. Ich weiß, das wird nicht einfach werden. Die Eigentumswohnung, die Agentur und alles. Aber vielleicht können wir ja einen Weg finden, der für uns beide funktioniert. Du willst ja sicher auch nicht, dass die Agentur jetzt in finanzielle Schieflage gerät. Eine Insolvenz bringt niemandem etwas. Wir haben doch eine Verantwortung gegenüber den Mitarbeitern.«

Britta sprang auf. Franzi warf ihr einen entsetzten Blick zu, weil sie befürchtete, dass ihre Freundin sich auf Jan stürzen würde.

»Toll!«, schrie Britta und lief einmal in der Küche herum. Sie blieb am Fenster stehen, öffnete es und schloss es sofort wieder. »Wirklich toll! Wir einigen uns. Gute Idee. Nein, eine fantastische Idee ist das.«

Jan schwieg.

»Möchtest du denn mit diesem Fli… dieser Frau in unsere Wohnung einziehen? Oder wohnt sie etwa schon da? Hat sie etwa in unserem Bett geschlafen? Habt ihr …« Britta verschlug es die Sprache. Sie lief auf die Tür zu, riss sie auf und rannte aus der Küche.

Als Jan aufstehen wollte, hielt Franzi ihn zurück. »Lass sie. Sie kommt schon alleine zurecht.«

Jan sank auf den Stuhl zurück und sah Franzi an. »Kannst du mir sagen, was das Ganze hier soll? Ich dachte, wir klären ein paar Sachen und versuchen, irgendeine Lösung zu finden.«

»Ist das wirklich so einfach für dich, Jan? Eine Lösung und alles ist gut?«

»Natürlich nicht! Aber was soll ich machen? Alina ist schwanger und ich bin der Vater des Kindes. Ja, ich bin da irgendwie reingerutscht, aber das ist nun mal nicht mehr zu ändern. Es ist mein Kind, das musst du doch am besten verstehen, Franzi. So, wie ich dich kenne, würdest du doch dein Leben für Rieke geben. Und das, ohne zu zögern. Habe ich recht?«

»Jan, das ist nicht vergleichbar. Und das weißt du auch. Hier geht es um Britta und dich. Du hast sie zutiefst verletzt und nicht einen einzigen Versuch unternommen, ihr zu erklären, was passiert ist. Sie musste von jemand anderem von dieser Alina erfahren und auch noch, dass sie angeblich schwanger ist.«

»Angeblich? Was soll diese Andeutung? Alina ist schwanger und Punkt.«

»Ja, so wird es wohl sein«, wiegelte Franzi ab.

»Sag ihm doch, was Sache ist«, rief Britta vom Flur her.

Franzi stöhnte leise. Sie hatte nicht bemerkt, dass Britta die Tür nicht vollständig geschlossen hatte. Jetzt kam sie herein und knallte das Handy auf den Tisch. »Wir haben sie gestern zufällig gesehen. In einer Bar. Sie turtelte da mit einem Typen und wirkte reichlich betrunken.«

Jan starrte auf Brittas Handy. »Das glaube ich nicht.«

Britta öffnete die App, startete den Film und hielt Jan das Handy vors Gesicht. »Ist sie das etwa nicht?«

Franzi stand jetzt neben Britta und zog sie behutsam zurück auf den Stuhl. Das Handy legte sie zur Seite und wandte sich an Jan. »Wir waren essen und auf der Suche nach einem Taxi sind wir da vorbeigekommen. Das war wirklich ein Zufall.«

Jan atmete schwer. »Und dann hattet ihr nichts Besseres zu tun, als Alina zu filmen.«

»Das war ein Reflex, Jan. Wir waren so erstaunt, dass wir es nicht fassen konnten. Oder hättest du uns einfach so geglaubt?«

»Das heißt doch alles nichts. Das wird irgendein Freund sein, mit dem sich Alina getroffen hat, und was in ihrem Glas ist, weißt du doch nicht.«

»Das stimmt«, sagte Franzi. »Wir hätten dir das auch nicht zeigen dürfen.« Aus dem Augenwinkel sah sie, dass Britta etwas sagen wollte. Sie wandte sich kurz zu ihr um und strich mit der Hand über ihre Schulter, bevor sie sich wieder an Jan wandte. »Ihr beide müsst reden. Glaubst du wirklich, dass du die ganzen Jahre mit Britta mal eben so vergessen kannst?«

Jan starrte vor sich hin. »Alina ist schwanger. Ich habe sie selbst zum Frauenarzt gebracht. Das Ultraschallbild habe ich doch auch gesehen.«

Genau diese Situation war Franzis Albtraum gewesen, als sie sich gestern bei der Fahrt nach Hamburg über das Treffen Gedanken gemacht hatte. Wieso war ihr das eine Wort herausgerutscht? *Angeblich* schwanger – natürlich musste Jan darauf reagieren.

Jan fuhr sich mit der Hand durch die Haare und legte den Kopf in den Nacken. Schließlich richtete er sich auf und sah Britta an. »Was genau stellst du dir vor? Möchtest du die Wohnung haben? Kein Problem. Und bevor du noch einmal fragst: Nein, niemand außer uns beiden hat in dem Bett geschlafen.«

Jan stützte sich mit den Händen auf dem Tisch ab. Er sah erschöpft aus. Sein Blick war trüb, sein Gesicht bleich, der Körper nach vorne gebeugt, als trage er eine schwere Last.

»Ich will von allem die Hälfte«, sagte Britta. Sie ignorierte Jans Zustand und sah ihn triumphierend an.

»Ja, das steht dir zu. Keine Frage. Ich habe eine Anwältin gefunden, die auch Mediation macht. Wäre das für dich in Ordnung?«

Britta schien über Jans Antwort so überrascht zu sein, dass sie zunächst nicht antwortete. Sie sah zwischen Jan und Franzi hin und her, senkte schließlich den Blick und nickte. »Dann machen wir das so.«

Franzi räusperte sich. »Ich würde euch jetzt gerne alleine lassen. Ist das in Ordnung?« Als die beiden zustimmten, verließ sie den Raum, um auf dem Balkon tief durchzuatmen.

Dreiundzwanzig

Nachdem Jan gegangen war, stand Britta am Fenster und schaute hinunter auf die Straße.

»Ich habs versaut, oder?«

Franzi trat neben Britta und sah, wie Jan in sein Auto stieg. »Ich hätte nicht ›angeblich schwanger‹ sagen dürfen, dann wäre es nicht so eskaliert.«

Britta schüttelte den Kopf. »Jetzt willst du auch noch die Schuld auf dich nehmen.« Sie drehte sich zu Franzi um und umarmte sie. »Ich hätte meinen Mund halten sollen. Wenn überhaupt jemand es verbockt hat, dann ich.«

»Es ist nun mal passiert. Und? Wir haben Jan doch nur die Wahrheit gesagt. Wir haben diese Frau zufällig gesehen und sind stehen geblieben. Wer hätte das nicht getan. Gut, sie zu filmen war vielleicht nicht richtig, aber hätte Jan uns sonst geglaubt?«

»Das hat er doch auch so nicht«, sagte Britta. »Hast du nicht seinen Blick gesehen? Er war wütend, dass wir so über diese … diese Frau gesprochen haben.« Sie stöhnte leise. »Um ein Haar hätte ich ihm auch noch von dem Privatdetektiv erzählt.«

»Ja, ich habe es bemerkt.« Franzi seufzte. »Ich hätte ihn niemals engagieren sollen.«

»Aber dann hätte ich nicht erfahren, was wirklich passiert ist.« Sie hielt inne. »Meinst du, Jan wird wegen dieser Frau jetzt ins Grübeln kommen? Irgendwann muss er doch merken, dass sie nicht schwanger ist.« Britta legte den Kopf in den Nacken und atmete tief durch. »Weißt du, was ich gestern im Internet gefunden habe? Einen künstlichen Schwangerschaftsbauch. Man kann doch tatsächlich so was kaufen. Verrückt, oder? Aber wie soll das funktionieren, Jan würde es doch sofort sehen.«

Franzi zuckte mit den Schultern. »Ich weiß es nicht und ich glaube, du solltest dir darüber wirklich keine Gedanken machen.«

Brittas Handy kündigte eine Nachricht an. Sie eilte zum Küchentisch und sah aufs Display. »Jan«, sagte sie und las. »Er hat die Adresse von der Anwältin geschickt. Aber er schreibt noch mehr.«

»Und?«, fragte Franzi nach einer Weile.

»Es tut ihm leid, dass wir so aneinandergeraten sind«, sagte Britta leise. »Er entschuldigt sich dafür.«

Franzi nickte und schwieg.

»Ich wollte ihn doch fragen, warum er … wie das passieren konnte«, fuhr Britta fort. »Ich habe einfach nichts gemerkt. Nichts.«

»Du kannst ihn anrufen. Morgen vielleicht.«

»Und du meinst, er wird noch mit mir reden?«

»Hätte er das sonst gerade geschrieben? Versuch es einfach. Besser als schweigen ist es auf jeden Fall.«

»Ja, vielleicht mache ich das.«

Franzis Blick fiel auf die Küchenuhr. »Schon so spät. Wir müssen bald fahren. Wer weiß, wie viel Verkehr auf den Autobahnen ist.«

Franzi fuhr auf die A 1 auf und erhöhte die Geschwindigkeit. Aus dem Augenwinkel sah sie, dass Britta eingeschlafen war. Sie griff nach ihrer Jacke, die auf dem Rücksitz lag, und breitete sie über Brittas Beinen aus.

Seit sie in Hamburg losgefahren waren, dachte Franzi über die letzten vierundzwanzig Stunden nach. So, wie sie Britta erlebt hatte, hatte ihre Freundin lange noch nicht mit Jan abgeschlossen. Sosehr sie durch sein Verhalten auch verletzt worden war, sie machte sich weiterhin Sorgen um ihn. Ihr Blick, als Jan in die Küche gekommen war, hatte sie verraten. Er war liebevoll gewesen und mitfühlend. Erst während des Gesprächs hatte sich Britta verändert und ihren ganzen Frust über die Situation herausgelassen.

Kurz vor Bremen wachte Britta auf und rieb sich die Augen. »Wo sind wir?«

»Ein gutes Drittel haben wir geschafft. Und wir haben Glück. Hier scheint es keinen Stau zu geben.«

Britta richtete sich auf. »Ich war vollkommen fertig. Keine Ahnung, warum.«

»Kurz nach Bremen kommt die letzte Raststätte. Soll ich da runterfahren?«

Britta nickte. »Ich könnte einen Kaffee gebrauchen.«

Franzi reichte ihr den Kaffeebecher über den Tisch. »Eine große Auswahl gab es nicht.«

»Egal. Hauptsache, Kaffee.« Britta trank einen Schluck. »Genießbar.«

»Wenn alles gut läuft, sind wir in eineinhalb Stunden in Neuharlingersiel.«

»Hast du etwas von Max gehört?«, fragte Britta.

»Nein.«

»Kann ich denn in der Ferienwohnung bleiben, auch wenn Caroline noch da ist?«

»Selbstverständlich. Wie kommst du darauf?«

»Ich dachte nur …«

»Wenn ich das richtig verstanden habe, hat sie morgen einen wichtigen Termin.« Franzi schaute auf die Uhr. »Vielleicht hat sie auch schon die erste Fähre genommen.«

»Wir werden sehen …« Britta schaute aus dem Fenster auf den Spielplatz, auf dem ein kleines Mädchen schaukelte. Der Vater stand daneben und stieß sie vorsichtig an. »Ob alles anders gekommen wäre, wenn ich ein Kind bekommen hätte?«

Franzi antwortete nicht.

»Warum sagst du nichts?«, fragte Britta.

»Weil die Diskussion müßig ist. Was dann passiert wäre, kann dir niemand beantworten. Du könntest vor der gleichen Situation stehen wie jetzt oder auch nicht. Kinder retten keine Ehen, im Gegenteil, du brauchst eine ziemlich intakte Beziehung, um alles rund ums Kind zu meistern. Viele Ehen scheitern genau daran.«

Britta schwieg eine Weile. »Am besten ist es, wenn ich einfach aufhöre zu grübeln. Ein neues Leben, eine neue Beziehung, eine neue Umgebung. Wer weiß, was auf mich wartet.«

Zwei Stunden später standen sie am Kai und warteten darauf, auf die Fähre gelassen zu werden. Franzi hatte bei den Fahrgästen, die die Fähre verlassen hatten, Ausschau nach Caroline gehalten, sie aber nicht entdeckt.

Von den dunklen Hamburger Regenwolken war in Neuharlingersiel nichts mehr zu sehen. Franzi und Britta gingen direkt aufs Oberdeck und sicherten sich einen Platz an der Reling. Nachdem die Fähre abgelegt hatte, fragte Britta, ob sie Franzi etwas zu trinken mitbringen solle. Franzi lehnte dankend ab und bat um ein Mineralwasser.

Britta reichte ihr die kleine Plastikflasche und stellte sich mit der Tasse in der Hand neben Franzi. »Stehst du eigentlich auch im Winter hier?«

»Nicht immer. Wenn es richtig kalt ist und der Wind ordentlich bläst, fühlt sich das schnell mal wie minus zehn Grad an. Aber für ein paar Minuten komme ich meistens hoch, wenn wir aufs Festland fahren.«

»Tapfer. Wenn in Hamburg so richtiges Schmuddelwetter ist, verkrieche ich mich aufs Sofa mit einer dicken Decke und einem heißen Kakao mit Sahne.« Britta schmunzelte. »Oder ins warme Bett mit einer Wärmflasche.« Sie wurde schlagartig ernst und wendete den Blick ab.

»Es kommen auch wieder andere Tage, Britta.«

Britta wandte sich zu Franzi um. Ihre Augen waren feucht. »Und wenn nicht?«

Britta zeigte auf den Kai. »Da stehen Tamme und Rieke.«

Franzi winkte und sah, wie das Kind neben dem großen Mann zurückwinkte. »Ja, das sind sie wohl.«

»Schön, wenn man so empfangen wird.« Britta wandte sich enttäuscht von der Reling ab.

Franzi legte die Hand auf ihre Schulter. »Wenn ich das richtig sehe, steht da auch jemand für dich.«

Britta drehte sich um und suchte den Kai ab. »Ist Max nicht wegen dir gekommen?«

Franzi griff nach ihrer Reisetasche. »Das kannst du ihn gleich selbst fragen.«

Rieke lief auf Franzi zu und hüpfte förmlich auf ihren Arm. Tamme trat zu den beiden und küsste Franzi zur Begrüßung.

Aus dem Augenwinkel sah Franzi, wie Britta auf Max zuging. Er umarmte sie kurz, bevor er ihr die Tasche abnahm.

»Wir sehen uns dann ja morgen«, sagte Max und zwinkerte seiner Enkelin zu. »Spielen wir dann wieder zusammen?«

»Ja, Opa«, rief Rieke strahlend.

Britta warf Franzi einen Blick zu. »Bis dann und danke noch mal, dass du mitgekommen bist.«

Als Britta und Max außer Hörweite waren, fragte Tamme: »Alles gut?«

»Erzähle ich dir später. Ist eigentlich Caroline noch auf der Insel?«

»Max hat mir gerade erzählt, dass sie mit der ersten Fähre zurück aufs Festland ist.«

»Sonst nichts?«

Tamme schüttelte den Kopf und griff nach Franzis Reisetasche. »Dann mal los, ihr beiden Hübschen.«

»Das war dann wohl Zeitverschwendung«, sagte Tamme, als Franzi ihren Bericht über die Fahrt nach Hamburg beendet hatte. »Das mit dem Reden bringt halt nicht immer was.«

»Immerhin ein Anfang.«

»Wofür? Weiß Britta jetzt mehr als vorher? Wohl kaum.«

»Was hast du erwartet? Dass sich die beiden versöhnen und ich alleine zurückkomme?«

»Zum Beispiel.«

»Tamme, wenn überhaupt, wird das ein ewig langer Prozess sein. Die beiden sind keine Kinder im Kindergarten, die kurz nach einem Streit einfach weiter miteinander spielen, als wäre nichts passiert.«

Tamme zuckte mit den Schultern. »Wäre vielleicht einfacher als dieses ganze Hin und Her.« Er griff nach seiner Flasche und trank einen kräftigen Schluck Bier. »Soll ich dir wirklich keinen Wein holen?«

»Nein, mir ist nicht danach.«

»Du wirst doch nicht krank?«, fragte Tamme.

»Nein, ich bin von der Anstrengung der letzten zwei Tage einfach etwas erschöpft. Morgen bin ich wieder auf dem Damm.«

»Vielleicht solltest du dich einen Tag ausruhen?«

Franzi ging nicht auf seinen Vorschlag ein. »Hast du nach Meta geschaut? Wie geht es ihr?«

»Gestern war ich kurz da, aber Meta nicht. Heute Vormittag habe ich sie dann angetroffen. Sie hat im Garten gearbeitet und war nicht davon abzubringen. Was sollte ich machen?«

»Meta muss sich auch irgendwie beschäftigen. Etwas Gartenarbeit tut ihr gut.«

Tamme fuhr sich mit der Hand durch die Haare. »Das sah mir aber eher nach einer richtig großen Aktion aus.«

»Ich gehe morgen bei ihr vorbei und schaue nach ihr.« Franzi stand auf. »Ich bin müde. Kommst du auch bald?«

Vierundzwanzig

Den halben Vormittag verbrachte Franzi im Büro, kaufte anschließend im Supermarkt ein und bügelte die Wäsche. Kurz vor zwölf verließ sie das Haus und machte sich auf den Weg zu Meta.

Als Franzi die alte Dame weder in der Küche noch im Wohnzimmer fand, suchte sie sie im Garten. Tamme hatte recht gehabt. Meta war dabei, einen Teil des Gartens umzugraben, den sie bereits seit einigen Jahren hatte brach liegen lassen. Als sie Franzi bemerkte, kam sie auf sie zu. »Ich wollte gerade Schluss machen.« Sie sah auf ihre Arbeitskleidung herab. »Einen Moment musst du aber noch warten, bis ich mich umgezogen habe. Magst du schon Tee aufsetzen?«

Franzi stellte die gefüllte Teekanne aufs Stövchen und wartete auf Meta. Nach weiteren zehn Minuten hörte Franzi endlich ihre Schritte auf dem Flur. Die alte Dame setzte sich zu ihr an den Küchentisch und atmete tief durch. »Geht es dir gut? War die Reise nach Hamburg anstrengend?«

»Ich bin wieder da, das ist doch das Wichtigste«, antwortete Franzi ausweichend.

Meta schien nicht zugehört zu haben, sie musterte Franzi lächelnd, als wollte sie etwas überprüfen. »Du solltest dich etwas schonen, Kind. Und mach dir doch wirklich keine Sorgen um mich. Ich kann schon auf mich selbst aufpassen.«

Franzi schenkte Tee ein und reichte Meta die Sahne. »Wir können dir doch mit dem Garten helfen, Meta. Tamme macht das gerne, das weißt du doch.«

Meta hob ihren Zeigefinger. »Wenn ich Hilfe brauche, rufe ich euch an. Und jetzt Schluss damit.« Sie sah Franzi fragend an. »Hast du nun die Hamburgreise gut überstanden?«

Franzi gab sich geschlagen. Wenn Meta sich etwas in den Kopf gesetzt hatte, war sie genauso stur wie ihr Neffe. Franzi würde Tamme bitten, am nächsten Tag vorbeizukommen, um Meta im Garten zu helfen.

»Hamburg war anstrengend«, gab Franzi zu. »Aber Britta ist nun mal meine beste Freundin. Neben Edda natürlich.«

Meta trank einen Schluck Tee. »Deine Freundin ist ein lieber Mensch. Ich weiß ja, wie sehr du dich um alle Menschen, die dir nahestehen, sorgst, aber manche Dinge passieren nun mal und lassen sich nicht ändern.«

Franzi, die eigentlich gekommen war, um Meta zu unterstützen und nach ihr zu schauen, befand sich jetzt unerwartet in der Lage, einen Ratschlag zu erhalten. Sah Meta etwas, was Franzi nicht sehen konnte, nicht sehen wollte?

»Du hast deine Freundin aufgefangen, aber ich glaube, jetzt wird sie selbst ins Leben zurückfinden müssen«, fuhr Meta fort. »Behindere sie dabei nicht, Franzi.«

»Das will ich natürlich nicht, aber …« Franzi verschlug es die Sprache. Meta hatte recht. Britta war an einem Punkt angekommen, wo sie ihr nur noch wenig helfen konnte.

»Du findest schon den richtigen Weg«, sagte Meta. »Und wenn deine Familie bald wächst …«

»Meta«, unterbrach Franzi die alte Dame. »… ich bin aber nicht schwanger und du weißt doch, wie schwierig es beim ersten Mal war.«

Meta beugte sich vor und tätschelte Franzis Arm. »Ich glaube, darauf müssen wir nicht mehr lange warten.«

Franzi seufzte. »Tamme hat schon aufgehört, danach zu fragen. Er will mich wohl nicht weiter unter Druck setzen.« Sie stutzte. »Hat er mit dir darüber gesprochen?«

»Nein, du kennst ihn doch. Bevor er mit seinen Problemen zu mir kommen würde, klärt er sie mit sich selbst.«

»Ja, das ist Tamme«, sagte Franzi leise. »Aber auch deshalb liebe ich ihn. Du müsstest mal sehen, wie verrückt er nach Rieke ist. Er erfüllt ihr jeden Wunsch, selbst die, die sie noch gar nicht hat.«

Meta lächelte sanft. »Ja, eigene Kinder waren schon lange sein Traum. Und die Familie ist ihm heilig. Hat Tamme mal wieder von seinen Eltern gesprochen? Mir gegenüber erwähnt er sie schon seit Jahren nicht mehr.«

»Rieke hat vor ein paar Tagen gefragt, warum sie nur einen Opa hat und Mattes zwei. Tamme hat ihr gesagt, sie wäre noch zu klein, um das zu verstehen. Ich habe ihn später darauf angesprochen, aber er wollte nicht über seine Eltern reden.«

»Das macht mir etwas Sorgen, Franzi. Ich weiß nicht, ob das mit Riekes Geburt zusammenhängt. Tamme hatte schon immer Angst, dass sich eine solche Tragödie wiederholen könnte.«

Franzi schluckte. »Ja, so richtig recht war es Tamme nicht, dass ich mit Britta nach Hamburg gefahren bin. Es waren nur ein paar Bemerkungen, die ich nicht so ernst genommen habe, aber trotzdem …«

Meta nickte nachdenklich. »Ich habe dir nie erzählt, dass Tamme mit zweiundzwanzig eine schwierige Zeit hatte. Über viele Monate hatte er sich zu Hause verkrochen und wollte mit niemandem sprechen, nicht einmal mit mir.«

»Nein, das hast du mir nie erzählt. Tamme auch nicht.«

»Eine Ärztin, die den Sommer auf Spiekeroog verbracht hatte, hat sich dann um ihn gekümmert. Sie war Therapeutin mit einer Praxis in Oldenburg. Sie hatte im Nachbarhaus gewohnt, deshalb kannte ich sie.«

»Das ist alles lange her, Meta. Aber wenn du möchtest, dann achte ich in der nächsten Zeit mehr auf Tamme.«

»Das ist gut, mein Kind. Und wenn er unbedingt in meinem Garten mithelfen will, kann er gerne morgen kommen.« Meta zwinkerte ihr zu.

Als Franzi Rieke von Gesine abholte, traf sie Edda und unterhielt sich kurz mit ihr. Edda erwartete Markus am Samstag und schlug vor, dass sich beide Familien am Sonntag treffen könnten.

Zu Hause angekommen, half Franzi Rieke vom Fahrradsitz. Ihre Tochter lief sofort ins Haus, um nach ihrem Vater zu suchen. Franzi fand beide in der Küche, wo Tamme gerade das Mittagessen vorbereitete.

»Wenn du morgen Zeit hast, kannst du Meta im Garten helfen«, sagte Franzi beim Tischdecken.

»Wow! Wie hast du das geschafft? Gestern wollte sie davon noch nichts wissen.«

Franzi schmunzelte. »Mein Geheimnis.«

Nach zwei Stunden im Büro klappte Franzi den Laptop zu. Zusammen mit Tamme und Rieke, die im Bollerwagen saß, fuhr sie zum Strand, wo sie Riekes Drachen steigen ließen und unzählige Muscheln für eine Sandburg sammelten, die Tamme gemeinsam mit Rieke baute.

»Das müssen wir unbedingt bald wiederholen«, sagte Tamme.

Sie saßen zu dritt auf der Decke, Rieke aß Apfelstücke und Franzi trank heißen Tee, den sie in einer Thermoskanne mit zum Strand genommen hatten.

Franzi nickte. »Ja, das sollten wir machen.«

Tamme ließ sich rückwärts auf die Decken fallen. »Was hältst du von zwei Familiennachmittagen pro Woche? Klar, der Samstag fällt aus und im Juli und August wird es vielleicht schwierig. Aber versuchen könnten wir es zumindest.«

Rieke setzte sich auf Tammes Bauch und quiekte vor Vergnügen. Franzi lachte und griff nach ihrem Handy, um ein Foto von den beiden zu machen.

Tamme zog Franzi zu sich nach unten. »Ich bin fürchterlich glücklich«, flüsterte er ihr ins Ohr. »Und ich liebe dich!«

Franzi hauchte ihm einen Kuss auf den Mund. »Und ich dich auch!«

Erst als Rieke zu ihnen ins Bett kroch, wachte Franzi auf und bemerkte, wie spät es war. Sie musste am Abend zuvor vergessen haben, den Wecker zu stellen. Sie sprang aus dem Bett, während Rieke versuchte, Tamme aufzuwecken.

»Ich bin unter der Dusche«, rief Franzi Tamme zu, der sich gerade im Bett aufrichtete. »Wir haben verschlafen.«

Als Franzi mit noch feuchten Haaren aus dem Bad kam, roch sie den frisch aufgebrühten Kaffee. Normalerweise genoss sie den Duft, aber heute freute sie sich auf eine milde Tasse Tee. Sie löste Tamme bei den Vorbereitungen ab und er ging ins Schlafzimmer, um sich anzuziehen.

Wenig später saßen sie zu dritt am Frühstückstisch und besprachen den Tag. Tamme würde die ankommenden Gäste abholen und sich um kleinere Arbeiten an den Ferienwohnungen kümmern, während Franzi Rieke zur Tagesmutter bringen, einkaufen und den Nachmittag mit ihrer Tochter verbringen wollte, damit Tamme Meta im Garten helfen konnte.

»Hallo, Max!«

Franzi hatte sich hinter ihren Vater in die Schlange vor der Fleischtheke gestellt und Max auf die Schulter getippt. Er drehte sich zu ihr um und lächelte. »Moin, Franzi! Auch schon so früh am Einkaufen?«

»Ich habe gerade Rieke zu ihrer Tagesmutter gebracht und wollte kurz etwas fürs Mittagessen holen. Alles gut bei euch?«

Max zuckte mit den Schultern. »Den Umständen entsprechend …«

Franzi fragte bewusst nicht nach Caroline. Wenn ihr Vater von dem Besuch erzählen wollte, würde er es tun. »Wollt ihr auch noch in der nächsten Woche bleiben?«

»Eigentlich schon«, antwortete Max kurz angebunden.

»Bezahlt hast du ja. Am Samstag drauf kommen dann aber die nächsten Gäste.«

Max nickte. »Vielleicht fahren wir auch vorher nach Hamburg zurück.«

Die Dame hinter der Fleischtheke fragte Max nach seinen Wünschen. Er kaufte zwei Stücke Rinderfilet und verabschiedete sich hastig von Franzi.

»Hast du eigentlich noch was von Max und Britta gehört?«, fragte Tamme beim Mittagessen.

»Ich habe Max kurz an der Fleischtheke getroffen, aber er hat nichts von Caroline erzählt. Das meintest du doch, oder?«

Tamme nickte. »Ist es endgültig aus zwischen den beiden?«

»Das weiß ich nicht, Tamme. Und ich werde auch nicht nachfragen.«

»Es wäre ja schon interessant, oder nicht?«

»Ich habe dir doch gesagt, dass ich mich da raushalte.«

»Du hast ja recht.« Er grinste. »Trotzdem bin ich etwas neugierig. Kannst du nicht …«

Franzi rollte mit den Augen. »Etwas ist wohl etwas untertrieben.«

Nach dem Mittagessen verabschiedete sich Tamme, um Meta im Garten zu helfen. Franzi stellte Rieke ein Märchenhörbuch an und arbeitete noch eine Stunde im Büro. Rechtzeitig zum Nachmittagstee erschien Max mit Kuchen in der Hand. Rieke zog ihn gleich mit sich in ihr Zimmer, während Franzi sich in der Küche um den Tee und die Schlagsahne kümmerte.

»Britta wird jetzt wohl mein Angebot annehmen«, sagte Max, als sie zu dritt am Küchentisch saßen.

»Gut.«

»Denke ich auch. Ich habe Platz genug und Britta muss sich ja erst eine neue Wohnung suchen. Sie hat beschlossen, nicht in die alte zurückzukehren. Sie wird sie ihrem Mann überlassen.«

»Das habe ich mir schon gedacht.«

»Und es ist im Moment ja auch nicht so einfach, eine Wohnung in Hamburg zu finden.«

Franzi nickte und griff nach einer Serviette, um Rieke den Mund abzuwischen. »Ich weiß.« Sie hob ihre Tochter aus dem Kinderstuhl. Rieke umrundete den Tisch und stellte sich neben Max' Stuhl auf.

»Jetzt lass doch Opa zu Ende essen, Rieke. Willst du nicht schon in dein Zimmer gehen? Opa kommt gleich nach.«

Nach kurzem Zögern rannte Rieke aus dem Zimmer.

Max schaute seiner Enkelin hinterher. »Ich werde sie vermissen, wenn ich erst wieder in Hamburg bin.«

»Du kannst häufiger kommen. Wenn du es rechtzeitig ankündigst, finde ich auch ein Zimmer für dich.«

»Ja, das sollte ich machen. Die Kleine wird so schnell groß. Später bereue ich es.« Max trank einen Schluck Tee.

»Könntest du am Samstag wieder einspringen? Ich möchte Rieke nicht den ganzen Tag zu Meta geben.«

»Ich bin dabei. Gleich am Vormittag?«

»Mir ist schleierhaft, warum Meta jetzt wieder den ganzen Nutzgarten beackern will«, sagte Tamme, als er von seinem

Arbeitseinsatz zurück war. »Um das eingesparte Geld kann es ja wohl kaum gehen.«

Franzi strich ihm zärtlich über die Schulter. »Lass sie doch. Wir schauen regelmäßig nach ihr und sehen schon, wenn sie sich übernimmt.«

»Haben wir das nicht schon ein paarmal durch?«

Franzi hatte keine Gelegenheit, etwas zu entgegnen, denn ihr Gespräch wurde von Max unterbrochen, der mit Rieke auf dem Arm hereinkam, um sich zu verabschieden.

Fünfundzwanzig

Am Sonntag besuchten Franzi, Tamme und Rieke wie verabredet Edda und ihre Familie. Markus stand am Grill, Tamme leistete ihm Gesellschaft. Die drei Kinder spielten im großen Sandkasten, während Edda und Franzi nebeneinander im hauseigenen Strandkorb saßen.

»Hast du inzwischen neue Anfragen bekommen?«, fragte Franzi ihre Freundin.

»Bis auf eine sind alle abgesprungen. Eine Frau, eine Buchhändlerin aus Oldenburg, will in der nächsten Woche nach Spiekeroog kommen und sich den Laden anschauen.«

»Immerhin! Wie alt ist sie denn?«

»Sechsundzwanzig. Ihre Familie hat mehrere Buchhandlungen in und um Oldenburg, aber sie möchte gerne ein paar Jahre etwas Eigenes machen, bevor sie dann dort die Nachfolge übernimmt. Verstehe ich ganz gut. Vermutlich wird sie dann kaum noch direkten Kundenkontakt haben.«

»Ein paar Jahre?«

Edda nickte. »Das wäre natürlich mein Traum. Sagen wir drei oder besser vier Jahre, dann könnte ich wieder übernehmen. Jella kommt dann in die weiterführende Schule und Mattes wird gerade eingeschult werden. Der Zeitpunkt wäre für die beiden ganz gut. Ja, ich weiß, sie werden trotzdem wieder aus ihrer gewohnten Umgebung rausgerissen. Das macht mir auch Sorgen, aber was wäre die Alternative, noch länger bleiben? Dann gibt es irgendwann kein Zurück mehr.«

»Was sagt Markus dazu?«

»Er weiß es noch nicht. Also bitte …« Edda legte den Zeigefinger auf die Lippen. »… ich will das in Ruhe mit ihm besprechen.«

»Klar. Ich weiß von nichts. Und sonst? Wie geht es Markus in Hannover?«

»So viel hat er noch nicht erzählt. Aber ich glaube, es läuft alles nach Plan. Das Hotelleben stört ihn ziemlich. Aber das soll wohl bald ein Ende haben.«

Markus winkte vom Grill her. »Die Kohle ist jetzt so weit. Sollen wir das Fleisch auflegen?«

Edda zeigte den erhobenen Daumen, stand auf und reichte Franzi die Hand. »Auf gehts, alte Frau.« Franzi lachte und ließ sich von ihr hochziehen.

»Du wohnst also immer noch im Hotel?«, fragte Tamme Markus, als sie auf der Terrasse am langen Tisch zusammensaßen.

»Leider, aber in spätestens zwei Wochen soll die Wohnung fertig sein. Nur ein Zimmer mit Kochnische, aber immerhin. Im Hotel zu leben wäre für mich auf Dauer nichts.«

»Warum? Service rund um die Uhr und wenn du abends noch einen Absacker brauchst, gibt es doch bestimmt eine Bar, oder?«

»Ja, da sitze ich auch manchmal, um dem trostlosen Hotelzimmer zu entkommen. Trotzdem, ich muss dringend aus dem Hotel raus.«

»Ich stell mir das auch schwierig vor«, sagte Franzi. »Service hin, Service her. Eine eigene Wohnung ist doch angenehmer.«

»Noch jemand Salat?«, fragte Edda und hielt die Schüssel hoch.

Der kleine Mattes kletterte von seinem Stuhl und lief zu Markus. »Schoß, Papa.« Markus hob ihn hoch und Mattes schmiegte sich an die Brust seines Vaters.

»Und wie ist Hannover so?«, fragte Tamme.

»Großstadt halt. So richtig viel bin ich noch nicht rumgekommen. Manche Ecken sind ganz schön grau, andere richtig fein. Aber wir wollen ja auch nicht in Hannover wohnen.« Markus sah zu Edda. »Ich habe schon mal ein paar Kollegen ausgefragt, wo man sich am besten niederlassen könnte. Es geht dabei wohl in erster Linie darum, wie weit man jeden Tag fahren will. Am besten ist es natürlich, wenn es einen guten Bus- oder Bahnanschluss gibt. Aber wenn das der Fall ist, werden die Immobilien gleich erheblich teurer.«

»Wenn ihr sowieso für immer geht, könnt ihr ja auch Eddas Haus verkaufen«, sagte Tamme. »Das bringt doch eine Stange Geld, oder?«

Markus schwieg.

»Das haben wir nicht vor, Tamme«, sagte Edda. »Irgendwann will ich schon wieder zurück.«

»Wann ist irgendwann?«

Franzi räusperte sich und warf Tamme einen warnenden Blick zu. »Das wissen die beiden doch noch nicht. Ein Schritt nach dem anderen.«

»Nein, verkaufen wollen wir nicht«, sagte Markus. »Vermieten schon eher. Aber wir sind noch am Überlegen.«

Edda stand auf. »Wer möchte einen Kaffee?«

Markus und Tamme hoben die Hände.

Franzi schüttelte den Kopf und stand auf. »Ich deck mal kurz ab. Hilfst du mit, Tamme?«

»Musst du denn immer auf dem Thema rumhacken?«, fragte Franzi, als sie zurück nach Hause gingen.

»Warum? Ist das so ein Geheimnis? Ich dachte, wir sind enge Freunde, da kann man doch so was fragen.«

»Du weißt doch, dass noch nicht klar ist, was mit dem Haus passiert. Lass die beiden das erst untereinander klären, dann werden wir es noch rechtzeitig erfahren.«

»Vielleicht will ich es aber jetzt wissen«, sagte Tamme, ohne Franzi anzuschauen.

»Es klang eher so, als wolltest du bewusst Zwietracht zwischen den beiden säen.« Franzi blieb stehen und stoppte dabei den Bollerwagen. »Oder liege ich damit so falsch?«

»Du weißt genauso gut wie ich, dass Edda im Grunde genommen die Insel nicht verlassen will. Nicht für immer, nicht für ein paar Jahre und ich glaube, nicht einmal für ein Jahr. Sie will hierbleiben und dieser Egoist von Ehemann denkt gar nicht daran, Edda nach ihren Wünschen zu fragen. Er will groß rauskommen als Architekt, okay, aber warum zieht er da die ganze Familie rein?«

Franzi seufzte innerlich auf. Sie hatte gehofft, dass Tamme sich mit der Zeit damit abfand, dass Edda aufs Festland umziehen würde, aber im Moment klang es eher nach dem Gegenteil. Er schien noch wütender als am Anfang zu sein.

Franzi warf einen Blick auf Rieke, die ihren Vater aufmerksam anschaute. »Lass uns weitergehen, Tamme.«

Tamme trat an ihre Seite und half ihr dabei, den Wagen zu ziehen. Nach einer Weile sagte er leise: »Ich wollte mich nicht mit dir streiten.«

»Das weiß ich doch, Tamme. Mir geht das mit Edda und Markus auch nahe, aber ich sehe keine Möglichkeit, den beiden zu helfen. Wenn Edda mich zum Beispiel um etwas bitten würde, ich wäre sofort zur Stelle. Aber sie hat mich nicht gefragt. Und das muss ich akzeptieren.«

Tamme lief schweigend neben ihr her.

Als Franzi die Haustür aufschließen wollte, klingelte ihr Handy. Sie nahm das Gespräch an. Eine der Familien, die am Vortag angekommen waren, hatte Probleme mit den Gästen der Nachbarwohnung, die ihren Fernseher zu laut laufen ließen. Franzi versprach, sofort vorbeizukommen, und verabschiedete sich von Tamme und Rieke.

Die Lärmquelle in der Nachbarwohnung war schnell ausgemacht. Als Franzi gerade an der Tür klopfen wollte, kamen die Eltern der halbwüchsigen Kinder von einem langen Spaziergang zurück. Der Vater sprach mit seinen Kindern, während die Mutter sich mehrfach für den lauten Fernseher entschuldigte.

Auf dem Weg nach Hause begegnete Franzi Britta.

»Hallo!«, begrüßte ihre Freundin sie zurückhaltend.

»Wie geht es dir?«, fragte Franzi.

»Ganz gut, glaube ich.« Britta zögerte. »Ich wollte gerade einen kleinen Gang machen. Kommst du mit?«

»Ja, warum nicht.« Franzi zog ihr Handy aus der Tasche und schrieb Tamme eine Nachricht.

Sie bogen ab in den Kurpark und liefen schweigend nebeneinanderher, bis sie den Park an der Westseite wieder verließen und in den langen Weg einbogen, der parallel zu der Museumspferdebahn verlief.

»Ich ziehe erst mal bei Max ein«, sagte Britta leise.

»Ja, ich weiß. Max hat schon so etwas erwähnt.«

»Ich kann nicht zurück in die Wohnung. Selbst wenn Jan auszieht. Das geht einfach nicht.«

»Das verstehe ich doch, Britta.«

Wieder vergingen Minuten, bevor Britta stehen blieb. »Hat Max dir von dem Treffen mit seiner … also mit Caroline erzählt?«

»Nein, und ich habe ihn auch nicht danach gefragt.«

»Du willst es nicht wissen?«

»Schon, aber …«

»Caroline hat endgültig Schluss gemacht.«

Franzi zeigte nach vorne auf den Weg. »Gehen wir weiter oder zurück?«

»Weiter.«

Sie liefen schweigend nebeneinanderher. Erst als die Endstation der Museumspferdebahn in Sicht kam, fragte Franzi: »Wie geht es Max damit?«

»Erst war er erleichtert, so schien es mir zumindest. Besser ein Ende mit Schrecken als ein Schrecken ohne Ende, hat er gesagt.«

»Aber? Du glaubst ihm nicht?«

»Glauben? Das ist wohl das falsche Wort«, sagte Britta. »Ich kann verstehen, dass er Angst vor einer monatelangen Hängepartie hatte und deshalb erst mal durchgeatmet hat, als Caroline die Beziehung beendet hat. Inzwischen knabbert er ziemlich daran. Er spricht nicht viel darüber, aber ich spüre, wie er leidet.«

Sie standen inzwischen vor dem kleinen Weg, der zum Laramie führte, einem Lokal in direkter Strandnähe mit langer Geschichte.

Britta schaute zu dem Gebäude. »Man kann sich gar nicht vorstellen, dass das mal eine Art Schwimmbad war.«

»Ein Warmbad, und das ist weit über hundert Jahre her. Zu der Zeit war hier der Hauptstrand. Deshalb ja auch die Verbindung mit der Pferdebahn.«

»Gehen wir ins Laramie? Ein Glas Wein trinken?«

»Sei mir nicht böse, aber mir ist nicht so nach Alkohol.« Sie zeigte auf den Strandübergang. »Ich gehe am Strand zurück.«

Britta hakte sich bei ihr ein. »Dann komme ich mit.«

Der Wind hatte inzwischen die Wolken Richtung Festland getrieben und der Sonne Platz gemacht. Franzi hob den Kopf und schloss die Augen. Eine wohlige Wärme breitete sich in ihrem Gesicht aus.

Britta räusperte sich leise. »Du fragst gar nicht, wie es zwischen Max und mir steht?«

Franzi senkte den Kopf und sah ihre Freundin an. »Sollte ich?«

»Vielleicht wäre mir das lieber.«

»Lieber als was?«

Britta zögerte lange. »Lieber, als es dir einfach zu erzählen.«

Franzi reagierte nicht, sondern blickte auf die Nordsee. »Gehen wir?«

An der Wasserlinie liefen sie Richtung Nordosten am Strand entlang. Der Wind war hier stärker zu spüren. Franzi schloss ihre Jacke und atmete tief die salzige Luft ein.

»Hast du dir das gut überlegt?«, fragte sie schließlich.

Aus dem Augenwinkel sah sie, wie Britta schwer schluckte. »Kann man planen, ob und wann man sich in einen Mann verliebt?«

Franzi zuckte mit den Schultern.

»Eben«, sagte Britta. »Es ist einfach passiert.«

»… mehr als der eine Kuss?«

»Ja.«

Franzi blieb stehen und ließ ihren Blick über die Nordsee gleiten. »Trotz der vielen Jahre kann ich mich immer noch nicht an diesem Anblick sattsehen. Ob das für immer so bleibt?«

Britta antwortete nicht. Sie gingen weiter.

»Ist das für Max auch mehr als ein Urlaubsflirt?«, fragte Franzi schließlich.

»Weiß man das am Anfang immer so genau?«

»Nein«, sagte Franzi leise.

»Franzi, ich wünsche mir, dass alles zwischen uns bleibt wie vorher. Egal was zwischen Max und mir ist.«

Franzi blieb stehen. »Stell dir vor, ihr beide würdet heiraten. Du wärst dann meine Stiefmutter.«

»Franzi! Niemand spricht von Heiraten. Ja, es ist mehr passiert als dieser eine Kuss. Vielleicht ist es wirklich nur ein Urlaubsflirt und nicht mehr.«

Franzi zog Britta mit. »Entschuldige, das war ein ausgesprochen dummer Kommentar. Lass uns weitergehen. Mir wird kalt.« Sie hakte sich bei ihrer Freundin ein. »Und ja, zwischen uns bleibt alles, wie es immer war. Egal was passiert.«

Sechsundzwanzig

»Du warst lange weg«, sagte Tamme, als Franzi zu ihm und Rieke ins Wohnzimmer kam, sich zu ihrer Tochter auf den Boden setzte und ihr über die Haare streichelte.

»Britta hatte mir was mitzuteilen.«

»Doch nicht das, was ich denke?«

»Vermutlich schon.« Rieke setzte sich auf Franzis Schoß und schmiegte sich an sie. »Caroline war übrigens hier, um mit Max Schluss zu machen.«

»Dachte ich mir schon.«

»Es ist, wie es ist. Die beiden sind erwachsen und müssen selber wissen, was gut für sie ist.«

»Ich kann mir jetzt gar nicht vorstellen, dass die beiden …«

»Ich doch auch nicht«, unterbrach Franzi Tamme. »Aber wie sagt Meta immer: Wo die Liebe hinfällt.«

»Liebe?« Tamme verzog das Gesicht. »Die beiden halten sich doch nur aneinander fest, weil jeder von ihnen den Partner verloren hat. Das hat nichts mit Liebe zu tun.«

Franzi reichte Rieke einen der Steine, den ihre Tochter auf die Wand ihres Duplohauses drückte.

»Tamme, das wissen wir nicht und wenn es so sein sollte, dass es mehr als ein Urlaubsflirt ist, dann ist das halt so. Britta ist meine älteste Freundin und Max mein Vater.«

Tamme stand auf. »Wie du meinst. Dann bereite ich mal das Abendessen vor. Kommt ihr, wenn ich rufe?«

»Mir geht das mit Britta und Max nicht aus dem Kopf«, sagte Tamme, als er am Abend neben Franzi im Bett lag.

»Sie fahren in ein paar Tagen zurück nach Hamburg.«

»Du meinst, aus den Augen, aus dem Sinn?«

»Nein, natürlich nicht. Aber in Hamburg sieht die Welt vielleicht anders aus als hier auf Spiekeroog.«

Tamme grinste. »Das will ich doch meinen.«

»Tamme, du weißt genau, wie ich das meine. Max wird wieder arbeiten und Britta muss sich komplett neu orientieren. Wohnung, Arbeit, Freunde. Dann kommt noch die Scheidung auf sie zu. Sie wird viel um die Ohren haben.«

»Du siehst das alles sehr ... wie nennt man das noch?«

»Pragmatisch?«

»Ja, du siehst das plötzlich so sachlich. Als wäre es ein unumstößliches Ereignis, an das man sich halt anpasst. Fertig, aus. Ich finde es schon etwas komisch. Wie groß ist der Altersabstand zwischen den beiden? Weit über zwanzig Jahre, oder?«

Franzi rechnete nach. »Vierundzwanzig Jahre. Und jetzt sag bitte nicht, dass Britta seine Tochter sein könnte.«

»Wollte ich gar nicht.« Tamme sah Franzi an. »Hast du Britta denn nicht ins Gewissen geredet? Eine solche Beziehung funktioniert doch nie lange.«

»Tamme, ein letztes Mal: Das ist nicht meine Aufgabe, weder als Freundin noch als Tochter. Und klar kann das funktionieren. Dafür gibt es genügend Beispiele. Schau dir den französischen Präsidenten an. Seine Frau ist fünfundzwanzig Jahre älter und es gibt auch ganz normale Paare, die ...«

»Das weiß ich doch alles«, unterbrach Tamme sie. »Trotzdem, ich habe ein ungutes Gefühl.«

»Das hatte vermutlich auch manch einer, als wir beide zusammengekommen sind. Was solls. Und jetzt schlafen wir.«

Tamme beugte sich leicht über Franzi. »Ich bin noch gar nicht müde. Du?«

»Wieso?«, fragte Franzi mit ernster Miene. »Haben wir irgendetwas vergessen?«

»Ich dachte, vielleicht beschäftigen wir uns noch mit potenziellem weiterem Nachwuchs für unsere kleine Familie. Hatten wir da nicht eigentlich etwas geplant?«

Franzi schmunzelte. »Nicht nur eigentlich.« Sie zog Tamme zu sich und bedeckte sein Gesicht mit vielen kleinen Küssen.

»Ist das Elektrofahrrad da?«, fragte Franzi am nächsten Morgen, als Tamme sie, eine halbe Stunde nachdem er mit Rieke das Haus verlassen hatte, anrief.

»Deshalb rufe ich nicht an. Jetzt rate mal, wen ich gerade gesehen habe.«

»Tamme! Woher soll ich das w…«

»Jan! Er ist mit der Fähre angekommen. Er hat mich nicht gesehen und ich wollte ihm auch nicht hinterherlaufen. Weiß er, wo Britta wohnt?«

Franzi stöhnte leise. »Er wird bestimmt hier vorbeikommen. Was soll ich ihm sagen?«

»Deshalb rufe ich an. Am besten, du sagst Britta Bescheid. Jan ist doch ganz sicher wegen ihr gekommen. Er ist gerade erst hier los. Zehn Minuten hast du noch.«

»Okay. Bis später.«

Franzi betätigte mit leicht zitternder Hand die Kurzwahltaste.

»Franzi …«, hörte sie Brittas verschlafene Stimme. »Was gibt es denn so früh am Morgen?«

»Tamme hat gerade gesehen, dass Jan mit der Fähre hergekommen ist.«

Franzi hörte ein Rascheln. Britta schien sich im Bett aufrecht hingesetzt zu haben. »Hier? Auf Spiekeroog?«

»Ja, natürlich. Hast du ihm gesagt, wo du wohnst?«

»Nein, warum auch.«

»Er kommt bestimmt zuerst zu mir. Was soll ich ihm sagen?«

Britta schwieg.

»Ich denke, er will sich mit dir treffen«, fuhr Franzi fort.

»Er … er soll mich anrufen. Dann treffen wir uns irgendwo.« Sie hielt inne. »Was meinst du, was er will? Warum hat er mir nicht Bescheid gesagt? Das ist doch alles …« Britta brach ab.

»Ich sage Jan also nicht, wo du wohnst?«

»Nein, bitte nicht. Das brauche ich jetzt wirklich nicht.«

»Okay, aber er wird mich fragen, warum ich …«

»Bitte, Franzi, dir fällt doch immer was ein«, flehte Britta sie an. »Ich will Jan hier jetzt nicht in der Ferienwohnung haben.«

»Ich versuchs. Aber er wird misstrauisch werden, das ist dir schon klar, oder?«

»Und wenn schon. Er hat sich von mir getrennt. Hast du das schon vergessen?«

»Nein, Britta.« Franzi sah aus dem Fenster. »Du, ich sehe Jan schon aufs Haus zukommen. Bis später. Ich sag dir Bescheid.«

Als es klopfte, wartete Franzi ein paar Sekunden und öffnete schließlich die Tür.

»Hallo, Jan«, begrüßte sie ihn.

»Franzi, grüß dich.« Er sah sie fragend an. »Du bist gar nicht erstaunt, weil ich hier plötzlich vor der Tür stehe?«

Sie trat zur Seite. »Komm doch erst mal rein.«

Jan ging an ihr vorbei in den Flur.

»Deine Tasche kannst du einfach hier abstellen. Du weißt noch, wo die Küche ist?«

Jan nickte. »Ich denke schon.«

»Setz dich doch«, forderte ihn Franzi auf. »Möchtest du etwas trinken?«

»Danke, im Moment nicht.«

Franzi zog einen Stuhl vor und setzte sich zu ihm. »Tamme hat dich gesehen, als du von der Fähre gekommen bist.«

»Verstehe. Ich habe ihn gar nicht bemerkt.« Jan holte tief Luft. »Du kannst dir sicher denken, warum ich hier bin. Britta ist doch noch auf der Insel, oder?«

»Ja, sie wollte noch ein paar Tage bleiben.«

»Hier im Haus?«

Franzi schüttelte den Kopf. »Nein, sie wohnt in einer der Ferienwohnungen, die ich verwalte.«

»Kannst du mir die Adresse geben?«

»Willst du sie nicht lieber anrufen? Ich bin mir nicht sicher, ob sie sich dort mit dir treffen will.«

»Ich würde lieber direkt zu ihr gehen. Du weißt doch, wie das am Telefon so ist. Wenn Britta überhaupt den Anruf annimmt.«

»Jan, ich kann das nicht machen. Wenn du möchtest, rufe ich für dich an.« Sie griff nach ihrem Handy.

Jan überlegte eine Weile, schließlich nickte er. Franzi rief Britta an und sagte ihr, dass Jan vor ihr sitze und mit ihr sprechen wolle. Sie tat so, als hörte sie Britta eine Weile zu, und gab dann Jan das Handy.

Franzi wartete auf dem Flur, bis sie Jans Stimme nicht mehr hörte, und ging zurück in die Küche. Er saß mit gesenktem Kopf am Tisch.

»Trefft ihr euch?«, fragte Franzi.

»Ich soll in dieses Café kommen. Das mit der Bäckerei. Kannst du mir …«

Franzi holte aus ihrem Büro eine Inselkarte und zeichnete den Weg ein. »Das ist nur fünf Minuten von hier entfernt.«

»Dann habe ich noch Zeit«, murmelte Jan.

»Kaffee?«

Er nickte.

Franzi setzte Wasser auf und füllte Kaffeepulver in den Filter.

»Du fragst gar nicht, warum ich hier bin?«

Franzi schüttelte den Kopf. »Ich kann es mir denken.« Sie goss das heiße Wasser in den Filter und wartete, bis es durchgelaufen war. Mit zwei gefüllten Bechern in der Hand setzte sie sich zu Jan.

»Ihr hattet recht«, sagte Jan leise und nahm seinen Becher in die Hand.

»Milch? Zucker?«

Als Jan nickte, reichte Franzi ihm das Milchkännchen und schob den Zuckertopf zu ihm hinüber.

»Alina?«, fragte Franzi.

Jan rührte den Kaffee um und trank einen Schluck. »Sie ist nicht schwanger. Nicht mehr, sagt sie. Eine Fehlgeburt.«

Franzi verkniff sich einen Kommentar und schwieg.

»Ich habe bei ihrem Frauenarzt angerufen, wollte wissen, wie das mit der Fehlgeburt war. Er wollte natürlich nichts sagen, Verschwiegenheitspflicht, aber an seinen Reaktionen habe ich gemerkt, dass es nie eine Schwangerschaft gab.«

»Verstehe«, sagte Franzi.

»Alina hat mich … benutzt. Jetzt im Nachhinein sehe ich vieles klarer …« Jan sah Franzi direkt an. »Bin ich zu spät gekommen?«

»Das musst du Britta fragen, Jan.«

»Ich frage aber dich«, flüsterte er.

Franzi nahm den Becher in beide Hände und hob ihn leicht an. »Wie konntest du da nur hineingeraten?« Sie stellte den Becher wieder ab. »Wie bist du nur auf die Idee gekommen, dich von Britta zu trennen? War es ausschließlich wegen der Schwangerschaft?«

Jan senkte den Kopf. »Ein Arbeitsessen mit Alina und ihrem Chef. Ich habe sie anschließend nach Hause gefahren. Kurz bevor sie ausgestiegen ist, hat sie mich einfach geküsst. Nicht freundschaftlich, sondern auf den Mund.«

»Und dann bist du mit ihr gegangen?«

Jan schüttelte den Kopf. »Nein, sie ist dann ganz schnell aus dem Auto gestiegen und ins Haus gegangen. Ich wusste ja auch gar nicht, ob sie mit jemandem zusammenlebt oder einen Freund hat. So hat es angefangen.« Jans Stimme brach.

»Und dann?«

»Erst mal nichts. Wir hatten hin und wieder beruflichen Kontakt, haben telefoniert oder E-Mails geschickt. Da war aber plötzlich alles anders, persönlicher, geheimnisvoller, Andeutungen hier und da. Ja, ich habe das Spiel mitgemacht. So habe ich es zumindest gesehen, als Spiel, als harmlosen Flirt. Dann sind wir uns persönlich begegnet, haben einen Kaffee getrunken, sie hat mich gefragt, ob ich sie nach Hause bringen kann. Britta war zu der Zeit ein paar Tage bei ihrer Familie in Rosenheim.«

»Ja, ich erinnere mich. Sie hat mich von dort aus angerufen.«

»Wieder hat sie mich geküsst und wieder ist sie einfach gegangen. Ich bin dann nach Hause gefahren oder wollte es zumindest. Auf halbem Weg schrieb sie mir eine Nachricht.« Jan schluckte schwer. »Ich bin daraufhin zurückgefahren …«

»Wie lange ging das so?«

»Ein paar Monate. Fünf oder sechs.«

Franzi erschrak. »So lange!« Bisher war sie davon ausgegangen, dass es sich um einen One-Night-Stand gehandelt hatte oder allenfalls um ganz wenige, mehr oder weniger zufällige Treffen. Was sollte sie Jan jetzt raten? Britta würde ihm nie verzeihen, wenn er ihr diese Geschichte erzählen würde. Auf der anderen Seite würde sie ohne die ganze Wahrheit auch keine Chance haben, sich ein Urteil zu bilden. Britta würde merken, wenn Jan sie anlog, sie würde nachfragen und misstrauisch werden.

Jan warf ihr einen flehenden Blick zu. »Was soll ich nur machen?«

»Warum bist du hier, Jan?«

Er zögerte lange, schloss schließlich die Augen und flüsterte: »Mir ist klar geworden, dass ich alles falsch gemacht habe. Ich will Britta nicht verlieren. Ich will keine Scheidung, ich …« Jan brach mitten im Satz ab.

»Du willst mit einer Entschuldigung die Zeit zurückdrehen?«

»Ich weiß, dass das nicht so einfach ist, Franzi. Kannst du mir nicht etwas raten? Was soll ich machen?«

Franzi schüttelte den Kopf. »Ich weiß keine Lösung, Jan. Und wahrscheinlich bin ich auch die Falsche für deine Frage.«

»Soll ich Britta alles erzählen?«

Franzi zögerte. Wie sollte sie diese Frage beantworten können? »Das musst du selbst entscheiden. Ein leichter Weg wird das sicher nicht. Britta wird viel Zeit brauchen, um darüber hinwegzukommen. Ob sie dir jemals verzeiht, weiß ich nicht. Wahrscheinlich weiß sie es im Moment selbst nicht.« Franzi sah auf die Uhr. »Du musst los.«

Jan erschrak, sprang auf und griff nach der Inselkarte, die noch auf dem Tisch lag.

»Du kannst deine Reisetasche hierlassen«, sagte Franzi.

Sie begleitete ihn zur Tür und sah ihm hinterher, als er sich schnellen Schrittes vom Haus entfernte.

Siebenundzwanzig

»Überraschung!« Tamme trat in Franzis Büro und hielt ihr die Hand hin. Er zog sie hoch und forderte sie auf, die Augen zu schließen.

»Tamme, ich habe keine Zeit für so …«

»Bitte!«

Franzi schloss die Augen, und er führte sie über den Flur nach draußen vor die Tür.

»Jetzt!«, forderte Tamme sie auf.

Vor ihr stand das bestellte Lastenfahrrad mit Elektroantrieb.

»Sieht viel besser aus als im Prospekt, oder?« Tamme setzte sich aufs Fahrrad. »Der Akku war sogar geladen. Es fährt fantastisch. Und schau mal …« Er stieg ab und klappte in der Transportschale vorne einen kleinen Sitz auf. »Hier kann Rieke sitzen. Den Gurt für sie habe ich auch schon bestellt. Ich montiere ihn morgen gleich.«

Franzi betrachtete das Fahrrad von allen Seiten. »Ja, sieht gut aus. War auch teuer genug.«

Tamme grinste. »Aber viel günstiger als eine Elektrokarre.« Er zeigte auf die Transportschale. »Für dich ist auch genug Platz. Wollen wir nicht eine kleine Runde drehen?«

Franzi lachte. »Nein, Tamme. Ich habe keine Zeit und vielleicht kommt Jan auch gleich wieder. Seine Tasche steht noch im Flur.«

»Oh, Jan habe ich vollkommen vergessen. Er war also hier?«

Franzi erzählte Tamme von dem Gespräch, verschwieg aber, wie lange Jans Affäre gedauert hatte.

»Und jetzt kommt er angekrochen und will Britta zurück?«

»Wollen wir nicht reingehen, Tamme?«

Tamme schob das neue Fahrrad neben das Haus, schloss es ab und folgte Franzi.

»Ich mach auf«, rief Tamme in den Flur. Franzi schaute aus dem Kinderzimmer und hörte, wie Tamme Jan ins Haus bat. Sie sah nach Rieke, die ins Spiel mit ihren Bauklötzchen vertieft war, und schloss die Tür zum Kinderzimmer, bevor sie in die Küche ging.

»Jan fragt, ob er heute noch von der Insel kommt.«

»Die Fähre ist schon weg«, sagte Franzi mit Blick auf die Uhr. »Morgen Vormittag kommt die nächste.«

»Verdammt! Wisst ihr, wo ich hier eine Unterkunft bekomme?«

»Ich fürchte, dass alles ausgebucht ist. Und für eine Nacht ist es in der Hochsaison ohnehin immer schwierig. Du kannst aber natürlich bei uns im Wohnzimmer schlafen. Wir haben eine Schlafmatratze«, bot Franzi an.

»Ich hab noch eine Idee«, sagte Tamme. »Enno ist heute zu den Seehundbänken gefahren. Er müsste eigentlich bald wieder im Hafen sein.«

Tamme wandte sich an Franzi. »Pass auf, ich versuche, ihn zu erreichen, und ihr beide macht euch jetzt sofort auf den Weg.«

Franzi nickte, griff nach ihrer Jacke an der Garderobe und zog Jan mit sich nach draußen. »Der Kutter kommt aus

Neuharlingersiel. Tamme kennt den Kapitän. Du kannst sicher bei ihm mitfahren.«

Sie eilten durchs Dorf und kamen in Rekordzeit am Kai an. Vom Ausflugskutter war nichts zu sehen.

Franzi rief Tamme an. »Niemand hier!«

»Ich weiß. Sie sind zu spät losgekommen. In zehn Minuten sollte Enno da sein. Jan kann mitfahren.«

»Ich sags ihm.«

»Grüß Jan von mir, auch wenn er es eigentlich nicht verdient hat.«

Franzi schob das Handy zurück in die Tasche. »Der Kutter kommt gleich.«

Jan nickte erleichtert.

»Ich soll dich noch schön von Tamme grüßen.«

»Tut mir leid, ich wäre gerne noch geblieben, aber …« Jan zuckte mit den Schultern.

»Britta und du, ihr habt lange miteinander gesprochen.«

»Ja, zumindest das haben wir geschafft. Britta kommt bald nach Hamburg zurück.«

»Ja, sie hatte so was erwähnt«, sagte Franzi.

»Sie hat erst mal ein Zimmer, ein Gästezimmer. Dann will sie sich eine eigene Wohnung suchen. Und eine neue Arbeit.«

»Ich weiß.«

Jan zeigte Richtung Fahrrinne, die parallel zur Insel verlief. »Ist das der Kutter?«

»Ja, er muss es sein.«

Jan schluckte schwer. »Wir, also Britta und ich, haben verabredet, uns erst mal nicht zu sehen. Vier Wochen. Dann ist auch der erste Termin bei der Anwältin. Wie es weitergeht …« Er warf Franzi einen fragenden Blick zu. »Es ist vorbei, oder?«

»Ich weiß es nicht, Jan. Es gibt viele Paare, die nach einer Auszeit wieder zusammenfinden.«

»Aber nicht wir«, flüsterte Jan. »Ich habe es in Brittas Augen gesehen. Sie wird nie wieder Vertrauen zu mir haben. Und ich kann es ihr nicht einmal verübeln. Dass sie überhaupt noch mit mir gesprochen hat, ist schon mehr, als ich erwarten konnte.«

Franzi fühlte sich unwohl in ihrer Haut. Aus dem Augenwinkel sah sie den Kutter, der aber noch mindestens fünf Minuten bis zum Kai brauchen würde.

»Ich weiß«, fuhr Jan fort, »du kannst dazu nichts sagen.« Er warf einen Blick zum Kutter. »Du bist mich auch bald los.«

»Jan, darum geht es doch nicht. Du bist mein Freund, aber Britta ist meine beste Freundin. Ich möchte nicht zwischen euch beiden zerrieben werden.«

Der Kutter legte am Kai an und die zwei Dutzend Gäste stiegen aus. Franzi ging auf Enno Thaysen zu und begrüßte ihn.

»Bis dann, Jan. Wenn wir dir irgendwie helfen können, dann melde dich bei uns.« Franzi umarmte ihn und wartete, bis er über die kleine Treppe gegangen war und auf dem Kutter stand. »Lass von dir hören, Jan.«

Jan hob den Arm und deutete ein Winken an. Der Kutter setzte ein paar Meter zurück und wendete. Franzi winkte ein letztes Mal und wandte sich um.

Auf dem Rückweg kam Franzi an der Apotheke vorbei. Sie blieb stehen, zögerte kurz und betrat den Verkaufsraum. Am Morgen hatte sie in ihrem Kalender nachgeschaut und mit Erstaunen festgestellt, dass sie bereits vor sechs Tagen ihre Periode hätte bekommen müssen.

»Einen Schwangerschaftstest, bitte«, sagte Franzi zur Apothekerin.

Auf dem Weg nach Hause dachte sie über die letzte Woche nach, fand aber keine Anzeichen dafür, dass sie schwanger sein könnte. Seit Riekes Geburt kamen die Blutungen sehr unregelmäßig und hatten schon zu unzähligen negativen

Schwangerschaftstests geführt. Franzi hatte vor einem halben Jahr beschlossen, Tamme nicht jedes Mal einzuweihen und den Test, falls sie über dem Termin war, vor ihm geheim zu halten.

»Alles gut?«, fragte Tamme, als Franzi ins Kinderzimmer trat und sich zu den beiden auf den Spielteppich setzte.

»So weit ja. Jan sollte bald in Neuharlingersiel sein.«

»Er sah nicht so gut aus. Hat Britta ihn abblitzen lassen?«

Franzi nickte. »Sozusagen. Sie machen jetzt erst mal eine vierwöchige Pause. Danach ist der Termin bei der Anwältin. Jan hatte sich wohl mehr versprochen.«

»Hätte er sich eher überlegen müssen und nicht nur auf seinen Schwan…«

»Tamme!«, fiel Franzi ihm ins Wort. »Jan ist unser Freund. Ja, er hat sich Britta gegenüber ziemlich mies verhalten. Trotzdem, sprich bitte nicht so über ihn.«

»Lass uns nicht streiten«, gab Tamme nach. »Der Spruch war dumm, aber Jan hat wirklich alles falsch gemacht, was man falsch machen kann.«

Rieke kletterte auf Franzis Schoß und schmiegte sich an sie. Franzi strich ihr liebevoll über die Haare. »Bist du schon müde? Soll ich dir eine Geschichte vorlesen? Wie wäre es mit ›Michel aus Lönneberga‹?«

»Ja, Michel!«, rief Rieke, sprang auf und holte das Buch.

Achtundzwanzig

»Möchtest du etwas trinken?«, fragte Tamme, als Franzi aus dem Kinderzimmer zurückkam. »Wein?«

»Lass mal, ich hole mir schnell ein Glas Mineralwasser.« Franzi wandte sich von der Wohnzimmertür ab und eilte in die Küche. Bisher war sie noch nicht dazu gekommen, den Test zu machen, verzichtete aber lieber auf Alkohol, solange sie nicht wusste, ob sie schwanger war.

»Rieke schläft schon«, sagte Franzi, die auf dem Weg von der Küche ins Wohnzimmer einen Abstecher zu ihrer Tochter gemacht hatte. »Sie wird wirklich schnell groß. Im Frühjahr kommt sie schon in den Kindergarten und dann winkt auch schon bald die Schule.« Franzi setzte sich zu Tamme aufs Sofa. »Wir sollten mehr Fotos machen.«

»Stimmt, in den letzten Monaten ist das zu kurz gekommen.«

»Die Zeit vergeht so schnell.« Franzi rückte näher an Tamme heran. »Manchmal würde ich sie gerne anhalten und einfach mal ein Jahr doppelt erleben. Oder einen Monat. Das würde mir auch reichen.«

»Ja, das wäre eine super Sache. Aber leider …« Tamme seufzte. »Hast du dich eigentlich schon wegen der Wohnungen entschieden?«

Ein Eigentümer von zehn Ferienwohnungen hatte bei Franzi angefragt, ob sie die Verwaltung übernehmen könnte.

»Nein, ich habe erst mal ein Treffen mit Herrn Eggers ausgemacht. Er ist in drei Wochen wieder auf Spiekeroog und dann sehen wir uns.«

»Und? Du überlegst wirklich, die Wohnungen auch noch zu betreuen? Haben wir nicht schon genug Arbeit? Und mit dem Geld kommen wir doch spielend hin.«

Franzi zögerte. »Er ist nicht der Einzige, der angefragt hat. Ich habe noch zwei weitere Interessenten.«

»Davon hast du mir gar nichts erzählt. Und wann kommen die?«

»Ich habe bislang nur erste Angebote verschickt. Mehr noch nicht.«

»Wie viele Wohnungen?«

»Ein Haus mit fünf Wohnungen und drei Ferienhäuser.«

»Und wann wolltest du mir das alles sagen?«

Franzi hatte sich inzwischen aufgerichtet. »Du weißt doch, dass ich das nicht ohne deine Zustimmung entscheide. Aber in den letzten Wochen war so viel los. Irgendwas war immer.«

»Eben! Und wenn wir noch mehr Kunden haben, wird das nicht gerade besser.«

»Vielleicht nehmen wir uns dann doch ein Büro und suchen uns jemanden, der uns unterstützt? Gesine zum Beispiel. Wenn Rieke erst mal im Kindergarten ist, sucht sie einen Job. Das hat sie mir vor ein paar Wochen erzählt. Sie wäre genau die Richtige.«

Tamme nickte und breitete seine Arme aus. »Komm her. Wir besprechen das alles morgen in Ruhe, ja?«

Am nächsten Morgen wartete Franzi, bis Tamme und Rieke aus dem Haus waren, bevor sie ins Bad ging und den Schwangerschaftstest auspackte.

Sie hielt das Teststäbchen kurz in den Becher mit ihrem Urin und starrte gebannt auf das Fenster in dem Plastikhalter. Die Sekunden schlichen dahin, Franzi zählte in Gedanken mit. Fünfundzwanzig, sechsundzwanzig. Es wird wieder nichts sein, dachte sie. Wie so oft. Würde sie Tamme erzählen, dass sie den Test gemacht hatte? Nein. Dreiundvierzig. Vierundvierzig. Sie erinnerte sich an Riekes Geburt und an die Tage danach. Hatte der Kinderwagen die Jahre im Schuppen gut überstanden oder würden sie einen neuen kaufen müssen? Neunundneunzig. Hundert. Und wenn sie tatsächlich schwanger wäre? Meta würde trotz ihres Alters einen Freudentanz aufführen. Und Tamme? Als er damals erfahren hatte, dass sie mit Rieke schwanger war, war er aufgesprungen und aufgeregt im Zimmer herumgelaufen. Gefühlte tausend Mal hatte er nachgefragt, ob das Ergebnis sicher sei. Hundertelf. Hundertzwölf. Nein, sie würde Tamme nichts erzählen, wenn das Ergebnis negativ war. Im Moment hatten sie genug um die Ohren. Hundertneunzehn, hundertzwanzig. Franzi trat ans Fenster, um das Ergebnis besser sehen zu können.

»Ich bin wieder da!«, rief Tamme in den Flur hinein. »Franzi?«

»Ich bin hier. Im Wohnzimmer.«

Tamme öffnete die Tür. »Was machst du hier? Ich dachte, du bist im Büro.« Er kam näher. »Was hast du da in der Hand?«

Franzi reichte ihm das Teststäbchen. Tamme griff danach und erkannte erst in diesem Moment, was es war. Er drehte das Stäbchen um und schluckte schwer.

»Wir bekommen noch ein Kind«, flüsterte Franzi.

Tammes Blick wechselte zwischen ihr und dem Teststäbchen hin und her. »Ist das wahr? Bist du ganz sicher?«, stieß er atemlos hervor.

»So sicher man im Moment sein kann, Tamme. Ja, ich bin schwanger.«

Tamme stieß einen Jubelschrei aus, hob Franzi hoch und hielt sie anschließend eine gefühlte Ewigkeit umarmt. Franzi spürte seine Tränen, die auf ihr T-Shirt tropften.

»Vielleicht wird es ja ein Junge«, flüsterte Franzi ihm ins Ohr.

»Oder ein Mädchen. Das ist mir egal.«

»Mir auch, Tamme. Mir auch.«

Franzi und Tamme liefen auf der Straße Richtung Ostspitze der Insel. Sie waren sich schnell einig gewesen, an diesem Vormittag nicht zu arbeiten. Franzi hatte den Spaziergang vorgeschlagen und Tamme hatte nach längerem Zögern eingewilligt, nachdem Franzi ihm versichert hatte, dass sie nicht krank, sondern nur schwanger sei.

»Deine Idee mit Gesine ist gar nicht so schlecht«, sagte Tamme. »Vielleicht können Rieke und Mattes ein paar Monate eher in den Kindergarten, dann wäre Gesine frei, um schon eingearbeitet zu werden.«

»Und das Büro?«

»Das könnten wir bei Meta einrichten. Sonya und Joke sind dann schon lange weg. Ihr hättet dort sogar eine Küche und zwei Büroräume. Wir hätten dadurch ein Auge auf Meta und sie hat wieder Leben im Haus. Und dein jetziges Büro bauen wir zu einem zweiten Kinderzimmer um.«

»Lass uns erst mal abwarten, bis ich die ersten Monate der Schwangerschaft hinter mir habe. Sicher ist sicher. Aber die Idee mit dem Kindergarten ist gut. Ich könnte das auch mit der Schwangerschaft begründen, weil ansonsten Kindergartenbeginn und Geburt mehr oder weniger zusammenfallen würden. Am Anfang geht es dort ja sehr langsam los.«

Tamme hob die Hand und winkte ab. »Ach, wenn Mattes auch mitkommt, kriegen die beiden das schon hin.«

Franzi blieb stehen. »Du musst damit aufhören, Tamme. Edda und Markus werden aufs Festland ziehen. Wahrscheinlich hat Edda auch schon eine Nachfolgerin. Mattes wird nicht mit Rieke in den Kindergarten gehen.«

»Ja, verdammt, das habe ich wohl im Eifer des Gefechts vergessen. Das kann passieren.« Er rollte mit den Augen. »Außerdem kann man nie wissen, ob Edda es sich nicht noch einmal anders überlegt.«

»Tamme …« Franzi schluckte ihre Bemerkung herunter. Tamme würde nicht aufhören, bis Edda die Insel endgültig verlassen hatte. »Lass uns zurückgehen. Es ist schon spät.«

»Das habe ich mir schon gedacht, mein Kind«, sagte Meta sanft lächelnd, als Franzi ihr von der Schwangerschaft erzählte.

»Gedacht? Aber …« Franzi fiel wieder ein, wie Meta sie bei ihrem letzten Besuch gemustert hatte, und sie erinnerte sich an ihre anschließende Bemerkung, dass sie sich mehr schonen solle.

Meta strahlte übers ganze Gesicht, als sie Franzi in den Arm nahm und ihr gratulierte. »Das ist eine wunderbare Nachricht.«

»Ja, Tamme ist ganz aus dem Häuschen. Er plant schon alles bis ins Detail. Man könnte meinen, ich wäre bereits im achten Monat.«

»Habt ihr es Rieke schon gesagt?«, fragte Meta.

»Nein, wir wollen warten. Du bist bis jetzt die Einzige, die es weiß. Wenn in den nächsten sechs Wochen alles gut geht, erzählen wir es Rieke.«

»Das ist richtig so mit der Kleinen.« Sie lächelte. »Keine Angst, ich schweige und verrate es niemandem. Nicht einmal deinem Vater. Oder wolltest du es ihm sagen?«

Franzi schüttelte den Kopf. »Max hat im Moment anderes im Sinn. Er reist in den nächsten Tagen ab. Meine Freundin Britta übrigens auch.«

»Die beiden wohnen immer noch zusammen in der Ferienwohnung?«

»Ja, das hatte sich ja so ergeben. Und inzwischen … na ja, du kannst es dir denken.«

Meta seufzte. »So ist das Leben, hätte Karla gesagt. Und damit hatte sie recht.«

»Mag sein.« Franzi schaute auf die Uhr. »Ich muss weiter. Tamme wollte heute auch noch bei dir vorbeikommen. Er weiß, dass ich dir von der Schwangerschaft erzählt habe.« Tamme war nicht davon abzubringen gewesen, schon jetzt mit Meta über seinen Plan zu sprechen, das Büro in ihr Haus zu verlegen. »Er hat da so eine Idee, die er mit dir besprechen will.«

Meta umarmte Franzi noch einmal zum Abschied und riet ihr, sich etwas zu schonen.

»Meta findet die Idee gut«, sagte Tamme, als sie am Abend in der Küche bei einer Tasse Tee zusammensaßen.

»Ein Schritt nach dem anderen«, sagte Franzi zum gefühlt hundertsten Mal. »Lass unser Kind doch erst mal etwas wachsen. Dann sehen wir weiter.«

»Ein solcher Schritt muss vorbereitet werden. Ich werde schon eine Weile brauchen, bis ich die Zimmer zu einem Büro umgebaut habe. Ich dachte mir, ich arbeite da jeden Tag zwei Stunden. Dann sollte ich meine restliche Arbeit schaffen können.« Tamme beugte sich leicht vor. »Ich habe insgesamt achtzig Stunden veranschlagt. Ich weiß, das ist viel, aber besser, ich plane großzügig, als dass ich später nicht fertig bin. Und ich will alles von Grund auf renovieren. Fünf bis sechs Stunden in der Woche, das sind insgesamt fast vier Monate. Von der Planung mal ganz abgesehen. Und wenn es vor der Geburt mit den neuen Räumen losgehen soll, muss ich irgendwann damit anfangen.«

Franzi musste unwillkürlich schmunzeln. Das war Tamme, gleich in die Hände spucken und anpacken. Sie wusste, dass er die Geburt nicht abwarten konnte und sich deshalb mit Dingen beschäftigte, die ihn ablenkten. »Gut, aber wir müssen zumindest warten, bis Sonya und Joke ausgezogen sind. Und mit ihnen sprechen müssten wir auch noch. Es ist ihre Wohnung und vielleicht wollen sie sie ja als Rückzugsort von der hektischen Großstadt behalten.«

»Schon erledigt. Ich habe Sonya bei Meta getroffen und sie darauf angesprochen. Sie findet die Idee gut, weil sie sich Sorgen gemacht hat, dass Meta jetzt viel alleine sein wird.«

Franzi atmete tief durch. »Du legst ja ein Tempo an den Tag. Wann wollen die beiden denn die Wohnung aufgeben?«

»Ab Anfang September habe ich freie Hand. Die wenigen Möbel nehmen sie entweder mit oder sie verschenken sie. Also, alles geklärt.«

Franzi umarmte Tamme lachend. »Ich gebe mich geschlagen. Ein paar Wochen habe ich ja dann immerhin noch, um mich an den Gedanken zu gewöhnen, nicht mehr hier im Haus zu arbeiten.«

»Wir könnten ein zweites Elektrofahrrad bestellen. Dann bist du schneller zu Hause.«

»Nein, Tamme. Das schaffe ich so. Ich möchte so wenig verändern wie irgend möglich.«

Tamme zuckte mit den Schultern. »So wie ich das sehe, wird sich aber schon das eine oder andere ändern. Und das ist doch auch gut so.«

»Ja, solange unsere kleine Familie zusammenbleibt und es allen gut geht.«

»Und wir hier auf Spiekeroog bleiben können«, fügte Tamme hinzu.

»Wir schaffen das, Tamme.«

Tamme zog sie an sich. »Über einen Namen habe ich übrigens auch schon nachgedacht. Was hältst du von …«

Franzi legte ihm einen Finger auf die Lippen. »Damit warten wir nun aber wirklich noch, bis wir wissen, ob es ein Mädchen oder ein Junge wird. Einverstanden?«

Tamme stöhnte theatralisch. »Habe ich eine Wahl?«

Neunundzwanzig

Am frühen Dienstagnachmittag gingen Franzi und Rieke zum Fährhafen, um Markus Auf Wiedersehen zu sagen. Mattes und Jella klammerten sich an ihren Vater, der vor ihnen hockte und sich verabschiedete. Markus stand auf, umarmte Edda und strich seinen beiden Kindern noch einmal über den Kopf. Schließlich nickte er Franzi zu und griff nach seiner Reisetasche.

Sie standen zu fünft am Kai und winkten der Fähre lange nach, bevor sie sich gemeinsam auf den Rückweg machten.

»Wann kommt Markus wieder?«, fragte Franzi.

»Geplant ist, dass er in zehn Tagen fürs Wochenende kommt. Mit Glück schafft er es dann am Freitag noch zur Fähre.«

Die drei Kinder liefen vor ihnen und schienen nicht auf sie zu achten. »Und wie verkraften es die Kleinen?«

Edda zuckte mit den Schultern. »Weiß man das immer so genau? Mattes hat das ganze Wochenende an Markus gehangen. Jetzt gerade beim Abschied ging es ganz gut. Jella kann mit Markus' Abwesenheit besser umgehen.«

»Und du?«

»Frag mich nicht. Markus und ich haben uns gestern ziemlich in den Haaren gelegen. Er plant, das Haus komplett umzubauen, damit wir möglichst viele Mieteinnahmen bekommen. Er hatte sogar die Idee, daraus drei Wohnungen zu machen. Ich möchte das aber nicht.«

»Es ist dein Haus, Edda. Letztendlich entscheidest du.«

»Hältst du das wirklich für eine gute Idee? Funktioniert das bei euch in der Beziehung so? Tamme bestimmt, weil ihm das Haus gehört?«

»So meinte ich das nicht, Edda. Ihr müsst einen Kompromiss finden, das ist doch klar. Aber wenn dir die Umbaupläne Bauchschmerzen bereiten, kann Markus nicht einfach darüber weggehen. Sieht er denn nicht, dass du hoffst, irgendwann wieder auf die Insel zurückkehren zu können?«

Edda zuckte mit den Schultern. »Der Buchladen interessiert ihn auch nicht wirklich.« Sie klang deprimiert. »Obwohl ich nicht einfach so aus dem Vertrag aussteigen kann.«

»Was ist mit dieser Frau aus Oldenburg? Wie war noch ihr Name?«

»Ich glaube, den habe ich dir noch gar nicht gesagt. Lena Oetting. Sie kommt übermorgen. Hast du vielleicht Zeit, dabei zu sein?«

»Ich? Aber ich habe keine Ahnung vom Buchhandel.«

»Das weiß ich doch. Ich habe einfach Angst, dass ich zu abweisend bin, weil ich … na ja, weil ich den Laden eigentlich gar nicht abgeben will.«

»Verstehe. Und du meinst, wenn ich dabei bin … ja, was eigentlich?« Franzi schmunzelte. »Soll ich dir etwa auf die Finger hauen, wenn du zu unfreundlich bist?«

Edda lachte. »Das wird nicht nötig sein. Ein scharfer Blick reicht aus. Außerdem bist du auch eine Zugezogene und kannst vielleicht den ein oder anderen Tipp geben.«

Franzi grinste. »Ich bin nicht zugezogen, sondern geflüchtet.«

Sie waren inzwischen im Dorf angekommen. Die drei Kinder, die weiter vorgelaufen waren, warteten an der Kreuzung auf sie. Jella hielt ihren Bruder an der einen Hand und Rieke an der anderen.

»Rieke soll mit«, rief Mattes, als Franzi und Edda näher kamen.

Edda warf einen Blick zu Franzi. »Ich kann Rieke mit zu uns nehmen. Holst du sie in zwei Stunden ab?«

Als Franzi aufs Haus zulief, sah sie Max vor der Tür warten. Sie begrüßten sich mit einer innigen Umarmung.

»Wo ist meine Lieblingsenkelin? Mit Tamme unterwegs?«

»Nein, bei ihrem Freund Mattes. Ich hole sie erst in zwei Stunden ab. Tut mir leid, hätte ich gewusst, dass du kommst …«

»Ich bin ganz spontan vorbeigekommen. Eigentlich wollte ich einen längeren Spaziergang machen.«

Franzi schloss die Tür auf und bat ihren Vater herein. »Tee oder Kaffee? Bei dem schönen Wetter können wir uns auch in den Garten setzen.«

»Kaffee, wenn es keine Umstände macht.«

»Geh schon vor, ich komme gleich.«

Mit einem Becher Kaffee und einem Glas Mineralwasser kam Franzi wenig später in den Garten und setzte sich zu ihrem Vater.

»Ihr fahrt morgen?«, fragte sie.

»Ja.« Max trank einen Schluck und stellte den Becher wieder ab.

»War schön, dass du mal so lange bei uns warst. Rieke wird dich schrecklich vermissen.« Sie lächelte. »Ich natürlich auch.«

»Britta zieht jetzt erst mal bei mir ein«, sagte Max, ohne auf Franzis Worte einzugehen.

»Das hat sie mir schon erzählt. Nicht mehr das Gästezimmer?« Franzi spürte, dass ihr Vater nicht die richtigen Worte fand, und wollte ihm die Situation erleichtern.

»Ja, auch, aber nicht nur.«

»Britta hat es mir gesagt. Du musst mir nichts erklären.«

Max nickte und atmete erleichtert auf.

»Es ist vielleicht besser, wenn ihr in Hamburg Zeit für euch habt«, sagte Franzi. »Hier steht ihr doch sehr unter Beobachtung.«

»Zumindest fühlt es sich manchmal so an.« Max stutzte. »Damit meine ich natürlich nicht dich. Du hast dich uns gegenüber sehr fair verhalten. Ich an deiner Stelle hätte mir und wahrscheinlich auch Britta ziemlich deutlich meine Meinung gesagt.«

Franzi lächelte. »Hätte das was genutzt? Es ist dein Leben und das von Britta.« Sie hielt inne. »Du musst mir aber eins versprechen.«

»Ja?«

»Pass auf Britta auf. Sie ist im Moment sehr empfindlich. Ich möchte nicht, dass sie noch mehr verletzt wird.«

»Ich auch nicht, Franzi. Ganz bestimmt nicht.«

Franzi holte den Bollerwagen aus dem Schuppen und machte sich auf den Weg zum Ferienhaus, in dem ihr Vater und Britta wohnten. Max war am Morgen zum Frühstück zu ihnen gekommen und hatte Rieke anschließend gemeinsam mit Franzi und Tamme zu Gesine gebracht.

Langsam ging sie durchs Dorf, in Gedanken bei ihrer Schwangerschaft. Tamme nahm ihr inzwischen jede Tätigkeit ab, die auch nur annähernd danach aussah, als wäre sie körperlich anstrengend. Franzi hatte beschlossen, ihn ein paar Tage lang gewähren zu lassen und dann darauf zu dringen, wieder in den normalen Modus zurückzufinden. In ihrer ersten

Schwangerschaft hatte sie keinerlei Probleme gehabt und die Geburt war vollkommen normal verlaufen.

Am Tag zuvor hatte sie bereits mit Gesine gesprochen und sie gefragt, ob sie Interesse an einer neuen Arbeit habe. Gesine hatte sofort zugesagt, ohne dass sie über Arbeitszeiten und Gehalt gesprochen hatten. Franzi freute sich auf die Zusammenarbeit und die gemeinsamen Stunden, die sie in ihrem neuen Büro verbringen würden. Wenn sie etwas vermisst hatte, dann waren es die Gespräche mit Kolleginnen, die gemeinsamen Pausen und die Möglichkeit, jemanden um Rat zu fragen.

Kurz vor dem Ferienhaus blieb Franzi stehen und atmete noch einmal tief durch. So anstrengend die Zeit mit Britta auch gewesen war, Franzi war in den letzten Wochen ihrer Freundin noch näher gekommen als zuvor. An die Vorstellung, dass Britta vorerst mit Max zusammenleben würde, würde sie sich zwar noch gewöhnen müssen, aber sie hatte sich fest vorgenommen, dass dieser Umstand ihrer Freundschaft nicht schaden sollte.

An ihrem Vater hatte Franzi in den letzten zweieinhalb Wochen ganz neue Seiten entdeckt. Sie hoffte, dass er in Zukunft häufiger auf Spiekeroog sein und seine Arbeit nicht mehr an erster Stelle stehen würde.

Vor dem Haus blieb Franzi stehen und schrieb Britta eine Nachricht, dass sie auf sie wartete. Wenige Minuten später erschienen die beiden, und Franzi umarmte Britta und Max zur Begrüßung und ging mit ihnen Richtung Fährhafen.

»Hat Rieke noch etwas gesagt?«, fragte Max.

»Alles gut. Mattes wird sie schon ablenken.«

»Was hältst du davon, wenn ich der Kleinen ein iPad schenke? Dann könnte ich regelmäßig mit ihr über Facetime sprechen. Für so ein kleines Kind ist es doch sicher besser als telefonieren.«

»Lass mich raten. Du hast das Gerät schon bestellt.«

»Es war gerade im Angebot. Es sollte morgen oder übermorgen mit der Post kommen.«

Britta schmunzelte. »Ich konnte ihn nicht davon abbringen, Franzi. Ich bin unschuldig.«

Franzi stöhnte theatralisch. »Rieke wird das iPad aber nur dafür benutzen und nur, wenn ich es ihr gebe und dabei bin. Ich will nicht, dass sie das Ding alleine bedient, dafür ist sie wirklich noch zu klein. Und du wirst ihr nicht erzählen, dass man damit auch Filme anschauen oder gar Spiele spielen kann.«

Max hob lächelnd die Hand zum Schwur. »Nie und nimmer werde ich das tun.«

Franzi musste unwillkürlich lachen. »Mal sehen, was Tamme dazu sagt. Vielleicht ist es wirklich eine gute Idee. Am Telefon hält Rieke ja nie lange durch.«

Sie waren inzwischen am Fährhafen angekommen. Max ging zum Kartenverkaufsschalter, Franzi und Britta verstauten den Koffer und die Reisetaschen im am Kai bereitstehenden Container.

»Alles gut bei dir?«, fragte Franzi.

Britta lächelte etwas verkrampft. »Den Umständen entsprechend. Zumindest war ich schon mal in meinem neuen Zuhause. Ich habe Jan übrigens geschrieben, dass ich in ein paar Tagen mit einem kleinen Transporter bei ihm vorbeikomme. Er hat mich gebeten, es rechtzeitig anzukündigen. Er will dann nicht in der Wohnung sein.«

»Verständlich, oder?«

»Natürlich. Für mich ist es auch einfacher, wenn Jan nicht da ist.«

»Ist eure Trennung endgültig?«

Britta zuckte mit den Schultern. »Frag mich in ein paar Monaten noch einmal. Ich habe mit Jan übrigens vereinbart, dass ich mein Agenturgehalt erst mal weiter bekomme. Drei

Monate, das sollte reichen. Vielleicht habe ich dann ja auch schon einen neuen Job.«

»Ich würde dir so gerne etwas raten, aber ich weiß nicht, was.« Franzi umarmte ihre Freundin. »Versprich mir, dass du dich gleich meldest, wenn es dir nicht so gut geht. Ja?«

»Das mache ich, Franzi.« Sie hauchte ihr einen Kuss auf die Wange. »Und noch einmal danke für alles. Ich hätte nicht gewusst, wohin ich gehen sollte. Du warst meine Rettung.«

»Dafür sind Freundinnen da.«

Franzi sah aus dem Augenwinkel, dass Max auf sie zukam. Sie löste sich von Britta und wandte sich ihrem Vater zu. »Meldet euch, wenn ihr in Hamburg seid.« Sie umarmte Max.

Die ersten Gäste strömten bereits auf die Fähre. Franzi sah, dass Brittas Augen feucht geworden waren. Sie umarmte sie noch einmal und blieb am Kai stehen, bis die Fähre abgelegt hatte.

Dreißig

»Was ist los mit dir, Tamme? Du läufst schon den ganzen Tag wie ein Häufchen Elend durch die Gegend«, fragte Franzi.

Franzi hatte Rieke eine Geschichte vorgelesen und sie anschließend ins Bett gebracht, bevor sie zu Tamme in die Küche gegangen war. Er stand an der Spüle und trocknete die Töpfe ab.

Jetzt drehte sich Tamme um. »Ich glaube, ich habe ziemlichen Mist gebaut.«

Franzi warf ihm einen erschrockenen Blick zu. »Was ist passiert? Das Elektrofahrrad?«

»Nein.« Tamme setzte sich zu ihr an den Tisch. »Schlimmer, viel schlimmer.«

Franzi schluckte schwer. »Was denn? Jetzt sag schon, Tamme.«

»Es ist wegen Markus. Ich wollte nicht einfach so zusehen, wie Edda in irgendeinem Kaff auf dem Festland durchdreht.«

Franzi beugte sich vor und nahm Tammes Hand in ihre. »Jetzt sag schon, was hast du gemacht?«

»Eine Treuetestagentur in Hannover.«

Franzi zog ihre Hand zurück und starrte ihn an. »Wie bitte?«

»Na ja, die schicken jemanden da hin und die Frau versucht dann … du weißt schon, versucht, die Person zu verführen.«

Franzi sah ihn fassungslos an. »Deshalb hast du Markus nach seinem Hotel und der Hotelbar gefragt.«

»Ja.« Tamme senkte den Blick. »Ich sag doch, dass ich Mist gebaut habe.«

»Wann soll das laufen? Kannst du es noch stoppen?«

Tamme zuckte mit den Schultern. »Ich weiß nicht. Bisher haben die mir noch nichts geschickt.«

Franzi sprang auf und lief ins Büro, um das Telefon zu holen. Zurück in der Küche, drückte sie es Tamme in die Hand. »Ruf da an. Sofort.«

»Da ist doch um die Uhrzeit keiner mehr.«

»Ruf jetzt einfach an!«, wiederholte Franzi.

Tamme holte einen Zettel aus seiner Tasche. Er faltete ihn auseinander und wählte die Nummer, die darauf notiert war.

»Stell bitte auf laut«, sagte Franzi. Sie konnte nur mit Mühe ihren Zorn verbergen. Wie hatte Tamme nur auf diese absurde Idee kommen können?

»Agentur Maybach, was kann ich für Sie tun?«, fragte eine Frauenstimme.

»Beninga, guten Tag. Ich habe … also, ich habe Ihnen einen Auftrag erteilt und möchte ihn bitte zurückziehen.«

»Wie lautet Ihr vollständiger Name?«

»Tamme Beninga, Spiekeroog.«

»Einen Moment, bitte.«

»Ja, natürlich«, sagte Tamme und warf einen vorsichtigen Blick zu Franzi.

»So, ich habe Sie im System gefunden. Sagen Sie mir bitte das Passwort.«

Tamme griff wieder nach dem Zettel und las das Passwort vor.

»Danke. Sie haben ein Treffen mit der von Ihnen benannten Person gebucht. Soweit das hier im System hinterlegt ist, hat dieses Treffen bereits am gestrigen Abend stattgefunden. Es tut mir leid, aber ich kann Ihnen nicht helfen.«

Tamme schwieg. Franzi schrieb etwas auf einen Zettel und schob ihn Tamme hin.

»Also, es war … ich meine, sind Sie vollkommen sicher, dass dieses Treffen gestern stattgefunden hat?«

»So ist es hier in der Datenbank vermerkt.«

Franzi gab Tamme ein Zeichen, dass er weiterfragen sollte.

»Aber es könnte auch sein, dass es gar nicht stattgefunden hat?«

»Das ist ausgesprochen unwahrscheinlich, Herr Beninga.«

Franzi schüttelte den Kopf und formte mit den Lippen die Worte: *noch einmal fragen.*

»Aber es klang vorhin so, dass Sie sich nicht ganz sicher sind, dass … ich meine, könnten Sie vielleicht noch einmal nachfragen, ob nicht …« Tamme verschlug es die Sprache.

»Nun gut, warten Sie bitte einen Moment.«

Die Sekunden strichen dahin und Tamme und Franzi starrten wie gebannt auf das Telefon.

Nach einer gefühlten Ewigkeit räusperte sich die Frau am anderen Ende der Leitung. »Herr Beninga. Sind Sie noch da? Ich habe jetzt bei der Geschäftsleitung nachgefragt. Wie ich Ihnen bereits gesagt habe, hat das Treffen zwischen unserer freien Mitarbeiterin und dem Herrn gestern Abend stattgefunden.«

Tamme stöhnte leise.

»Zu dem Ergebnis kann ich Ihnen nichts sagen. Auf der einen Seite geben wir dies telefonisch grundsätzlich nicht durch, auf der anderen Seite liegt uns der Bericht unserer freien Mitarbeiterin noch nicht vor. In aller Regel erwarten wir den ein bis drei Tage nach dem Treffen.«

»Verstehe.«

»Ich kann Ihnen die Bewertung des Abends gerne vorab per Mail zukommen lassen. Normalerweise schicken wir sie mit der Post. Wäre Ihnen damit geholfen?«

»Ja, machen Sie das«, antwortete Tamme tonlos.

»Gerne. Dann wünsche ich Ihnen noch einen schönen Abend.«

Tamme legte das Telefon vorsichtig auf den Tisch, als hätte er Angst, dass es zerbrach. »Und jetzt?«

»Was hast du dir dabei gedacht?«, flüsterte Franzi. »Die beiden sind unsere besten Freunde. Wenn Edda das erfährt, wird sie nie wieder mit dir auch nur ein Wort wechseln. Und Markus …« Franzi atmete schwer. »Ich mag gar nicht daran denken, was gestern passiert sein könnte.«

Tamme schwieg.

»Ich weiß nicht, was wir jetzt machen sollen«, fuhr Franzi fort. »Warum hast du mich nicht vorher gefragt?«

»Ich wusste doch, dass du dagegen gewesen wärst.«

»Dann hättest du es vielleicht sein lassen sollen«, fuhr Franzi ihn an. »Verdammt, Tamme, die Idee ist so bescheuert, dass ich niemals darauf gekommen wäre, dass du so etwas machen würdest.«

»Du hast doch auch diesen Privatschnüffler engagiert. Das ist doch das Glei…«

»Britta war damit einverstanden. Hast du etwa Edda gefragt? Wohl kaum! Was meinst du, was sie dazu gesagt hätte?« Franzi sprang auf und lief durch die Küche. »Ich muss an die frische Luft.« Ohne auf Tammes Reaktion zu warten, rannte sie aus der Küche, griff im Laufen nach ihrer Jacke und stand im nächsten Augenblick vor der Haustür.

Mit jedem weiteren Schritt Richtung Strand wuchs ihre Wut über Tammes dumme Aktion. Hätte sie eher merken müssen, dass er auf diese absurde Idee gekommen war? Hatte sie ihn etwa durch die Beauftragung des Privatdetektivs dazu angeregt, auch etwas zu unternehmen?

Am Strandübergang blieb Franzi stehen und atmete tief durch. Das Treffen war bereits am Vortag gelaufen, daran war nichts mehr zu ändern. In ein bis zwei Tagen würde Tamme das Ergebnis per Mail zugeschickt werden. Wahrscheinlich wäre es am besten, wenn Tamme die Mail ungelesen löschen und sie die ganze Aktion vergessen würden. Aber war das so einfach? Konnten sie jemals wieder unbefangen mit Edda und Markus sprechen, sich mit ihnen treffen und so tun, als seien sie die besten Freunde? Wenn jemals die Wahrheit herauskäme, wäre ihre Freundschaft vorbei, davon war Franzi fest überzeugt. Wenn im umgekehrten Fall Markus einen solchen Auftrag gegeben hätte, würde sie nie wieder ein Wort mit ihm wechseln, geschweige denn ihn als Freund bezeichnen.

Schweren Herzens wandte sich Franzi von der Nordsee ab und lief den langen Weg durch die Dünen zurück. Als sie wieder vor ihrem Haus stand, war ihre Wut auf Tamme einer Scham gegenüber Edda und Markus gewichen. Morgen würde sie mit Edda zusammen ein paar Stunden mit der Interessentin für den Buchladen verbringen. Würde Edda da schon merken, dass sich etwas zwischen ihnen geändert hatte?

Franzi schloss die Tür und hängte ihre Jacke an die Garderobe. Nach einem Blick in die leere Küche ging sie ins Wohnzimmer. Tamme saß nicht wie üblich in seinem Sessel. War er schon ins Bett gegangen? Franzi lief zurück in die Küche und setzte Wasser auf. Der heiße Kräutertee tat ihr gut und beruhigte sie. Lange saß sie am Tisch, stand zwischendurch auf, öffnete das Fenster und sah hinaus in die Dämmerung. Erst als es vollkommen dunkel geworden war, wusch Franzi die Tasse ab und ging ins Bad.

Ob Tamme schon schlief, als sie ins Bett ging, oder nur so tat, wusste Franzi nicht. Sie wandte sich von ihm ab und schloss die Augen.

Franzi reckte sich und warf einen Blick auf den Wecker. Kurz nach sechs.

»Guten Morgen!«

Sie drehte sich zu Tamme um. Er saß im Bett und schien darauf gewartet zu haben, dass sie aufwachte.

Sie richtete sich auf. »Hallo.«

»Soll ich Frühstück machen?«

»So früh?«

Tamme zuckte mit den Schultern. »Hast du eine Idee, was wir jetzt machen sollen?«, fragte er mit gesenktem Kopf. »Ich meine wegen dieser Sache da in Hannover.«

»Nein. Du?«

»Ich rufe da an, also bei dieser Agentur, und sage, dass ich das Ergebnis nicht mehr will. Und dann vergessen wir die ganze Sache.«

»Das wird nicht gehen. Sie müssen dir sicher den Bericht schicken. Sozusagen als Beweis, dass sie die Leistung erbracht haben.«

»Dann lösche ich halt die E-Mail«, schlug Tamme kleinlaut vor.

»Auch aus unseren Köpfen?«

Tamme schluckte. »Wie meinst du das?«

»Markus ist auf diese Frau getroffen. Oder besser wohl umgekehrt. Sie hat sich an ihn rangemacht. Ich glaube zwar nicht, dass Markus darauf reingefallen ist, aber das ist letztlich auch egal. Wie willst du nicht daran denken, wenn wir nächstes Mal wieder mit den beiden zusammensitzen?« Franzi hatte schnell gesprochen, ohne Luft zu holen. Jetzt atmete sie tief ein und wieder aus. »Ich bin heute ziemlich lange mit Edda zusammen. Diese Bewerberin für den Buchladen kommt doch. Ich habe keine Ahnung, ob ich da noch unbefangen rangehen kann.«

»Wir müssen es versuchen«, sagte Tamme leise.

»Ja, das ist wohl die einzige Möglichkeit. Oder möchtest du Edda deine Aktion beichten?«

Tamme schüttelte den Kopf.

»Was hattest du denn vor mit dem Ergebnis, wenn es so ausgefallen wäre, wie du es dir gewünscht hast?«

»So genau habe ich mir das nicht überlegt. Vielleicht Markus zuschicken, also ohne dass er weiß, wer das gemacht hat.«

»Und dann?«

»Er hätte vielleicht einen Schreck bekommen und wäre wieder … na ja, vielleicht hätte er seinen Plan aufgegeben, nach Hannover zu ziehen.«

»Hätte, wäre, vielleicht.« Franzi seufzte. »Du kannst ein solcher Dummkopf sein.« Sie breitete die Arme aus und Tamme rückte zu ihr rüber und lehnte den Kopf an ihre Schulter.

Einunddreissig

Franzi ging auf den Fährhafen zu. Edda stand bereits am Kai und wartete. »Das wäre aber nicht nötig gewesen«, sagte sie zu Franzi, als diese sie erreicht hatte.

»Ich hatte Zeit«, sagte Franzi. »Und so lerne ich sie gleich von Anfang an kennen.«

»Wie du meinst.«

»Bei dir alles in Ordnung?« Sie hatten sich am Morgen nur kurz bei Gesine gesehen.

»Markus hat sich gestern am Telefon entschuldigt. Wir haben die Diskussion über das Haus jetzt erst mal vertagt. Wenn er nächstes Mal hier ist, wollen wir uns entscheiden.«

Franzi erschrak. Hatte Markus sich entschuldigt, weil er ein schlechtes Gewissen hatte? »Habt ihr gestern Abend telefoniert?«

»Ja, vorgestern konnte ich ihn nicht erreichen. Er war wohl in einem längeren Gespräch mit Kunden. Die machen das häufig abends und verbinden das mit einem Essen.«

Franzi wandte sich ab und tat so, als ob sie zum Kai schaute, wo gerade die Fähre anlegte. »Weißt du denn, wie diese Lena aussieht?«

»Sie schrieb, dass sie rotes, halblanges Haar hat.«

Sie warteten, bis die ersten Gäste von Bord gingen, und stellten sich dann an das Absperrgitter. Als eine junge Frau mit leuchtend roten Haaren die Fähre verließ, sprach Edda sie an.

»Oh, hallo. Das ist aber nett, dass Sie mich abholen«, sagte Lena Oetting und reichte Edda die Hand.

Edda stellte Franzi vor.

»Was für ein Empfangskomitee«, sagte Lena Oetting lächelnd. »Darf ich vorschlagen, dass wir uns duzen?«

Edda nickte. »Edda.«

»Lena«, sagte Lena Oetting und wandte sich an Franzi, die ihr auch ihren Vornamen nannte.

»Ich bin erst ein paar Jahre auf Spiekeroog«, ergänzte Franzi. »Geboren und aufgewachsen bin ich in Rosenheim.«

»Lustig«, sagte Lena. »Meine Mutter kommt auch aus Bayern und jetzt rate mal, aus welcher Stadt.«

»Die Welt ist klein«, sagte Edda. »Mein Mann kommt übrigens auch aus Bayern.«

Inzwischen hatten alle Gäste die Fähre verlassen und die drei Frauen liefen hinter einer großen Gruppe von Urlaubern her. Edda fragte, ob ihr Gast schon einmal auf Spiekeroog gewesen sei.

»Nein, merkwürdigerweise war ich schon auf fast allen Ostfriesischen Inseln, aber noch nie hier.«

Edda zeigte auf die ersten Häuser am Straßenrand und erzählte ein paar wissenswerte Dinge über die Insel. »Durch die Abhängigkeit der Fähren von der Tide haben wir hier nicht so viele Tagesgäste wie zum Beispiel auf Langeoog, aber das hat auch seine Vorteile. Die Insel hat sehr viele Stammbesucher, die auch außerhalb der Hochsaison hier ihren Urlaub verbringen.«

»Das ist sicher auch gut für den Buchladen«, sagte Lena.

»Auf jeden Fall. Ich kenne viele Besucher persönlich, manche bestellen sogar im Voraus ihre Bücher und holen sie dann im Urlaub bei uns ab. Wir sind gerade dabei, diesen Service weiter auszubauen.«

»Klingt gut!« Lena sah sich um. »Ist das das Rathaus?«

Edda nickte. »Wir biegen hier rechts ab und machen einen kleinen Gang durch den Ort.«

Sie liefen weiter. Hin und wieder fragte Lena etwas, bestaunte die alte Inselkirche und das eine oder andere Haus im Ort. »Alles sehr übersichtlich. Das meine ich natürlich positiv.«

»Es ist schon ein ganz anderes Leben auf so einer kleinen Insel«, sagte Franzi. »Viele sagen, entweder liebt man es oder man hält es hier nur ein paar Wochen aus.«

»Und du hast dich gleich in Spiekeroog verliebt?«, fragte Lena lächelnd.

»Sozusagen. Ich bin hier durch einen verrückten Zufall gelandet und habe unglaubliches Glück gehabt, liebe Menschen kennenzulernen. Inzwischen habe ich einen Insulaner geheiratet und ein zweieinhalbjähriges Inselkind.«

»Rasante Entwicklung«, sagte Lena schmunzelnd. »Etwas langsamer würde ich es schon angehen lassen wollen.«

Sie gingen inzwischen auf die Buchhandlung zu. Edda hielt die Tür auf und trat zur Seite. »Immer herein in die gute Stube.«

Sie begrüßten Sonya, die gerade eine Kundin beriet. Edda ging mit ihrem Gast durch den Buchladen und zeigte ihr anschließend die Nebenräume. Franzi hatte währenddessen Kaffee und Tee aufgesetzt und wartete in der kleinen Teeküche.

»Und? Gefällt dir die Buchhandlung?«, fragte Franzi, als Lena sich zu ihr setzte, während Edda einer Stammkundin eine Frage beantwortete.

»Sehr gut sogar. Das habe ich auch gerade schon Edda gesagt. Ich würde vielleicht das eine oder andere verändern, aber im Großen und Ganzen bin ich begeistert von der Einrichtung und dem ganzen Ambiente.«

»Kaffee oder Tee?«

»Tee, wenn du hast«, sagte Lena und sah sich in der Teeküche um.

Franzi schenkte ihr und sich ein und reichte ihr die Sahne.

»Für wie lange planst du denn, hier auf Spiekeroog zu bleiben?«

»Ja, das hat Edda mich auch schon gefragt. Es ist so, eigentlich soll ich zusammen mit meiner älteren Schwester die Buchhandlungen unserer Familie leiten. Meine Eltern wollen sich in einem Jahr ganz aus dem Geschäft herausziehen.«

»Aber?«

»Ich bin noch nicht so weit«, sagte Lena. »Ich habe mit meiner Schwester vereinbart, dass ich noch ein paar Jährchen Schonfrist bekomme und meiner eigenen Wege gehen kann.« Sie schmunzelte. »Meine liebe Schwester geht natürlich davon aus, dass ich ganz schnell wieder in den Schoß der Familie zurückfinde. Sie traut mir nicht so richtig viel zu, aber ich werde nun mal irgendwann die Hälfte der Firma erben. Damit muss sie sich wohl oder übel arrangieren. Nun gut, ich bin nicht ganz so geschäftsmäßig drauf wie meine Schwester. Ich liebe Bücher, vor allem gute Bücher, und die sind mir wichtiger, als noch den letzten Cent aus dem Handel herauszuholen. Und wenn ich ganz ehrlich bin, habe ich ein wenig Bammel vor der Arbeit im Unternehmen meiner Eltern. Ich liebe den direkten Kontakt zu den Kunden, will ihnen Bücher empfehlen und ihnen helfen, das richtige Buch zu finden. Wenn ich im Management unserer Firma stecke, wird davon nicht viel übrig bleiben.«

Franzi fand Lenas offene und freundliche Art erfrischend. Sie nahm kein Blatt vor den Mund und hatte auch keine Probleme damit, über private Dinge zu sprechen.

»Um auf deine Frage zurückzukommen: An drei oder vier Jahre habe ich schon gedacht. Ich bin ungebunden und flexibel. Flexibel schon mein Leben lang, ungebunden noch nicht wieder so lange. Männer halt – manchmal ist es besser, man macht einen radikalen Schnitt und startet in ein neues Leben.«

»Das kenne ich«, sagte Franzi. »Ich bin damals vor meinem krankhaft eifersüchtigen Freund geflohen. Da kam mir ein Jobangebot am anderen Ende der Welt schon sehr gelegen. Auch wenn ich überhaupt keine Ahnung von der Branche hatte.«

»Das nenne ich mal tough. Was hast du denn hier gemacht?«

»Den Service in einem der vornehmen Restaurants am Platz. Dabei konnte ich nicht einmal zwei Teller durch die Gegend tragen, ohne sie zu zertrümmern.«

Lena lachte. »Und wie ging das aus?«

»Ach, ich hatte Glück und habe einen einwöchigen Crashkurs von meiner Vermieterin hier auf Spiekeroog bekommen. Und dann hat mir meine Kollegin im Restaurant noch geholfen und so bin ich dann durch die Wochen gekommen. Diese Kollegin ist übrigens inzwischen die Tagesmutter von meiner Tochter und Eddas Sohn.«

»Und was machst du heute? Oder bist du noch …«

Franzi lachte. »Nein, diese Arbeit war nicht wirklich was für mich. Ich verwalte jetzt eine ganze Reihe von Ferienhäusern und -wohnungen hier auf der Insel. Es sind schon über dreißig und bald werden es vermutlich noch mehr.«

»Wow! Klingt gut. Dann hast du also eine neue Heimat gefunden?«

»Ja, auf jeden Fall. Ich will hier nicht wieder weg.« Franzi schmunzelte. »Hin und wieder sehne ich mich nach dem Anblick der Alpen, aber ich habe keine familiären Verbindungen mehr nach Bayern. Selbst meine beste Freundin aus Grundschulzeiten ist in den Norden nach Hamburg gezogen.«

»Der Liebe wegen?«

Franzi zögerte kurz, nickte aber schließlich. »Ja, sie hat ihren Mann hier auf Spiekeroog kennengelernt.«

Edda gesellte sich zu ihnen. Sie beantwortete Lena weitere Fragen und schlug vor, am Abend ins Laramie zu gehen.

Lena schmunzelte. »Eine Western-Bar?«

Edda lachte. »Nein, das ist eine Art Musikkneipe, und heute Abend spielt dort eine Gruppe aus Hamburg. Noch unbekannt, soweit ich weiß, aber das kann sich ja ändern.«

»Ich bin dabei«, sagte Lena und wandte sich an Franzi. »Du kommst doch auch mit?«

»Gute Idee«, stimmte Edda ihr zu. »Oder hat Tamme was vor? Ich habe Gesine gebeten, auf meine Kleinen aufzupassen.«

»Ich weiß noch nicht. Aber ich sag nachher Bescheid«, wich Franzi den Fragen aus. Franzi lag Tammes Buchung der Treuetesterin immer noch schwer im Magen. Jedes Mal, wenn sie Edda ansah oder mit ihr sprach, versetzte ihr schlechtes Gewissen ihr einen kleinen Stich. Bisher hatte sie die dunklen Gedanken zur Seite schieben können und Lenas Anwesenheit und ihre vielen Fragen hatten ihr dabei geholfen. Hilfreich war auch, dass ihr das Treffen zu dritt eher wie ein geschäftlicher Termin vorkam, aber sollten sie am Abend ins Laramie gehen, konnte sich das schnell ändern.

»Das wird schon klappen«, sagte Edda und wandte sich an ihren Gast. »Soll ich dich jetzt in die Pension begleiten? Dann kann ich dir noch das eine oder andere von Spiekeroog zeigen.«

Tamme saß im Kinderzimmer und las Rieke etwas aus einem Buch vor. Die Kleine hatte es sich in ihrem Kindersessel bequem gemacht und die Augen geschlossen. Beide hatten Franzi nicht kommen hören. Sie klopfte vorsichtig an den Türrahmen. Tamme und Rieke schauten auf.

»Alles gut bei euch?«

Tamme nickte. Rieke rief laut »Mama!«, sprang aus ihrem kleinen Sessel und lief auf Franzi zu.

Sie hob ihre Tochter hoch und nahm sie auf den Arm. »Hast du gut mit Mattes gespielt?«

Rieke nickte eifrig. »Wir haben Lego gebaut.«

Franzi setzte Rieke wieder auf den Boden. »Ist noch etwas vom Mittagessen da?«

»Im Kühlschrank. Du brauchst es nur in die Mikrowelle zu stellen«, sagte Tamme.

»Okay. Und sonst? Ist etwas aus Hannover gekommen?«

Tamme schüttelte den Kopf. »Ich habe vor fünf Minuten erst nachgeschaut. Nichts.«

Franzi nickte und wandte sich ab. Im Kühlschrank stand eine Schüssel mit Fischsuppe. Sie musste unwillkürlich lächeln. Tamme wusste, wie sehr sie diese Suppe liebte, und hatte sich die Mühe gemacht, dieses aufwendige Gericht an einem Wochentag für sie zu kochen. Sie stellte die Schüssel in die Mikrowelle und wartete, bis die Suppe warm war.

Der Tisch war bereits für sie gedeckt, der Brotkorb mit einem Küchentuch abgedeckt. Sie schmierte Butter auf ein Stück Baguette und tunkte es in die Suppe ein.

»Kann ich reinkommen?«, fragte Tamme, der in der Tür stand.

»Was für eine blöde Frage. Komm schon und setz dich zu mir.«

»Wie lief es bei Edda?«, fragte Tamme.

»Ich glaube, sie hat jemanden gefunden. Lena scheint mir genau die Richtige zu sein, um Eddas Buchladen für ein paar Jahre zu übernehmen.«

»Ein paar Jahre?«

»Ja, ich glaube, Edda plant nicht, für immer auf dem Festland zu bleiben. Sie will weder das Haus komplett umbauen noch den Buchladen für immer aufgeben.«

»Das ist eine gute Nachricht. Eine sehr gute sogar.« Tamme sah erleichtert aus.

»Ja, jetzt muss nur noch Markus mitziehen. Mir scheint, er will einen endgültigen Schlussstrich unter das Spiekeroogthema ziehen.« Franzi nahm sich noch ein Stück Baguette. »Die Suppe ist dir wieder einmal gut gelungen.«

Tamme lächelte verlegen. »Danke.« Er atmete tief durch. »Sag mal, ich habe mir noch einmal Gedanken um diese Mail aus Hannover gemacht.«

»Ja?«

»Soll ich sie wirklich löschen?«

Franzi schwieg und aß den Rest der Suppe.

»Was hältst du davon, wenn ich sie mir anschaue?«

»Und dann?«, fragte Franzi.

»Na ja, es gibt ja nur zwei Möglichkeiten. Entweder hat Markus … also, er ist auf die Frau eingegangen oder halt nicht.«

»Das ist mir alles klar, Tamme. Was genau hast du denn jetzt vor?«

»Ich dachte mir, wenn etwas passiert ist, dann vergessen wir die ganze Sache schnell …« Er stutzte. »Also, so schnell, wie es eben geht.«

»Und wenn nicht?«, fragte Franzi.

»Dann gehe ich zu Edda und sage ihr, was ich gemacht habe.«

Franzi sah Tamme erstaunt an. Mit dem Vorschlag hatte sie nicht gerechnet. »Du willst es ihr beichten? Hast du dir das gut überlegt? Dir ist klar, was das bedeuten könnte?«

Er nickte. »Das ist mir vollkommen klar.«

Zweiunddreissig

Franzi stand am Küchenfenster und wartete auf Edda und Lena.

»Sind sie noch nicht da?«, fragte Tamme.

»Nein«, antwortete Franzi, ohne sich zu ihm umzudrehen. »Schläft Rieke schon?«

»Ja, sie ist beim Vorlesen eingeschlafen.« Er trat zu ihr und legte die Arme von hinten um sie. »Noch sehr böse mit mir?«

Franzi seufzte. »Sollte ich eigentlich sein.« Sie drehte sich zu ihm um und lehnte den Kopf an seine Schulter. »Du kannst aber auch ein Hornochse sein.«

»Ich würde einiges dafür tun, um die blöde Aktion rückgängig zu machen.«

Franzi küsste ihn. »Ich weiß.«

»Ich glaube, dahinten kommen die beiden.«

Franzi wandte sich wieder zum Fenster um und winkte Edda zu. »Dann bin ich mal weg.«

»Wann kommst du wieder?«, fragte Tamme, als er ihr im Flur die Jacke reichte.

»Nicht so spät. Und keine Angst, ich trinke keinen Alkohol.«

Tamme hielt ihr die Tür auf. Franzi hauchte ihm noch einen Kuss auf die Wange und lief zu den beiden Frauen, die auf der Straße auf sie warteten.

»Und den Hafen gibt es in der Form erst seit Anfang der Achtzigerjahre?«, fragte Lena.

Edda nickte. »Ja, das kann man sich heute gar nicht mehr vorstellen. Die Schiffe haben alle weit im Südwesten der Insel angelegt. Im Laufe der Jahrzehnte gab es allerdings vier Anleger. Die Inselbahn führte parallel zu dem Weg hier.«

»Jetzt verstehe ich«, sagte Lena. »Deshalb die Museums-Inselbahn. Ich habe vorhin ein Schild gesehen.«

»Ja, die wird jetzt wieder von einem Pferd gezogen. Das war am Schluss der Inselbahn-Ära natürlich eine kleine Diesellok.«

»So lange ist der Tourismus also noch gar nicht auf der Insel?«

»Schon! Wir waren hier zwar später als zum Beispiel Norderney, aber Tourismus gibt es schon lange. Die erste Inselbahn ist immerhin bereits 1885 eröffnet worden.«

Lena sah sich um. »Hier ist es ja ziemlich einsam. Auf der Karte habe ich gesehen, dass es im Südwesten einen großen Zeltplatz gibt.«

»Stimmt«, sagte Franzi. »Aber da kommen wir nicht dran vorbei. Wenn du morgen noch Zeit und Lust hast, kannst du übrigens mit der Inselbahn bis an den Weststrand fahren und dann den Rest bis zum Zeltplatz zu Fuß gehen.«

Lena lachte. »Ich seh schon, wenn ich mich für Spiekeroog entscheide, brauche ich ein paar Wanderschuhe.«

Lena hob ihr Weinglas. »Dann sage ich mal Prost. Trinken wir auf die wunderbare Insel.« Edda und Franzi prosteten ihr zu, Edda mit Wein, Franzi mit Mineralwasser. Franzi war erleichtert darüber, dass Edda ihre Bestellung nicht kommentiert hatte.

Die Band war noch mit dem Soundcheck beschäftigt und würde erst in einer halben Stunde spielen. Lena sah sich in der Kneipe um. »Urig. Hier hat jemand mit viel Liebe an der Einrichtung gebastelt.«

Edda lachte. »So könnte man es ausdrücken. Der jetzige Wirt und sein Vorgänger haben hier viel Arbeit reingesteckt. Zum Teil sind hier Strandfunde …«, Edda zeigte auf einen Wandschmuck aus ausgewaschenen Holzteilen, »… und andere Unikate verbaut.«

»Ich bin begeistert«, sagte Lena und trank einen weiteren Schluck Wein. »Im Winter ist es sicher sehr ruhig auf der Insel, oder?«

»Von Dezember bis Februar mit Ausnahme der Festtage auf jeden Fall«, sagte Franzi. »Das ist am Anfang etwas gewöhnungsbedürftig, aber inzwischen genieße ich die Zeit.«

Edda nickte. »Ich mache den Buchladen immer ein paar Wochen zu oder verkürze die Öffnungszeiten. Gerade im Januar ist nicht viel los.«

»Wie lange habe ich Zeit, um mich zu entscheiden?«, fragte Lena.

Edda wiegte den Kopf hin und her. »Einen Monat? Reicht dir das?«

»Ganz sicher. Gib mir zwei Wochen. Ich muss noch das eine oder andere klären und dann kann ich fest zusagen.«

»Das heißt, du bist …?«

Noch bevor Edda das richtige Wort gefunden hatte, sagte Lena: »Begeistert. Ja, mir gefallen die Insel und natürlich deine Buchhandlung. Ein kleines Problem wird sein, wo ich wohne. Ich habe heute Nachmittag kurz mit meiner Pensionswirtin gesprochen und die hat mir nicht so große Hoffnungen gemacht.«

»Dafür finden wir eine Lösung«, sagte Edda. »Oder was meinst du, Franzi?«

»Ganz spontan weiß ich nichts, aber ich kann mich umhören. Wie groß soll denn die Wohnung sein?«

»Zwei Zimmer brauche ich schon, also ein Schlafzimmer und ein Wohnzimmer. Besser wären natürlich drei, plus Küche und Bad. Siebzig bis hundert Quadratmeter wären ideal.«

Franzi nickte. »Irgendwie bekommen wir das hin.« Sie stöhnte innerlich auf. Eine Wohnung zu finden, die bezahlbar war und gleichzeitig noch Lenas Ansprüchen gerecht wurde, war ausgesprochen schwierig. Edda war das auch klar, aber sie schien die Chance, den Buchladen für nur einige Jahre vermieten zu können, unbedingt ergreifen zu wollen.

»Wow! Meint ihr wirklich?« Lena sah zwischen Edda und Franzi hin und her. »Das ist eigentlich meine größte Sorge. Ich möchte nicht jahrelang in einem engen Pensionszimmer leben.«

»Wir schaffen das«, sagte Edda noch einmal und Franzi nickte zustimmend.

Tamme war noch wach, als Franzi ins Schlafzimmer kam.

»Und?«, fragte sie, als sie kurze Zeit später neben ihrem Mann im Bett lag.

»Noch nichts gekommen. Wir werden wohl warten müssen.«

»Wir?«

»*Ich* muss darauf warten.« Er fuhr sich mit der Hand durch die Haare. »War es bei dir wenigstens ein Erfolg?«

»Im Prinzip ja. Lena scheint von der Buchhandlung und Spiekeroog durchaus angetan zu sein.«

»Aber?«

»Sie hat natürlich schnell erkannt, dass das Problem eine eigene Wohnung ist. In einem Pensionszimmer will sie nicht leben. Das hat sie wortwörtlich so gesagt.«

»Also platzt der Deal?«, fragte Tamme.

»Wenn wir keine Wohnung für sie finden …«

»Wir?«

»Edda, ich und ja, auch du. Wiedergutzumachen hast du ja einiges.«

Tamme schwieg eine Weile. »Ich kann mich ja mal umhören«, murmelte er schließlich.

Am Frühstückstisch schien Rieke die Spannung zwischen Franzi und Tamme zu spüren. Sie war ruhig, schaute immer wieder zwischen ihren Eltern hin und her und blieb bis zum Tischabräumen auf ihrem Platz sitzen. Tamme brachte sie anschließend zu Gesine, während Franzi sich auf die am Vortag liegen gebliebene Arbeit stürzte.

Am späten Vormittag besuchte Franzi Gäste, die sie bisher noch nicht begrüßt hatte, fragte, ob alles in Ordnung sei, und hielt hier und da einen kleinen Plausch. Auf dem Rückweg besuchte sie Edda in der Buchhandlung.

»Hast du noch mit Lena gesprochen?«

Edda nickte. »Ja, sie war noch mal hier, hat sich bedankt und wollte sich etwas auf der Insel umsehen.« Edda sah auf die Uhr. »Jetzt müsste sie eigentlich schon auf der Fähre sein.«

»Ich habe bereits ein paar Leute angerufen und nach freien Wohnungen gefragt.«

»Und?«

Franzi schüttelte den Kopf. »Nichts! Mag ja sein, dass wir ab Oktober oder November etwas finden. Aber für wie lange? Ich denke, Lena sucht etwas für den kompletten Zeitraum.«

»Noch schlimmer, es bleibt dabei, sie wird mit mir keinen Vertrag machen, wenn sie bis dahin keine Wohnung in Aussicht hat.«

Franzi stöhnte. »Eine verdammte Zwickmühle, würde Tamme sagen.«

»Was ist eigentlich mit den Zimmern, in denen Sonya und Joke im Moment wohnen? Die werden doch frei. Ob ich Meta mal fragen soll? Zumindest für eine bestimmte Zeit wäre das doch eine …«

»Tut mir leid. Die wollten Tamme und ich als Büroräume nutzen. Wir wollen jemanden einstellen. Gesine hat schon zugesagt.«

»Ja, der Schritt war ja vorherzusehen. Na, dann habt ihr zumindest endlich ein Gästezimmer.« Sie sah Franzi fragend an. »Warum hast du eigentlich den ganzen Abend nur Mineralwasser getrunken? Ist das Gästezimmer eventuell als zweites Kinderzimmer in Planung?«

Franzi nickte und sah sich um. Sonya stand weiter vorne im Laden und beriet eine Kundin. »Aber bitte, bitte sag es noch niemandem weiter. Versprochen?«

Edda zog Franzi an sich und umarmte sie. »Das sind doch fantastische Neuigkeiten.«

»Aber bitte …«

Edda drückte ihr einen Kuss auf die Wange. »Natürlich behalte ich es für mich. Ich weiß doch, wie das ist, wenn alle Welt ständig auf deinen Bauch starrt und wenn … na ja, du weißt schon.« Sie strahlte Franzi an. »Aber Meta weiß es, oder?«

»Sie ist die Einzige. Auch deshalb, weil sie es mir gleich an der Nasenspitze angesehen hat.«

Edda lachte. »Das kann ich mir gut vorstellen. Wusste sie es schon, bevor du es wusstest?«

»Mag sein, sie hat da so eine Bemerkung gemacht.« Franzi hielt inne. »Wichtiger ist jetzt, eine Wohnung zu finden. Euer Haus will Lena nicht mieten? Geld genug scheint sie ja zu haben.«

»Ich habe es heute angedeutet und ihr erzählt, dass wir unser Haus vermieten wollen. Als ich gesagt habe, wie groß es ist, hat sie allerdings dankend abgewinkt. Kann ich auch verstehen. Alleine in so einem großen Haus wohnen, wer will das schon.«

»Dann müssen wir eine andere Lösung finden«, sagte Franzi. »Irgendwas ist uns doch immer eingefallen, wenn es ein Problem zu lösen gab.«

»Wenn wir Zeit hätten …«

Sonya trat zu den beiden. »Gibt es etwas zu feiern? Oder was war das eben für eine Umarmung?«

»Wir haben uns nur darüber gefreut, dass es vielleicht mit der Übernahme klappt«, sagte Edda mit einem Seitenblick auf Franzi. »Franzi und ich haben uns über die Wohnungssuche unterhalten. Du weißt ja, wie schwierig das hier ist.«

Sonya sah zwischen Franzi und Edda hin und her, als hätte sie eine andere Antwort erwartet. »Dann mache ich mich mal wieder an die Arbeit.«

Edda grinste und flüsterte Franzi zu: »Das war knapp.«

»Wie kommst du nur auf die verrückte Idee«, sagte Tamme beim Abendessen. »Meta wird nicht irgendeine wildfremde Frau in ihrem Haus haben wollen, das weißt du doch genauso gut wie ich. Und für uns ist die Lösung wirklich optimal.«

»Ja, du hast ja recht. Ich habe mir halt überlegt, wie wir Edda helfen können.« Und in Gedanken fügte Franzi hinzu: zumindest, solange sie es noch von uns annehmen wird.

»Verstehe ich doch, aber …«

»Schon gut. Hast du eigentlich in Hannover angerufen und gefragt, warum das Ergebnis immer noch nicht da ist? Vielleicht gab es doch kein Treffen und du konntest die ganze Aktion noch verhindern.«

»Mache ich morgen. Ich habe es ein paarmal versucht, aber da war immer besetzt.«

Rieke stieß Franzi an. »Ich mag das nicht.«

Franzi sah sie irritiert an, bis sie verstand, worum es ging. Das Brot auf ihrem Teller war ein anderes, als sie üblicherweise aßen. Franzi holte die Zwiebacktüte aus dem Schrank und reichte ihrer Tochter eine Scheibe.

Tamme räusperte sich. »Meinst du, ich sollte es Edda immer noch erzählen, also, wenn Markus … du weißt schon.«

»Das war dein Vorschlag. Und ich finde ihn gut.«

»Vielleicht kann ich diesen Blödsinn auch anders wiedergutmachen. Ich habe heute schon nach einer Wohnung gesucht …«

Franzi stand auf und begann, den Tisch abzuräumen. »Warten wir doch auf das Ergebnis. Ich fände es nach wie vor gut, wenn du es Edda erzählen würdest.«

»Und wenn sie schlecht reagiert? Ich meine, es könnte doch sein, dass sie nie wieder was mit mir zu tun haben will.«

»Das kann passieren. Und Rieke und ich sind dann vielleicht auch betroffen.«

»Genau«, sagte Tamme. »Deshalb ja meine Überlegung. Es wäre am einfachsten, alles zu vergessen. Ein böser Traum, mehr nicht.«

Franzi stellte ihren Teller in die Spülmaschine. »Ich weiß nicht, ob ich das kann.«

Dreiunddreissig

Franzi starrte auf den Bildschirm des Laptops. Tamme hatte sie aus ihrem Büro zu sich in die Küche gerufen, weil er beim Telefonat mit Hannover erfahren hatte, dass die E-Mail jeden Augenblick bei ihm eintreffen würde.

»Hast du die Frau richtig verstanden?«, fragte Franzi.

»Natürlich. Sie hat gesagt, dass sie die Mail jeden Augenblick verschicken will. Und das war vor fünf Minuten.« Tamme aktualisierte den Mailaccount. »Immer noch nichts.«

Franzi zuckte mit den Schultern. »Ich gehe wieder ins Büro. Du kannst mich ja rufen, wenn die Mail kommt.« Sie wandte sich ab.

»Jetzt!«, rief Tamme. »Sie ist da.«

Franzi drehte sich wieder um und stellte sich hinter Tamme.

»Soll ich sie jetzt öffnen?«

»Das musst du entscheiden«, sagte Franzi.

Tamme klickte auf die Mail, und ein kurzes Anschreiben erschien, in dem auf den schriftlichen Bericht in dem anhängenden PDF verwiesen wurde. Er bewegte seinen Finger auf dem Touchpad und der Cursor wanderte langsam zum Button für die Anlage. Tamme sah sich zu Franzi um und warf ihr einen fragenden Blick zu. Als sie nickte, klickte er auf den Button. Das PDF öffnete sich.

Franzi begann zu lesen. Zunächst wurde der Auftrag beschrieben, anschließend waren Tag und Uhrzeit des Treffens notiert. Der Lockvogel hatte sich im Hotel ein Zimmer genommen und in der Bar auf Markus gewartet. Nachdem er gegen einundzwanzig Uhr die Bar betreten hatte, kam es zur Kontaktaufnahme.

Tamme sah Franzi an. »Hast du die erste Seite schon gelesen?«

Als Franzi nickte, klickte er auf die zweite Seite.

»Soll ich vorlesen?«, fragte Tamme.

Franzi richtete sich auf. »Ja, bitte.«

»Ich sprach die männliche Zielperson an und fragte, ob er geschäftlich unterwegs sei. Er antwortete bereitwillig und erzählte, dass er für ein paar Wochen im Hotel untergebracht sei, da die Wohnung, die seine neue Firma ihm zur Verfügung stellen wollte, einen Wasserschaden gehabt habe. Wir kamen ins Gespräch über seine Arbeit und seine Pläne für die Zukunft. Des Weiteren spendierte mir die Zielperson ein Glas Wein. Im Laufe des Gesprächs signalisierte ich der Zielperson mein Interesse an einem intensiveren Kennenlernen. Wir saßen über zwei Stunden in der Bar und unterhielten uns angeregt. Die Zielperson machte keinerlei Anstalten, mir näherzukommen. Ich ergriff schließlich die Initiative und sagte ihm, dass er mein Typ sei und ich ungern die Nacht alleine verbringen würde. Die Zielperson zeigte mir daraufhin seinen Ehering und machte deutlich, dass er kein Interesse habe. Als ich nach seiner Handynummer fragte, lehnte er ab. Schließlich verabschiedete er sich freundlich von mir und verließ die Bar. Mein Zimmerschlüssel lag während unseres Gesprächs gut sichtbar auf dem Tisch, aber auch im Laufe der Nacht kam es zu keiner weiteren Kontaktaufnahme durch die Zielperson.«

Tamme sah auf. »Das klingt alles ziemlich eindeutig, oder?«

»Erstaunlich eindeutig. Dann weißt du ja, was du zu tun hast. Wann willst du es Edda sagen?«

Tamme klappte den Laptop zu. »Gibt es denn wirklich keine andere Möglichkeit?«

»Tamme! Hast du auf ein anderes Ergebnis gehofft? Wäre dir das lieber? Geh einfach zu Edda und sag ihr, dass du eine Dummheit gemacht hast, die du nicht mehr rückgängig machen konntest. Und dann kannst du nur hoffen, dass sie dir vergibt.«

Tamme schien etwas entgegnen zu wollen, doch er seufzte schließlich und schwieg.

Der Samstag verlief wie jeder Samstag in der Hochsaison. Früh aufstehen, frühstücken, Rieke zu Meta bringen und zu den ersten bereits von den Gästen geräumten Wohnungen aufbrechen.

Gegen Mittag trafen sich Franzi und Tamme vor dem Fischrestaurant, in dem es auch Essen zum Mitnehmen gab. Sie aßen jeder ein Fischbrötchen und tranken Mineralwasser dazu.

»Wann willst du endlich mit Edda sprechen?«

»Markus kommt doch erst nächsten Freitag, vielleicht sogar erst Samstag. Ich habe noch Zeit.«

»So viel Angst vor Edda?«

»Quatsch! Ich habe einfach noch nicht den richtigen Zeitpunkt gefunden.«

»Wann ungefähr ist der richtige Zeitpunkt?«, fragte Franzi verwundert.

»Edda hat Zeit, Edda ist gut gelaunt, Edda … keine Ahnung. Du weißt doch, was ich meine.« Er senkte den Blick. »Und ja, etwas Bammel habe ich auch vor dem Gespräch.«

»Aufgeschoben ist nicht …«

»Ja, Franzi«, unterbrach Tamme sie. »Jetzt stochere nicht auch noch in der Wunde herum.«

Franzi sah auf die Uhr. »Wir müssen zur Fähre. Es sind so viele Gäste, dass ich auch noch mit dem Bollerwagen komme.«

»Vielleicht sollten wir den Service in Zukunft einstellen oder kostenpflichtig machen«, sagte Tamme. »Wir haben hier doch einen Spediteur vor Ort. Andere …«

Franzi warf die Serviette in den Mülleimer. »Ich finde es persönlicher so, Tamme.« Sie schmunzelte. »Das neue Elektrofahrrad war doch auch für den Transport des Gepäcks gedacht. Willst du es etwa schon wieder verkaufen?«

Am späten Nachmittag stand Franzi vor Metas Haus. Als sie die Tür öffnete, hörte sie Rieke vergnügt kreischen. Sie fand die beiden im Wohnzimmer, wo Meta ihrer Tochter aus einem Buch vorlas. Franzi setzte sich zu ihnen und hörte eine Weile zu.

»War es sehr anstrengend für dich?«, fragte sie, als Meta das Buch zur Seite gelegt hatte.

Meta strich Rieke über die hellblonden Haare. »Alles gut gelaufen. Wir haben uns wunderbar beschäftigt. Rieke hat mir etwas im Garten geholfen und wir haben zusammen gekocht.«

Ihre Tochter nickte eifrig. »Oma Meta hat Nudeln gemacht.«

»Und bei euch?«, fragte Meta.

»Das Übliche. Anstrengend, wie jeden Samstag. Das ist morgen wieder vergessen. Solange es nicht in Strömen regnet, ist alles gut.«

Meta drückte Rieke einen Kuss auf die Wange. »Hol schon mal deine Jacke, Liebes.«

Rieke sprang vom Sofa und lief in den Flur.

»Sag mal, was ist mit Tamme los? Er war heute Morgen sehr bedrückt.«

»Es ist nicht, was du denkst. Er muss nur was geradebiegen, was er zuvor … na ja, regelrecht versaut hat. Er bekommt das hin. Irgendwie. Im Moment knabbert er ein wenig daran.«

Meta sah sie fragend an.

»Nichts Schlimmes, Meta. Ich kann bloß nicht darüber reden. Am besten, du ignorierst es einfach. Das klärt sich alles in ein paar Tagen.«

Rieke stand jetzt in der Tür zum Wohnzimmer. »Mama! Nach Hause gehen!«

Der Sonntag begann ruhig, sie frühstückten ausgiebig, machten anschließend einen langen Spaziergang und kochten später zusammen. Am Nachmittag kam Edda mit den beiden Kindern vorbei. Beim Nachmittagstee verabschiedete sich Tamme schnell aus der Küche und gab vor, sich um die Kinder kümmern zu wollen, die zu dritt in Riekes Zimmer spielten.

Edda runzelte die Stirn. »Was ist mit Tamme los? Die Kinder machen sich schon bemerkbar, wenn sie uns brauchen.«

»Du kennst ihn doch. Er geht lieber auf Nummer sicher.«

Edda nickte. »So ist er, unser Tamme.« Sie zwinkerte Franzi zu. »Und bei dir alles in Ordnung?«

»Ja, mir geht es wunderbar. Ich habe das Gefühl, dass ich gut durch die Schwangerschaft komme.«

»Tamme ist bestimmt ganz aus dem Häuschen, oder?«

»Er steckt schon voll in der Planung für das Büro. Er will da so einiges umbauen. Und dann steht ja hier noch das zweite Kinderzimmer an.«

»Er macht das schon«, sagte Edda. »Lass ihn mal machen.«

»Ich bin leider noch nicht weitergekommen mit der Wohnung. Du hast sicher auch nichts gehört, oder?«

Edda schüttelte den Kopf. »Nein, nichts. Im Osten des Dorfes soll ein Neubau für Saisonkräfte entstehen. Das werden aber wohl alles nur kleine Wohnungen oder einzelne Zimmer. Und vor nächstem Frühjahr geht der Bau nicht los.«

»Ich weiß, ich habe auch davon gehört.«

»Es wäre so toll, wenn ich Markus eine Lösung für den Laden präsentieren könnte. Dann wäre es auch leichter, ihn davon zu überzeugen, das Haus nicht umzubauen.«

»Du willst definitiv nach ein paar Jahren zurück?«

Edda nickte. »Ja, ich will nicht irgendwo ein Haus bauen oder kaufen. Vier Jahre sind in Ordnung. Markus muss halt sehen, dass er bis dahin so viele Kontakte knüpft, dass er auch hier auf Spiekeroog arbeiten kann. Vier Jahre, zu mehr bin ich nicht bereit.«

»Und wenn Markus sich querstellt?«

»Dann bleibe ich mit den Kindern hier.«

Franzi schwieg eine Weile und seufzte schließlich leise. »Ich verstehe dich vollkommen. Ich habe mich die ganze Zeit gewundert, dass du dich auf den Umzug eingelassen hast. Und diese vier Jahre scheinen mir ein fairer Kompromiss zu sein.«

»Danke, Franzi. Das tut gut. Wenn ich doch nur eine Wohnung für Lena finden würde, wäre ich einen riesigen Schritt weiter.«

»Ich gehe morgen noch mal intensiv auf die Suche.«

Edda zuckte resigniert mit den Schultern. »Wo nichts ist, können wir auch nichts finden, Franzi.«

Vierunddreissig

Am Montagnachmittag klingelte Franzis Handy, als sie auf dem Weg von einem Ferienhaus zurück nach Hause war. Sie warf einen Blick aufs Display und nahm das Gespräch an.

»Hallo, Britta.«

»Hallo, Franzi. Alles gut bei euch auf Spiekeroog?«

»Alles wie immer. Viel Arbeit, wenig Freizeit. Zumindest haben wir ziemlich gutes Wetter. Das hebt die Laune. Und bei dir?«

»Du wirst es nicht glauben, aber ich habe am Samstag schon das erste Vorstellungsgespräch gehabt. Max hat es mir vermittelt.«

»Und? Hast du schon eine Antwort?«

»Ja, heute hat mich der Geschäftsführer angerufen. Ich kann dort anfangen. Gehalt stimmt, die Agentur hat fantastische Kunden.«

»Aber?«, fragte Franzi. Sie kannte Britta zu gut, um die Zwischentöne nicht zu hören.

»Ich habe um etwas Bedenkzeit gebeten. Und sie ist mir gewährt worden. Ein oder zwei Monate.«

»Klingt doch gut. Dann hast du ausreichend Zeit, dir eine Wohnung zu suchen und dich in deinem neuen Leben einzurichten.«

»Ich suche schon, aber es ist schwierig.« Franzi hörte Britta tief durchatmen. »Und es gefällt mir hier bei Max ziemlich gut. Ich kann mir gar nicht vorstellen, im Moment alleine zu wohnen. Ich glaube, Max geht es genauso. Wir halten uns aneinander fest. Es ist für uns beide nicht so leicht, mit den Trennungen umzugehen.«

»Das glaube ich dir sofort. Es wird auch noch eine Weile so weitergehen, vermute ich mal.«

»Ich weiß, die Trauerphasen. Das hast du mir ja schon vor Wochen prophezeit.« Britta seufzte leise. »Und wieder einmal recht gehabt.«

»Gibst du eurer Ehe keine Chance mehr?«

»Darüber denke ich im Moment nicht nach. Ich lebe in den Tag hinein, mit Max, und er mit mir. Das tut mir unglaublich gut. Wir machen Dinge, zu denen wir beide vorher keine Zeit hatten. Oder sollte ich lieber sagen: uns keine Zeit genommen haben. Wir reden viel.« Britta lachte. »Ich glaube, in den wenigen letzten Wochen habe ich so viel über mich gelernt wie in den ganzen Jahren zuvor nicht.«

Franzi schwieg. Sie kannte das Gefühl. Nachdem sie sich von Alois befreit hatte, war sie sich wie neugeboren vorgekommen. Sie hatte plötzlich Kraft und Zeit für Dinge gehabt, an die sie vorher nicht einmal gedacht hatte.

»Wir lassen das Leben einfach auf uns zukommen«, fuhr Britta fort.

»Das klingt gut. Ein wenig neidisch werde ich zwar, wenn ich das höre, aber bei uns wird es in ein paar Monaten auch wieder ruhiger.«

Franzi erzählte Britta von ihrem Plan, Gesine einzustellen und in den frei werdenden Räumen in Metas Haus ein größeres Büro einzurichten.

»Dann hoffe ich mal, dass ihr bald ein Gästezimmer habt und ich euch häufiger besuchen kann.«

»Das haben wir noch nicht genau entschieden«, wich Franzi aus. »Warst du denn mit Max schon in dem kleinen spanischen Restaurant?«

»Nein, wir haben beschlossen, dass wir unsere Vergangenheit hinter uns lassen und nach neuen Orten für uns suchen. Zumindest in der nächsten Zeit. Deshalb waren wir am Samstag auch in einem neuen Sushirestaurant. Fantastisch, sage ich dir.«

»Sushi haben wir leider noch nicht auf Spiekeroog.«

»Ich weiß. Wenn ich kochen könnte, würde ich glatt eines aufmachen. Oh, das habe ich auch vergessen. Ich habe mit Max zusammen einen Kochkurs gebucht. Morgen Nachmittag geht es los. Mediterranes Kochen. Wenn du also nächstes Mal nach Hamburg kommst, wirst du wohl oder übel als Versuchskaninchen herhalten müssen.«

Franzi lachte. »Einverstanden.«

»Tanzen wollen wir übrigens auch lernen. Allerdings habe ich noch keine geeignete Tanzschule gefunden. Was meinst du, bekomme ich das hin?«

»Sicher. Und Max wird ein bisschen Bewegung auch guttun.«

»Du wirst lachen: Genau das hat er mir auch gesagt.«

Franzi stand inzwischen vor ihrem Haus. Sie schloss auf und ging hinein. »Britta, kann ich später zurückrufen? Ich bin jetzt gerade zu Hause angekommen.«

»Klar, grüß Tamme von mir und natürlich auch die kleine Rieke.«

»Ich habe heute mit Britta gesprochen«, sagte Franzi, als sie am Abend mit Tamme zusammensaß. »Ich soll dich schön grüßen.«

»Wie geht es ihr? Oder sollte ich fragen: Wie geht es den beiden?«

»Sie hat einen neuen Job, fängt aber erst in ein oder zwei Monaten an. Max und sie leben so in den Tag hinein. Sie meint, ihr ginge es gut.« Franzi hatte Britta nach dem Abendessen angerufen und noch eine halbe Stunde mit ihr gesprochen.

»Bin ja gespannt, wie lange die beiden zusammen durchhalten.«

»Ach, Tamme. Es geht ihnen im Moment gut. Das ist erst mal das Wichtigste. Sie planen von Tag zu Tag. Morgen fangen sie mit einem Kochkurs an. Und sie reden viel, sagt Britta.«

»Und gleich sagst du mir noch, sie sind ein schönes Paar?«

Franzi lächelte. »Ehrlich gesagt, habe ich das heute tatsächlich gedacht. Und ja, ich wünsche ihnen alles Gute.«

»Wenn Britta ein Kind bekommen würde, wäre es dei…«

»Stopp, Tamme!«, fiel Franzi ihm ins Wort. »Das führt zu nichts. Wir beide bekommen erst mal ein Kind. Nur das sollte wichtig sein.« Sie machte eine kurze Pause. »Hast du eigentlich jetzt schon mit Edda gesprochen?«

Tamme verzog sein Gesicht zu einer Grimasse. »Das hätte ich dir ja wohl schon gesagt, oder?«

»Glaub mir, Tamme, es wird dir jeden Tag schwerer fallen.« Sie sah ihn direkt an. »Oder hast du dich doch anders entschieden?«

»Nein, ich rede mit Edda. Aber vorher will ich noch nach einer Wohnung für ihre Nachfolgerin suchen … wie war noch ihr Name?«

»Lena, Lena Oetting.«

»Genau! Ich habe da so eine Idee, aber die ist noch nicht ganz ausgereift. Also frag auch nicht. Lass mir noch ein oder zwei Tage Zeit. Okay?«

»Es war dein Plan, Tamme. Du musst entscheiden, ob, wann und wie du es Edda sagen willst. Und wegen der Wohnung sehe ich im Moment leider schwarz. Edda wirkte gestern ziemlich verzweifelt.«

»Das ist mir inzwischen auch klar. Es muss eine andere Lösung her. Sozusagen eine radikale.«

Mitten in der Nacht wurde Franzi wach. Sie hatte von freien Wohnungen geträumt, die ihnen jedes Mal von jemandem vor der Nase weggeschnappt wurden. Sie richtete sich im Bett auf und trank einen Schluck Wasser. Bereits am Abend hatte sie sich den Kopf darüber zerbrochen, was Tamme mit einer *radikalen Lösung* gemeint haben könnte. War das wieder eine seiner grandiosen Ideen? Plante er gerade den nächsten Fauxpas? Nein, eigentlich sollte ihm die Beauftragung der Treuetesterin eine Lehre gewesen sein. Franzi würde sich gedulden müssen, bis er mit seiner Idee herausrückte.

»Kannst du nicht schlafen?«, murmelte Tamme mit verschlafener Stimme.

Franzi rutschte zurück in die Waagerechte. »Ich habe Unsinn geträumt. Schlaf jetzt.« Sie strich ihm liebevoll über die Schulter und zog ihre Decke hoch.

Franzi verließ die Kogge, das Haus, in dem die Kurverwaltung untergebracht war. Sie hatte kurz mit dem Geschäftsführer über ihre Wohnungssuche gesprochen. Er hatte ihr versprochen, dass er sich umhören würde.

Auf dem Weg nach Hause traf sie eine Freundin, die eine kleine Pension betrieb. Sie unterhielt sich eine Weile mit ihr und fragte auch sie nach einer freien Wohnung.

Tamme traf sie in der Küche. »Hast du das Problem mit dem Warmwasser lösen können?«

»Ja. Läuft alles wieder. Wenn der Klempner nächstes Mal auf der Insel ist, muss er sich das aber noch einmal anschauen.«

Franzi sah Tamme über die Schulter. Er hatte Zahlen auf einen Zettel geschrieben, auf dem Tisch stand ein Taschenrechner. »Was machst du gerade?«

Tamme zog einen Stuhl vor. »Hast du eine Minute für mich?«

»Klar!« Franzi setzte sich zu ihm an den Tisch.

Tamme schob Zettel und Taschenrechner zur Seite und lehnte sich leicht vor. »Wenn ich das jetzt alles richtig verstanden habe, will Edda nicht für immer auf dem Festland bleiben.«

»Ja, das hat sie so gesagt und es klang, als würde sie auch nicht mehr davon abrücken.«

»Gehen wir mal von vier Jahren aus, die Zahl hat sie auch mir gegenüber schon mal erwähnt. Das heißt, sie können definitiv das Haus nicht umbauen. In der kurzen Zeit würden die Investitionen niemals wieder reinkommen.« Tamme zeigte auf den Taschenrechner. »Ich habe jetzt mal überschlagen, was sie investieren müssten, um das Haus als Ferienhaus vermieten zu können. Ich bin auf vierzigtausend gekommen. Klar, sie könnten das Haus auch einfach so vermieten, aber du weißt, dass es dann nur in der Hauptsaison und vielleicht kurz davor und danach gebucht werden würde. Hinzu käme, dass sie ihre eigenen Möbel zur Verfügung stellen müssten. Ich kann mir nicht vorstellen, dass Edda das recht wäre.«

Franzi nickte zustimmend. »Ich auch nicht.«

»So, die vierzigtausend runtergebrochen auf den Monat wären schon über achthundert Euro, sprich zweihundert in der Woche. Was meinst du, wie viel Monate das Haus im Jahr gebucht werden würde?«

»Sechs Monate wären schon gut.«

»Das habe ich auch veranschlagt. Das heißt, wir sind schon bei vierhundert Euro pro Woche, die alleine durch

Ferienvermietung hereinkommen müssen, um die Investitionen wieder reinzubekommen.«

Franzi nickte.

»Hinzu kommt, dass Edda und ihre Familie während dieser sechs Monate nicht selbst das Haus nutzen können. Und da kommen wir zum entscheidenden Punkt. Edda will nicht nur nach vier Jahren zurückkommen, sondern sie will auch während dieser Zeit regelmäßig auf Spiekeroog sein. Möglichst auch noch spontan, je nachdem, wie das Wetter ist und Markus sich freinehmen kann.«

»Alles richtig, Tamme. Aber worauf willst du hinaus?«

»Eddas Plan geht hinten und vorne nicht auf. Wenn sie wirklich zurückkommen und während der vier Jahre regelmäßig auf Spiekeroog sein will, braucht es eine andere Lösung.«

Franzi nickte.

»Deshalb habe ich mir Folgendes gedacht.« Tamme hob die Hand. »Und lass dir meinen Vorschlag bitte erst mal durch den Kopf gehen, anstatt ihn gleich abzulehnen.«

»Ich? Geht es nicht um Edda und Markus?«

»Klar, aber nicht nur.« Er atmete tief durch und richtete sich auf. »Also, das Haus von Edda und Markus ist ziemlich groß.«

»Fast hundertachtzig Quadratmeter.«

»Genau. Da ist es verständlich, dass diese Lena es nicht mieten will.« Er machte eine kurze Pause und sah Franzi direkt an. »Aber wir könnten es mieten.«

»Wir? Als Büroräume?«

»Nein, natürlich nicht. Die richte ich nach wie vor bei Meta ein. Nein, wir vermieten unser Haus an diese Lena und wir ziehen in Markus' und Eddas Haus. Klar, so viel Platz brauchen wir nicht, aber wir könnten zum Beispiel zwei Zimmer für Edda und Markus freihalten. Dann könnten sie jederzeit nach Spiekeroog kommen und bei uns wohnen. Sozusagen. Es ist ja letztlich ihr Haus. Finanziell habe ich das alles durchgerechnet. Klar, es wird für uns ein paar Hundert Euro teurer werden, aber das können wir uns problemlos leisten.«

Franzi sah Tamme mit großen Augen an. Hatte sie ihn richtig verstanden? Er wollte aus seinem Elternhaus ausziehen und vier Jahre Eddas Haus bewohnen. Bisher war sie davon ausgegangen, dass dieses Haus für ihn einen extrem hohen Stellenwert hatte und er den eventuell notwendigen Umzug so lange wie möglich hinauszögern würde.

»Dein Ernst? Du willst hier ausziehen, um …« Franzi schluckte schwer und sah sich in der Küche um. Ja, das Haus reichte gerade eben für zwei Erwachsene und ein Kind. Eigentlich war ihr Arbeitszimmer viel zu klein und auch als Kinderzimmer nur für die ersten zwei Jahre zu gebrauchen. Eine Idee war gewesen, dass sie zusammen in Metas Haus einziehen würden, aber selbst das hätte größere Um- und Anbauten notwendig gemacht.

»Ich weiß, das klingt erst mal verrückt«, sagte Tamme. »Aber es wäre eine Lösung. Und die beiden sind unsere besten Freunde. Wenn Edda keine tragbare Lösung anbieten kann, wird es zum Streit zwischen den beiden kommen. Und wie der am Ende ausgeht, weiß keiner von uns. Gut sicherlich nicht.«

»Ehrlich gesagt, muss ich darüber erst mal eine Nacht schlafen.«

»Verstehe ich. Ich brüte schon seit Tagen über der Idee.«

»Und du bist dir ganz sicher, dass du das auch tatsächlich willst?«

Tamme nickte. »Ja, ich habe es mir jetzt lange genug überlegt.«

Fünfunddreissig

»Moin! Was ist bei euch passiert?«, fragte Edda, als sie vor Gesines Haus auf Franzi und Tamme traf. »Oder habt ihr etwas vor?«

Franzi nickte. »Auf dich warten, bis du Mattes weggebracht hast.«

Edda zog die Augenbrauen zusammen. »Das klingt aber jetzt hochoffiziell. Was ist los?«

Tamme räusperte sich. »Wir wollten mit dir sprechen. Es ist wichtig.«

»Na denn, ich bringe mal schnell den Kleinen rein zu Gesine.«

Edda schloss die Haustür auf. »Dann kommt mal rein in die gute Stube. Kaffee? Tee?«

»Tee«, sagten Franzi und Tamme fast gleichzeitig.

Edda setzte Wasser auf und wartete am Herd, bis es kochte und sie den Tee aufgießen konnte. Schließlich stellte sie die Kanne aufs Stövchen und setzte sich zu den beiden an den Küchentisch.

»Dann mal raus mit der Sprache.« Edda sah zwischen Franzi und Tamme hin und her. »Wer fängt an?«

»Ich«, sagte Tamme. »Franzi ist nur zur Unterstützung mitgekommen.«

»Ups! Was ist passiert?«

Tamme fuhr sich mit der Hand durch die Haare. »Ich habe eine … na ja, eine ziemlich große Dummheit gemacht.«

Edda wurde schlagartig ernst. »Bedeutet?«

»Du weißt ja, dass ich ganz und gar nicht begeistert davon war, dass ihr alle Markus aufs Festland nachziehen wollt. Irgendwohin in die Walachei. Und am besten für immer.«

Edda nickte. »Das hast du mir ja klipp und klar gesagt.«

»Es tat mir in der Seele weh zu sehen, wie sehr du damit gekämpft hast. Ich war zu dem Zeitpunkt fest überzeugt, dass Markus dich quasi dazu gezwungen hat und du das alles gar nicht willst.«

»Tamme, wie lange kennen wir uns? Ich lasse mich nicht zu etwas zwingen, was ich nicht will. Das solltest du eigentlich wissen.«

»Na ja, damals klang das aber alles so, als ob du mit hängendem Kopf aufs Festland ziehen würdest und ihr hier vollkommen die Zelte abbrecht. Ich dachte, dass dir das Ganze überhaupt nicht schmeckt.«

»Hat es auch nicht. Und so wird es auch nicht kommen. Hat Franzi dir nicht gesagt, was ich vorhabe?«

Franzi räusperte sich. »Doch, habe ich. Aber da war es schon zu spät.«

»Und was bedeutet das jetzt alles?«

»Wie ich schon gesagt habe, ich habe verdammten Mist gebaut.« Tamme warf einen Blick zu Franzi, die ihm zunickte. »Ich habe in Hannover eine Agentur beauftragt, die … ja, die haben dann eine Testerin zu Markus geschickt.«

»Was bitte?«, fragte Edda. »Ich verstehe überhaupt nichts mehr. Was bitte schön für eine Testerin?«

»Eine Treuetesterin«, sagte Tamme leise.

Edda schien einen Augenblick zu brauchen, um Tammes Worte zu verstehen. »Du meinst, so eine Frau, die Markus verführen soll?«

Tamme nickte.

Edda sah ihn kopfschüttelnd an. Schließlich prustete sie laut los und bekam einen kleinen Lachanfall. »Wie bist du auf diese bescheuerte Idee gekommen?«, fragte sie, als sie sich halbwegs beruhigt hatte. »Dachtest du etwa, ich würde Markus verlassen, wenn er auf die Frau reinfällt?«

»Ich weiß nicht mehr, wie ich mir das alles gedacht habe«, sagte Tamme kleinlaut.

»Und?«, fragte Edda mit einem breiten Grinsen. »Ist Markus darauf eingestiegen?«

Franzi hatte erstaunt zugesehen, wie Edda auf Tammes Aktion reagiert hatte. War sie so entsetzt, dass sie nur mit einem Lachanfall reagieren konnte, oder nahm sie Tammes Dummheit tatsächlich nicht ernst?

Tamme schien die Situation ausgesprochen peinlich zu sein. Er hatte den Kopf gesenkt und atmete flach. »Nein, ist er nicht. Er hat nur mit der Frau gesprochen und sich dann dankend verabschiedet. Die Frau hat bei ihm auf Granit gebissen. Sozusagen.«

Edda grinste. »Nur interessehalber, wäre die Frau wirklich bis zum Äußersten gegangen?«

Tamme schüttelte den Kopf. »Nein, das machen die nicht.«

»Dann hast du ja richtig Lehrgeld bezahlt. War bestimmt nicht billig, die Aktion.«

»Nein, war es nicht.«

»Jetzt aber mal im Ernst, Tamme«, sagte Edda. »Ich habe dir nie davon erzählt, aber ich habe auch schon mal einen Mann kennengelernt und hatte eine Affäre. Und Markus ist es auch schon so ergangen. Und?« Tamme hatte mit offenem Mund zugehört. Er setzte zu einer Erwiderung an, doch Edda fuhr fort: »Dabei war zumindest Zuneigung oder Anziehungskraft mit im Spiel. Bei mir wie bei Markus. Er hat es mir gesagt und ich ihm auch. Deshalb trennen wir uns doch nicht. Klar, hätten wir uns ernsthaft verliebt, wäre das etwas anderes gewesen. Und irgendein One-Night-Stand, dafür ist Markus nicht zu haben. Ich übrigens auch nicht.« Sie holte tief Luft und sah Tamme direkt an. »Trotzdem, Tamme, das war eine ziemlich bescheuerte Aktion. Absolut überflüssig. Und glaube ja nicht, dass ich das jetzt Markus erzähle. Das kannst du schön selbst machen.«

»Mache ich«, sagte Tamme kleinlaut. »Und du bist nicht sauer?«

Edda seufzte. »Dass das eine Dummheit war, hast du ja schon selbst eingesehen. Im Grunde genommen hast du dir damit in erster Linie nur selbst geschadet. Also, Schwamm drüber.« Sie zeigte mit dem Finger auf Tamme. »Aber du versprichst mir jetzt, dass du alles akzeptierst, was noch so kommen wird. Mit dem Umzug und allem, meine ich.«

Tamme atmete erleichtert auf und sprudelte los: »Wegen dem Umzug haben wir, also eigentlich ich, aber Franzi weiß auch Bescheid und ist einverstanden, wir haben eine Idee, wie das mit deiner Nachfolgerin und der Wohnung klappen könnte.«

»Und wie?«, fragte Edda erstaunt.

Tamme begann zu erzählen und sah Edda schließlich fragend an.

»Und das würdet ihr tatsächlich für mich, für uns, machen?«, fragte Edda verblüfft.

»Ja, über die Miete müssten wir uns natürlich irgendwie einigen, aber ich denke, dass wir das schon hinkriegen.«

»Also, was soll ich sagen. Das klingt … das wäre optimal für uns. Die meisten Möbel werden wir sowieso mitnehmen, mit einem Teil könnten wir die zwei Räume ausstatten oder wir lagern sie ein. Das wäre alles kein Problem.«

»Sehe ich auch so«, sagte Tamme. »Und die Küche hier wirst du ja sicher nicht mitnehmen wollen. Und unsere passt hier auch nicht rein.«

»Richtig. Entweder finden wir ein Haus, wo schon eine Küche drin ist, oder wir müssen eine kaufen. Das wäre machbar.«

»Also sind wir uns einig?«, fragte Franzi.

»Von meiner Seite aus sofort«, antwortete Edda. »Ob ich Markus davon überzeugen kann, steht auf einem vollkommen anderen Blatt.«

»Schaffen wir schon«, sagte Tamme. »Er muss sich auch bewegen.«

»Dann sollten wir jetzt einen Plan machen, wie wir es Markus am besten präsentieren«, schlug Franzi vor.

»Gute Idee!«, sagten Tamme und Edda fast gleichzeitig.

Franzi musste unwillkürlich lachen, und Edda und Tamme stimmten mit ein.

Tamme kam mit Rieke und Mattes ins Haus und zog ihnen die Jacken aus. Die beiden Kinder liefen jubelnd in Riekes Zimmer.

Franzi stand in der Bürotür, als Tamme ihnen folgte. »Und? Hatten beide Kinder ausreichend Platz?« Tamme hatte mit den Kindern eine zweistündige Tour mit dem Elektrofahrrad unternommen.

»Alles paletti! Die beiden waren hellauf begeistert. Ist Jella noch bei ihrer Kindergartenfreundin?«

»Ja, die Mutter bringt sie nachher bei uns vorbei.«

»Hat Edda sich schon bei dir gemeldet?«

»Nein! Und es wird sicher auch noch eine Weile dauern, bis sie mit Markus gesprochen hat.«

Edda war am Vormittag mit der ersten Fähre zum Festland und von Neuharlingersiel mit dem Bus und dem Zug nach Hannover gefahren. Franzi und Tamme hatten die beiden Kinder übernommen. Der Vorschlag, dass Edda nicht warten sollte, bis Markus das nächste Mal nach Spiekeroog kam, war von Tamme gekommen. Nach kurzer Überlegung hatte Edda zugestimmt und war gleich am nächsten Tag gefahren.

»Edda ruft aber an, wenn sie mit Markus gesprochen hat?«, fragte Tamme.

»Wie oft denn noch, Tamme? Ja, wenn es irgendwie geht, ruft sie an. Wenn du mich fragst, wird das nicht vor morgen früh sein. Ändern tut es ja ohnehin nichts. Markus wird klug genug sein, um zu sehen, wie ernst es Edda ist.«

»Markus und klug?«

Rieke rief aus dem Kinderzimmer nach ihrem Vater. Tamme seufzte und machte sich auf den Weg.

»Schläft Jella auch?«, fragte Tamme, der vom Lesen der Gutenachtgeschichte zurück in die Küche kam. Franzi hatte Jella im Wohnzimmer die Luftmatratze aufgepumpt und ihr einen Schlafplatz eingerichtet.

»Sie hört sich noch eine CD an. ›Benjamin Blümchen als Müllmann‹ oder so ähnlich. Sie macht sich schon bemerkbar, wenn sie was braucht. Ich schaue nachher noch mal bei ihr rein.«

»Jetzt fehlt nur noch Eddas Anruf.«

Franzi ignorierte Tammes Bemerkung und setzte sich einen Kräutertee auf. Zurück am Tisch, fragte sie Tamme nach Meta, die er am Vormittag besucht hatte.

»Ach, ich habe sie wieder im Garten gefunden. Sie hat neue Stauden eingepflanzt und wollte heute Nachmittag die Gartenbank anstreichen. Das habe ich ihr aber verboten. Erinnere mich daran, dass ich das übermorgen für sie mache.«

»Und sonst?«

»Sie hat mich ausgefragt, ob du dich auch ausreichend schonst. Ich habe sie natürlich beruhigt.«

In diesem Augenblick klingelte Franzis Handy. Nach einem Blick aufs Display nahm sie das Gespräch an.

»Alles gut bei dir, Edda?«, war ihre erste Frage.

»Klar! Schlafen die Kinder schon?«

»Jella noch nicht, die beiden Kleinen schon.«

»Gibst du mir Jella kurz?«

Franzi stand auf und lief ins Wohnzimmer. Jella stellte den CD-Player aus und unterhielt sich eine Weile mit ihrer Mutter. Auf dem Rückweg in die Küche sagte Franzi zu Edda: »Tamme wartet schon seit Stunden auf deinen Anruf. Moment, ich bin gleich wieder in der Küche und stelle das Handy auf laut.«

»Hallo, Tamme. Mattes schläft?«

»Die beiden Kleinen waren so müde, die sind mir schon beim Vorlesen eingeschlafen.«

»Franzi sagte schon, dass du auf meinen Anruf wartest.«

»Könnte man so sagen«, murmelte Tamme und warf Franzi einen gespielt wütenden Blick zu.

»Dann will ich euch nicht mehr länger auf die Folter spannen.« Edda hielt kurz inne. »Ach ja, nur noch eins vorweg: Lena hat mich übrigens heute Nachmittag angerufen. Ich hatte ihr doch ein paar Fotos von eurem Haus geschickt. Was soll ich sagen, sie war hellauf begeistert und hat gesagt, wenn die Miete bezahlbar ist, ist sie dabei. Sie kommt übrigens nächste Woche wieder nach Spiekeroog, dann wollen wir über den Vertrag sprechen.«

»Und bei dir? Was sagt Markus jetzt zum Ganzen?«, fragte Tamme, der seine Ungeduld nicht mehr länger verbergen konnte.

»Wir haben lange geredet. Er hatte sich heute Nachmittag extra freigenommen. Morgen fängt er auch erst später an.«

Franzi musste unwillkürlich schmunzeln. Edda schien es zu genießen, Tamme auf die Folter zu spannen.

»Und Markus. Ja, was soll ich sagen. Es hat eine Weile gedauert, aber inzwischen ist er einverstanden.«

»Mit allem?«, fragte Tamme.

»Ja, er versteht, dass ich nach Spiekeroog zurückwill. Zwischendurch und auch nach vier, allenfalls fünf Jahren. Wir werden hier in Hannover nach einer großen Wohnung oder einem Haus zur Miete suchen. Nicht richtig zentral, aber schon in der Stadt.«

Tamme nickte schweigend. Franzi sah, dass ihm ein Stein vom Herzen gefallen war. Er atmete erleichtert auf und schloss die Augen.

»Seid ihr noch da?«, fragte Edda in die entstandene Stille hinein.

»Ja«, antwortete Franzi. »Wir sind beide hier. Und freuen uns für euch.«

»Absolut!«, sagte Tamme, der jetzt seine Sprache wiedergefunden hatte. »Das ist eine verdammt gute Nachricht, Edda.«

Edda lachte. »Finde ich auch. Und jetzt gehe ich wieder rein. Markus wartet auf mich. Wir wollen gleich noch etwas essen gehen.«

»Grüß ihn von uns«, sagte Franzi. »Und wir sehen uns morgen.«

»Gib Jella noch einen Kuss von mir. Ich rufe die beiden morgen zum Frühstück an.«

»Mach dir keine Sorgen«, sagte Franzi. »Deine Kinder sind gut bei uns aufgehoben.«

»Bis morgen, ihr beiden.« Edda hielt kurz inne und fügte hinzu: »Und danke für alles.«

Franzis Augen wurden feucht. »Dafür sind doch Freunde da.«

Tamme nickte. »Genau! Inselkinder halten zusammen.«

»Wir sehen uns morgen«, sagte Edda, an deren Stimme Franzi hörte, dass sie genauso gerührt war wie sie.

»Wir holen dich an der Fähre ab«, sagte Tamme. »Mit Kind und Kegel.«

»Das wäre schön. Und am Wochenende, wenn Markus zu Hause ist, treffen wir uns alle. Ja?«

»Auf jeden Fall«, sagte Tamme.

Epilog

Edda reichte Franzi ein Glas Orangensaft. »Man sieht ja noch gar nichts.«

Franzi lachte. »Mit der weiten Bluse nicht.«

Sie saßen in der geschlossenen Buchhandlung. Sonya hatte zu ihrer Verabschiedung eingeladen. In zwei Tagen würden sie und Joke nach Paris abreisen.

»Ein schönes Paar«, sagte Edda mit Blick auf Sonya und ihren Freund, die mit Markus und Tamme zusammenstanden. »Werden sie wiederkommen?«

Franzi zuckte mit den Schultern. »Vielleicht, vielleicht auch nicht. Das werden sie erst nach ein paar Jahren merken. Wenn es sie zurückzieht, gibt es hier immer einen Platz für die beiden.«

»Es war eine schöne Zeit mit Sonya«, sagte Edda. »Sie ist eine fantastische Buchhändlerin geworden. Es wäre schade, wenn sie nie wieder in ihrem Beruf arbeiten würde.«

Franzi nickte. »Sie hat mir erzählt, dass sie Kontakt mit einem Verlag in Paris hat, der viele deutschsprachige Autoren verlegt. Vielleicht kann sie da ein Praktikum machen.«

»Wow! Das klingt gut. Hat Pascal ihr das vermittelt?«

»Ja. Er hat jede Menge Kontakte in Paris und wird Sonya bestimmt auch weiterhin unterstützen.«

»Hast du noch was von ihm gehört?«, fragte Edda.

»Pascal gehts gut. Er schreibt wieder.«

»Das ist eine gute Nachricht. Vielleicht fange ich auch an.«

Franzi sah sie erstaunt an. »Womit?«

»Ich wollte schon ewig einen Roman schreiben. Die ersten Seiten liegen schon lange in meiner Schublade. Vielleicht traue ich mich endlich weiterzuschreiben.«

»Verrückt! Warum hast du nie etwas davon erzählt?«, sagte Franzi.

»Es sind erst dreißig Seiten und die liegen da schon eine ganze Weile. Was sollte ich darüber erzählen?«

»Du hättest sie mir mal zum Lesen geben können.«

Edda wiegte den Kopf hin und her. »Mal sehen. Vielleicht lasse ich dich wirklich einen Blick darauf werfen. Aber erst, wenn die ersten hundert Seiten geschrieben und überarbeitet sind.«

»Ich warte«, sagte Franzi. »Und erinnere dich an dein Versprechen.«

Edda lachte. »Vielleicht sind es ja nur Träume.«

Franzis Blick wanderte zu Tamme, der mit Markus sprach. »Wie hat Markus eigentlich Tammes Beichte aufgenommen? Tamme schweigt wie ein Grab, wenn ich ihn danach frage.«

»Ich weiß zwar, dass die beiden darüber gesprochen haben, aber Markus hat mir auch nicht mehr verraten. Sollen die Männer das mal unter sich ausmachen.«

Sonya kam auf sie zu. Sie hatte zuvor lange mit Meta gesprochen und winkte jetzt Franzi und Edda. »Was sitzt ihr hier so abseits?«, fragte sie. »Habt ihr schon etwas gegessen? Hat Joke alles selbst gemacht.«

»Alles gut«, sagte Edda und zeigte auf ihren leeren Teller. »Hat fantastisch geschmeckt.«

Sonya wandte sich an Franzi. »Max wollte doch auch kommen. Soll ich ihn im Hotel anrufen?«

Franzi zeigte auf die Eingangstür, durch die Max und Britta gerade gingen. »Nicht nötig.«

Sonya drehte sich um, stellte ihr Sektglas ab und lief auf die Tür zu, um ihren Onkel zu begrüßen. Sie umarmte ihn und küsste ihn auf beide Wangen.

»Deine Freundin ist auch da?«, fragte Edda. »Sind die beiden jetzt zusammen?«

»Ja, sie sind ein Paar. Britta hat sich doch keine neue Wohnung gesucht und ihre Scheidung läuft.«

»Sie sieht glücklich aus«, sagte Edda. »Und dein Vater auch.«

»Ich habe sie heute von der Fähre abgeholt. Ja, ihnen scheint es gut damit zu gehen. Es ist zwar immer noch ein etwas merkwürdiges Gefühl, wenn ich Max und Britta zusammen sehe, aber daran gewöhne ich mich irgendwann. Vor allem freue ich mich für die beiden.«

»Gesine hat sich übrigens vorhin bei mir gemeldet«, sagte Edda. »Die Kinder schlafen tief und fest. Wir sollen uns keine Sorgen machen.«

Franzi nickte. »Ich hatte davor schon bei ihr angerufen, aber da waren die Kinder noch am Spielen.« Sie seufzte leise. »Hast du auch immer noch Angst, wenn du nicht selbst mit den Kindern zusammen bist?«

»Damit muss man wohl leben.« Sie schmunzelte. »Ich habe gehört, dass das selbst, wenn die Kinder erwachsen sind, nicht aufhört.« Edda hielt kurz inne und warf Franzi einen fragenden Blick zu. »Habt ihr eigentlich schon einen Namen für euer zweites Kind?«

»Tamme drängt mich jeden Tag, aber ich will noch warten.«

»Lass mich raten. Tamme kann es wieder mal nicht erwarten.«

Franzi lächelte. »Ja, manchmal ist er wie ein kleines Kind. Du kennst ihn ja länger als ich. Aber lieben wir nicht genau das auch an ihm?«

Edda lachte. »Ja, man kann ihm einfach nichts übel nehmen. Tamme ist schon ein Original.« Edda sah auf. »Da kommt auch Lena.« Sie stand auf. »Dann sollten wir beiden Hübschen uns mal ins Getümmel stürzen.« Sie hielt ihrer Freundin die Hand hin und zog sie hoch.

Franzi hielt Edda zurück. »Sag, ihr kommt auch bestimmt nach Spiekeroog zurück? Alle zusammen?«

Edda nickte. Ihre Augen waren feucht geworden und sie schien um Worte zu ringen. »Ja, ganz bestimmt.«

Hat Ihnen dieses Buch gefallen?

Möchten Sie informiert werden, wenn Jette Hansen ihr nächstes Buch veröffentlicht? **Dann folgen Sie der Autorin auf Amazon.de!**

1) Suchen Sie auf Amazon.de oder in der Amazon App nach dem eben gelesenen Buch.
2) Klicken Sie auf den Namen der Autorin, um auf die Autorenseite zu gelangen.
3) Klicken Sie auf den »Folgen«-Button.

Noch schneller gelangen Sie zur Autorenseite, indem Sie diesen QR-Code mit Ihrem Smartphone oder Tablet scannen:

Wenn Sie dieses Buch auf einem Kindle eReader oder in der Kindle App lesen, wird Ihnen automatisch angeboten, der Autorin zu folgen, sobald Sie die letzte Seite des Buches erreicht haben.

Printed in Poland
by Amazon Fulfillment
Poland Sp. z o.o., Wrocław

90168012R00167